Les personnages et les situations de ce récit étant purement fictifs, toute ressemblance avec des personnes ou des situations existantes ou ayant existé ne saurait être que fortuite.

« Avec grand bruit et grand fracas
Un Torrent tombait des montagnes :
Tout fuyait devant lui ; l'horreur suivait ses pas ;
Il faisait trembler les campagnes. »

Jean de La Fontaine,
« Le Torrent et la Rivière »

« Livrée sans défense aux attaques des eaux, fouillée jusque dans ses entrailles par les torrents, succombant enfin sous son propre poids, la montagne descend en roulant sur la plaine, qu'elle ensevelit sous ses débris, et confond dans sa propre ruine. »

Alexandre Surell, *Étude sur les torrents des Hautes-Alpes*, 1841

– 1 –

Méfie-toi de ton père

1

— Méfie-toi de ton père, François. Méfie-toi de lui.

J'ai été arraché à mon demi-sommeil en un sursaut douloureux par cet écho surgi du passé. La nuit avait été interminable. Aussi les premières lueurs de l'aube sont-elles apparues comme un réconfort. Je me suis forcé à avaler un simulacre de petit déjeuner. À défaut de réellement dormir, Maman était couchée. Toute la maison était silencieuse. Il s'agissait d'un silence pesant qui mettait mal à l'aise. J'étais pressé de prendre l'air.

J'aurais bien fait quelques pas dans le parc familial. Hélas ! l'herbe était détrempée par la rosée. J'ai donc marché dans notre rue. Je l'ai remontée, retrouvant le trajet qui était autrefois celui de l'école, quand je traînais les pieds derrière Valentine qui voulait se dépêcher et râlait parce que je la retardais. Puis tout seul, après qu'elle était entrée au collège, qui se trouvait dans la direction opposée.

J'ai quitté notre quartier si paisible. J'ai dépassé la frontière fictive qui le séparait du reste de la ville. Cheminant le long de maisons à peine éveillées, évitant les axes trop fréquentés pour ne pas attirer une curiosité malsaine, j'ai rejoint le centre.

Je me suis présenté au commissariat plus d'une heure avant le rendez-vous. L'homme en faction à l'accueil parut embarrassé.

— Personne n'est encore arrivé là-haut, m'a-t-il lancé.

De la tête il me désigna l'une des trois chaises en plastique orange alignées contre le mur.

— Vous pouvez attendre ici, si vous voulez.

Le SRPJ de Toulouse avait été chargé de l'enquête sur les crimes de celui qu'on avait surnommé le « Dépeceur de Fontmile ». Le groupe d'enquêteurs avait installé son quartier général dans ce petit commissariat, survivant d'une époque pas si lointaine où la vallée était en pleine expansion.

On m'avait convoqué pour neuf heures. Des réponses que je fournirais aux inspecteurs dépendraient les suites de l'enquête. Depuis trois jours, je ne vivais que dans l'attente de cette confrontation.

Au-delà de l'accueil, je devinais une grande pièce de laquelle me parvenaient les éclats de voix des agents sur le point de prendre leur service. L'un d'eux, plus bruyant, se félicita de cette matinée douce et déjà ensoleillée, accompagnée d'un excellent café. Puis il claironna que, dans de telles circonstances, il ne lui manquait plus que de « se taper une bonne petite minette sur le coin de la table » pour que tout soit parfait.

Derrière le comptoir, le gardien de la paix sursauta et me dévisagea, cherchant à savoir si j'avais entendu son collègue. Je confirmai ses craintes. Alors il se leva et disparut quelques instants. Quand il revint, il était flanqué d'un autre homme plus âgé, en civil.

— Monsieur Neyrat ? Je crains que vous n'ayez beaucoup d'avance.

Je me suis contenté de hocher la tête. Il s'est massé le menton du bout des doigts sans me quitter des yeux.

— Je vais vous conduire à l'étage, a-t-il fini par conclure. Vous y serez mieux pour attendre nos collègues. Si vous voulez bien me suivre…

Il m'a devancé dans la pénombre de l'escalier. Nous avons débouché sur un couloir moquetté paisible et bien éclairé. Nous venions de changer de monde. Il m'a montré la première porte à droite, celle d'un vaste bureau désert, à l'image du reste.

— Tenez, ici vous serez très bien.

À part une photo aérienne de la ville peu récente, les murs étaient nus. Rien sur le bureau non plus, si ce n'était un calendrier en guise de sous-main, estampillé du logo de la Caisse d'Épargne et datant de trois ans.

— Asseyez-vous, monsieur Neyrat. Je serai en face, au besoin.

Il désigna l'autre porte, celle qui indiquait le secrétariat du commissaire.

— Je vais lancer le café avant l'arrivée du patron. Vous en voulez une tasse ?

— Non merci, ai-je répondu en me posant sur un des sièges. Est-ce ici que je serai interrogé ?

— Non. La police judiciaire s'est installée au bout du couloir. Les bureaux vides, ce n'est pas ce qui nous manque, depuis qu'on a réduit nos effectifs.

Il s'apprêtait à me laisser seul puis se ravisa.

— Je voulais vous dire que je tiens votre père en très haute estime. Et je peux vous affirmer sans me tromper que je ne suis pas le seul…

— Je vous remercie.

— J'ose croire que tout cela se terminera au mieux… Enfin, vous voyez ce que je veux dire… Pour lui, pour vous et pour votre famille.

Il a tourné les talons comme si cet aveu menaçait de lui exploser à la figure. Je me suis retrouvé seul. Et j'ai repensé à cette phrase qui me hantait depuis plusieurs jours : « Méfie-toi de ton père. »

J'étais élève à l'école de la rue des Minimes, en première année du cours moyen. C'était en 1966, ou peut-être 1967. À force de tourner et de retourner la chronologie dans ma tête, j'ai un peu perdu le fil. Lors d'une récréation, deux garçons ont parlé de mon père devant moi, épiant ma réaction. Je savais que sa profession et son statut en ville fournissaient le fiel nécessaire aux langues de vipère. Il en avait souvent été question à la maison : notre mère nous avait prévenus, nous enjoignant de ne pas prendre ces médisances pour argent comptant. Toutefois, jamais on ne l'avait critiqué en ma présence. J'ai voulu en venir aux mains pour les faire taire. Loin de les neutraliser, mon intervention eut l'effet contraire : leurs calomnies ont gagné du terrain et trouvé un écho croissant. De deux voix, les sources sont bientôt passées à une dizaine, y compris parmi les élèves qui n'étaient pas de ma classe. J'ai entendu que mon père n'avait pas eu ses diplômes. Il en résultait que sa pratique de la chirurgie était dangereuse – il lui était même arrivé de se tromper de côté ou de membre à opérer. Certains de ses patients étaient ressortis en plus mauvais état qu'à leur admission. Ou encore : il était détesté de l'ensemble du personnel de l'hôpital à force de se comporter en tyran. Comble de tout, il avait pour habitude de profiter des anesthésies pour contempler l'anatomie des patientes dénudées, les toucher, se livrer sur elles à des actes innommables. Face à ma colère et à mes larmes contenues, on ajouta bientôt que son passé était trouble. Que le fait qu'il quitte sa région pour venir s'installer à Fontmile prouvait bien qu'il voulait fuir certains épisodes de sa vie, tellement vils qu'ils vous obligent à vous cacher.

Tout cela m'a semblé durer une éternité. J'étais au centre de l'arène. Je ployais l'échine sous les piques des assaillants. Cependant, sur le point de m'effondrer, refusant de pleurer devant tous ceux qui s'étaient amassés autour de moi, j'ai trouvé une échappatoire inespérée.

Mon meilleur ami, Jean-Philippe. Nous étions inséparables. Je l'ai aperçu, assis à l'écart. Lui, personne n'aurait songé à venir l'embêter. Surtout les plus grands. Il n'était pourtant pas bien costaud. Mais il était trop doué au foot pour qu'on se le mette à dos. Il a suffi que je le rejoigne pour que les moqueries cessent et que l'attroupement se disperse comme une volée de moineaux affolés. J'ai alors eu tout le loisir de vomir ma colère. Je pensais trouver en lui davantage qu'un bouclier.

J'entendais encore résonner les quolibets qui me baptisaient « Fils du boucher » ou « Graine de collabo ». Au lieu de me réconforter, mon ami n'a d'abord rien dit, le regard dirigé vers le fond de la cour, comme si je n'étais pas là. Puis il s'est tourné vers moi.

— Parce que tu le trouves normal, toi, ton vieux ?

Je me suis figé. Tout en moi est devenu sec, glacé. L'éclat de ses yeux était au-delà du noir. Il fouillait mes viscères.

— Mes parents disent qu'il n'y a pas de fumée sans feu. Ils aiment pas quand je viens chez toi. C'est la première chose qu'ils me demandent le soir quand je rentre : « Le docteur était là ? » Si je réponds qu'il y était, ils veulent savoir s'il s'est approché de moi, s'il m'a parlé ou même touché. Ils n'arrêtent pas de me questionner sur ce qu'il a fait ou dit. J'ai beau leur répondre qu'il ne dit jamais rien et qu'il ne fait jamais rien, ils insistent. La vérité, c'est qu'il leur fiche la trouille.

J'étais ravagé. Il s'est levé brusquement. Il m'a dit qu'il ne voulait plus qu'on traîne ensemble parce que les autres allaient finir par s'en prendre à lui. Que ça faisait un moment qu'il voulait me le dire. Il a avoué que tout ce qu'on venait de me balancer à la figure, c'était en grande partie lui qui le leur avait raconté.

— Mais pourquoi ? ai-je réussi à articuler entre deux sanglots.

Il a fait mine de réfléchir, cherchant une réponse quelque part, par-dessus le toit du préau. Il n'a trouvé à me répondre que ces mots avant de m'abandonner définitivement :

— Méfie-toi de ton père, François. Méfie-toi de lui.

Dix-huit ans avaient passé depuis ce jour. Et je me retrouvais là, dans ce commissariat, à me demander si Jean-Philippe n'avait pas eu raison de me prévenir de la sorte avant de disparaître de mon existence.

D'une certaine manière, les enquêteurs allaient faire comme ces enfants, ils allaient lancer des accusations contre mon père. Et, cette fois-ci, il faudrait que j'y réponde.

Ils allaient évoquer des patientes outragées à l'hôpital. Ils allaient évoquer le viol d'une jeune femme lors du mariage de notre cousine. Ils allaient évoquer des actes incestueux vis-à-vis de Valentine. Ils allaient évoquer les absences répétées de mon père. Ses vêtements déchirés et les marques de griffures sur son dos le soir de la disparition d'Émilie. Ils allaient évoquer des paroles malheureuses faisant état d'autres cadavres démembrés, jetés dans une rivière lointaine, ou charriés dans les rues de notre ville par les eaux furieuses de l'inondation de 1964. Ils allaient tenter de me faire dire que mon propre père était le monstre, le Dépeceur qui hantait la vallée depuis deux mois.

Et, si je répondais en mon âme et conscience, j'allais l'affirmer à mon tour.

D'une certaine manière les enquêteurs allaient [illegible] [illegible] ans, ils allaient [illegible] des accusations contre son père. En tout cas c'est ainsi que j'y [illegible].

Ils allaient évoquer [illegible] de l'hô-pital. Ils allaient évoquer le viol d'un [illegible] lors du mariage de notre cousine. Ils allaient évoquer des scènes [illegible] [illegible]. Ils allaient évoquer les absences répétées de mon père. Ses vête-ments déchirés et [illegible] sur son dos le soir de la [illegible]. Ils allaient évoquer [illegible] d'autres [illegible], une rivière [illegible] les rues de notre ville par les eaux [illegible] de l'inondation de [illegible]. Ils allaient [illegible] me faire dire [illegible] que mon père était le meurtrier [illegible] qui hantait la ville depuis deux mois.

[illegible]

2

J'avais vingt-six ans, et ma vie était faite de rien. Le monde qui avait été le mien se délitait un peu plus chaque jour. Le temps menaçait de me laisser seul face au vide tandis que je n'entrevoyais aucun horizon à atteindre.

Me laisser écraser par mon travail avait pour but de masquer cette réalité. Quand cela ne suffisait plus, je sortais mes planches de bandes dessinées que je ne cessais de corriger et d'étoffer, renonçant à y mettre un terme. Il s'agissait d'un des derniers fils qui me reliaient au monde d'avant. Les achever revenait à le trancher.

Je dormais peu et mal. Mes courtes nuits étaient peuplées de silhouettes menaçantes et d'angles acérés sur lesquels je me blessais. J'en sortais le cou et les épaules endoloris, et le souffle court. Le réveil était pire lors de ces quelques microsecondes de latence où je ne réalisais pas encore que ce qui avait été n'était plus ou ne serait bientôt plus, que j'étais seul, que là-bas, si loin, on avançait sans moi.

Qu'Émilie n'était plus à mes côtés.

La réalité éclatait et rouvrait mes cicatrices. La douleur était alors insoutenable.

Un cauchemar plus prégnant que les autres m'a alerté de l'imminence du chaos. Aujourd'hui encore, il est si profondément ancré en moi que je suis capable de le décrire en détail.

Je suis dans la maison de mes parents, à Fontmile, debout dans la cuisine, en pyjama et pieds nus. Les volets ne sont pas fermés. Le jour est en train de naître. J'ai la désagréable sensation d'être seul sous ce toit. Que mon père et ma mère ne sont plus là. Je m'avance pour regarder par la fenêtre. Le soleil qui pointe au bout de la vallée étire les ombres et donne un relief particulier à notre parc. Je veux profiter de cette lumière si apaisante, si rassurante. Hélas ! je n'en ai pas le loisir. Mon œil est immédiatement attiré par quelque chose dans l'herbe. Je sais que c'est un serpent, un long serpent noir qui glisse avec une lenteur visqueuse. Mon sang se fige. Pourtant, je ne peux me retenir. Il faut que j'en aie le cœur net. En un instant, je suis à deux pas de lui. Ses reptations me soulèvent le cœur. J'ai peur. Davantage que de la peur, c'est une forme de terreur. Je veux le tuer, le tuer sans attendre. Si je ne le fais pas, il va se terrer quelque part dans le jardin ou dans le sous-sol et je le saurai là, prêt à surgir d'un placard ou à se faufiler sous nos draps. Je vais donc jusqu'au garage. J'y trouve une lourde pelle posée dans un coin. Je ne parviens pas à identifier le reptile. Il ressemble à une vipère mais sa taille est disproportionnée. Je me dirige de nouveau vers lui jusqu'à ce que mes jambes tremblantes refusent d'avancer. J'arme mes bras, la pelle levée au-dessus de ma tête. Je ferme les yeux au moment de l'abattre. Je sens la violence du choc dans le manche qui manque alors de m'échapper des mains. Je rouvre les yeux. Le serpent est indemne. Je frappe encore. Je fais l'effort de regarder pour ne pas le rater une deuxième fois. Je ne peux contenir un cri. Ma pelle rebondit sur le sol sans atteindre sa cible. Le serpent se recroqueville. Il dessine maintenant un S qui indique une position offensive, la gueule pointée vers mes jambes. Je m'aperçois que je suis toujours pieds nus. Jamais je ne me suis senti aussi vulnérable. Je tente de reculer sans mouvements brusques. Malheureusement, la terre est meuble sous moi. Elle est gorgée d'une eau noire et glacée qui s'immisce entre mes orteils. Je ne peux plus me mouvoir. La vipère est sur le point d'attaquer. Je veux placer la pelle entre elle et moi. Mais le manche que je serre si fort se craquelle, se fend, et tombe en miettes dans l'herbe détrempée. Or, le sol ne régurgite pas que cette eau boueuse. Plus loin, il vomit d'autres serpents qui rampent, convergeant en un cercle dont je suis le centre. Il en arrive de partout à la fois. Jamais je n'ai connu pareil effroi. Il ne me reste plus qu'à hurler. Le plus fort possible. Ce hurlement me sauve. Il me réveille.

Je me suis retrouvé assis dans mon lit, le cœur battant à tout rompre, incapable de respirer. D'instinct, j'ai retiré mes jambes de sous les couvertures. J'ai allumé, et ce n'est que bien plus tard que la sensation d'oppression a disparu.

Nous étions le 12 avril 1984. Émilie avait disparu depuis presque cinq longues années. Mes parents se faisaient vieux. Valentine avait sa propre maison, sa propre vie. Marie ne nous aimait plus et nous le faisait savoir. Camus ployait un peu trop les épaules et s'essoufflait plus rapidement. J'habitais dans ce petit appartement parisien qui me paraissait trop étroit et trop humide. J'étais loin d'eux. J'étais loin de tout. Je devais finaliser l'habillage d'une nouvelle gamme de cosmétiques tout en planchant sur l'identité visuelle d'une chaîne de restaurants avant la fin du mois. Et j'ai eu la sensation que la tempête était en train de s'abattre sur nous.

Quand la sonnerie du téléphone a retenti, peu avant sept heures, je n'ai même pas sursauté. Je crois que je l'attendais. Mon cauchemar a alors pris tout son sens. Le cataclysme avait déjà commencé. J'ai décroché la gorge serrée.

— Mon chéri ? J'ai appelé chez toi mais tu étais déjà parti.

— Qu'est-ce qui se passe, Maman ?

Sa voix était comme brisée.

— Tout va bien pour nous, ne t'affole pas.

— C'est Camus ?

— Quand je dis « nous », j'inclus forcément Camus.

Elle a marqué une pause exaspérante, son souffle se faisant plus sonore.

— Maman ?

— Il est arrivé quelque chose… Ton père et moi, nous préférons que tu l'apprennes de notre bouche plutôt que par les journaux. Comment te dire cela ? Bon sang, c'est plus difficile que je ne le pensais… Voilà, hier matin, Camus et ton père sont allés pêcher à Combe-Sourde. Dans la rivière, ils ont trouvé… Doux Jésus ! Ils ont trouvé un bras dans l'eau.

Elle avait lâché sa dernière phrase à toute vitesse.

— Un bras ? Tu veux dire un vrai bras, un bras humain ?

— Je le crains, mon chéri. Un bras découpé… Ce n'est malheureusement pas tout. Un peu plus tard dans la journée, un jeune homme a fait une découverte identique, plus en aval.

— Un autre bras ?

— Non. Pire que cela. Un tronc.

Notre conversation paraissait irréelle. J'en venais à me demander si elle avait vraiment lieu, si j'avais bien décroché.

— Écoute, mon chéri. Il faut que tu saches que ce bras et ce tronc sont, ou plutôt étaient… Enfin voilà, il s'agit d'une jeune femme.

Le noir s'est fait autour de moi. En mon for intérieur, je savais qu'Émilie était morte. Un écho caverneux que je m'évertuais à faire taire.

— Ils vont procéder à des analyses pour déterminer l'identité de la victime. Et ils ont décidé de draguer la rivière depuis Fontmile jusqu'à sa source. D'après Camus, ses anciens collègues s'attendent à trouver d'autres morceaux.

— Et Papa ?

Le son de ma propre voix m'a surpris.

— Papa pense la même chose que nous tous ici : il espère que nous nous trompons. Que cette femme n'est pas Émilie.

J'ai roulé jusqu'à la nuit tombée. Ma mère m'avait supplié de n'en rien faire, mais il m'était impossible d'attendre à Paris.

Je ne revenais chez moi que deux fois par an : pour les fêtes de fin d'année et pour les quelques semaines de vacances que l'on m'obligeait à prendre l'été. Je le faisais toujours à contrecœur, certain de n'y trouver que de la douleur. Elle ne se manifestait qu'au moment de repartir. Quitter Fontmile était un déchirement, comme si cette ville refusait de me libérer. Ces séjours me laissaient laminé. Je mettais un temps infini à m'en remettre. Je ne les en appréhendais que davantage.

Plus je m'approchais de notre vallée, plus une odeur de putréfaction semblait envahir l'habitacle de la voiture. Elle est devenue si forte que je me suis arrêté. J'ai fait quelques pas sur le bas-côté. Je me suis alors rendu compte que l'odeur émanait des pores de ma peau, de ma propre bouche.

J'ai pénétré dans la ville, roulant au pas, vitres baissées. À plusieurs reprises, des voitures de police ou de gendarmerie m'ont croisé, lancées à toute allure, gyrophares allumés mais sirènes coupées, comme si elles avaient le diable à leurs trousses. Les rues étaient déjà désertes, les volets des maisons clos. Même l'éclairage urbain semblait insuffisant pour chasser l'obscurité. Il y avait quelque chose de pesant, un ciel trop bas.

Le quartier de mon enfance ne m'en est apparu que plus rassurant. Je l'avais toujours connu ainsi, une forteresse, un rempart derrière lequel je me suis senti à l'abri de tout. Il m'a suffi de déboucher au bas de notre rue pour que la puanteur et ma nausée disparaissent.

Je n'avais connu que cette maison. Cossue, large, lumineuse, posée au centre d'un petit parc qui lui donne des allures d'îlot. J'y avais éprouvé l'essentiel de mes douceurs. Je me suis garé en prenant mon temps le long du trottoir d'en face et je l'ai contemplée à travers le grillage. Derrière les fenêtres, les faisceaux des lampes transperçaient la nuit. Ils m'attendaient pour me guider. D'aussi loin que je me souvienne, il en avait toujours été ainsi : je savais pouvoir disposer d'un endroit, d'un port où revenir.

Ma mère me guettait. Elle est apparue dans l'allée, venant à ma rencontre, un gros gilet gris serré autour de son corps toujours aussi frêle. Sa petite carrure ne reflétait pas son caractère. À elle seule, elle était capable de faire décamper une armée entière. Peu nombreux étaient ceux qui osaient l'affronter.

Je suis sorti de la voiture au moment où elle ouvrait le portillon. Elle m'a embrassé de manière trop appuyée à mon goût. Je lui ai rendu son étreinte aussi bien que je savais le faire, c'est-à-dire mal. Ensuite, elle s'est reculée.

— Tu as l'air épuisé, mon chéri.

— Du nouveau ?

Ma question était trop abrupte. Je m'en suis immédiatement voulu. Ma mère a feint de ne pas en prendre ombrage.

— Camus passera tout à l'heure pour nous en dire plus… Ton père t'attend. Depuis qu'il sait que tu descends, il ne cesse de consulter sa carte routière pour estimer ta progression.

J'ignore si c'était vrai. Elle a toujours pris la défense de notre père quand il était question des sentiments qu'il refusait de montrer, quitte à travestir la réalité.

— Dieu sait que nous aurions préféré d'autres circonstances, mais nous sommes enchantés de te voir.

Ton patron n'a pas fait de difficultés pour te laisser partir comme ça ?

— J'ai tellement de jours de congé en retard qu'il me doit bien ça.

— Allez, viens. Rentrons. Nous t'avons attendu pour dîner.

Mon père se tenait sur le pas de la porte. Il s'est fendu d'un petit sourire quand je me suis approché. Nous nous sommes embrassés aussi brièvement que d'habitude, comme si le contact de nos deux peaux était susceptible de provoquer des brûlures.

— Ça a été, la route ? m'a-t-il demandé, malgré la réponse évidente qu'il avait sous les yeux.

J'ai acquiescé.

— Et toi, comment vas-tu ?

L'avantage, avec lui, c'est qu'il ne feignait jamais de ne pas comprendre le sens réel des questions qu'on lui posait.

— Te dire que je n'ai pas été choqué serait un mensonge. Et puis, que cela arrive là-haut… Mais ce n'est rien par rapport à ce que devront affronter les proches de cette pauvre fille une fois qu'elle aura été identifiée.

Nous sommes restés tous trois silencieux, immobiles dans le vestibule. Quand ma mère a considéré qu'elle avait suffisamment attendu, elle a brisé le silence, m'encourageant à poser mes affaires et me rafraîchir.

Mon ancienne chambre n'avait jamais changé depuis mon départ de la maison. Il en était de même pour celles de mes deux sœurs. J'ai ouvert leurs portes et découvert ces pièces aussi figées que lors de mes derniers séjours. Elles en devenaient presque étrangères. Seul le couloir qui les reliait m'était encore familier.

Peut-être parce qu'il avait su garder l'écho de nos vies, quand elles se déroulaient encore sous ce toit. Avec Valentine, on s'y donnait rendez-vous passé l'heure du coucher, dans ce qui nous semblait être la pleine nuit. On affrontait les interdits, avançant dans l'obscurité le plus loin possible, nous rapprochant dangereusement de la chambre de nos parents. Le moindre bruit nous faisait détaler et regagner nos lits au fond desquels nous nous terrions, à la fois effrayés et heureux. Il y avait aussi nos stratagèmes toujours plus élaborés pour espionner Marie. Sa chambre était à nos yeux une sorte de contrée mystérieuse abritant une myriade de secrets. La différence d'âge y entrait sans doute en ligne de compte. Son attitude, beaucoup. Notre sœur aînée était le grain de sable dans les rouages parfaitement huilés de notre famille. Dans cette maison, elle se comportait telle une naufragée, désespérant de pouvoir s'en échapper un jour. C'était du moins ce qu'elle ne cessait de nous dire. Malgré tout, elle est demeurée ici jusqu'à son mariage, les radeaux qu'elle promettait sans arrêt de construire ne tenant visiblement pas bien la mer.

À chaque retour, c'était mon rituel. Je faisais mon pèlerinage, pièce par pièce, à l'abri des regards. Au bout de l'autre couloir, il y avait l'antre de ma mère, ce qu'elle appelait un peu pompeusement sa « fabrique ». Il y régnait un désordre permanent qui détonnait avec le reste de la maison. Je me revoyais, allongé sur le tapis élimé, en train de dessiner sur d'épaisses feuilles qu'elle me donnait, ayant le droit de piocher dans sa collection impressionnante de crayons de couleur et de pastels. Maman était assise devant sa table à dessin, pieds nus, une jambe ramenée sous elle, un crayon ou un pinceau sans cesse coincé entre les dents, même lorsqu'elle chantonnait ou me parlait – et cette mélopée se muait en une langue étrangère connue seulement de nous deux. La radio était souvent allumée pour peu qu'elle diffuse de la musique. Quand ce n'était pas le cas, d'un geste sec, elle l'éteignait et lançait : « Tais-toi ! » Elle cherchait l'inspiration en laissant son regard se perdre derrière la fenêtre qui coiffait l'arrière du parc, là où nous avions notre balançoire. Et, quand elle la trouvait, elle ponctuait sa satisfaction de la même phrase : « Purée de purée ! On tient quelque chose, mon agneau ! » Quand elle contemplait les œuvres que je lui offrais et qu'elle accrochait aux murs, elle me répétait que j'avais de l'or dans les doigts. « Quand on a ce talent, on se doit de l'utiliser : c'est un appel. » Elle suivait avec intérêt ce que je faisais à Paris. Cependant, je savais qu'elle considérait que je me fourvoyais. Elle me demandait régulièrement où j'en étais avec mes BD et mon projet de court-métrage d'animation. Elle insistait, et son regard transperçait ma carapace, mettant au jour la vacuité de mon quotidien.

Lors de mes retrouvailles avec la maison, il n'y avait qu'une porte que je n'osais franchir, celle du bureau de mon père. Je n'y étais entré que très rarement, et toujours en sa présence. Chaque fois pour une occasion solennelle, comme des félicitations après la remise de mes bulletins de classe ou des remontrances pour mes rares bêtises. Même en cachette ou par jeu, la frontière restait sacrée. Y compris pour Valentine. Car la franchir n'avait rien d'exaltant. Au-delà, il y avait une pièce trop carrée, constamment plongée dans la pénombre, et qui nous paraissait creuse.

Durant le dîner, nous nous sommes tacitement accordé un délai raisonnable avant d'évoquer le corps dépecé de la rivière. Il fut question de Paris, des dernières nouvelles de Valentine qui irradiait même à travers son absence, d'autres, beaucoup moins enjouées, de Marie et de sa petite famille qui était de moins en moins la nôtre. Si tant est qu'elle le fût un jour. Lors du Noël précédent, elle avait mis en place une véritable entreprise de démolition. Elle avait multiplié les piques jusqu'à une apothéose de larmes dont elle avait le secret. Après cet esclandre, elle n'était plus revenue. Au point que l'énoncé de son prénom faisait tourner les yeux de Maman à l'orage et baisser ceux de Papa.

Elle avait finalement trouvé le radeau adéquat à son évasion, à quarante ans passés.

Les têtes se relevèrent quand il fut question de Camus, l'autre membre de la famille. Ici, le sang n'y était pour rien, le cœur parlait à sa place. Et il parlait aussi fort que lui.

— C'est lui qui a trouvé le bras, confia mon père.

Je lui ai demandé si, selon lui, il se trouvait depuis longtemps dans l'eau.

— Nous n'avons pas pu descendre à la rivière depuis la fin de la semaine dernière, à cause des fortes pluies. Ce que je peux te dire, c'est que, vendredi, il n'était pas là. D'après moi, il n'a pas séjourné longtemps dans ces conditions.

— Et pour le tronc ?

Il soupira, chercha les yeux de ma mère qui posa sa main fine sur la sienne, longue et osseuse.

— C'est un gosse qui l'a trouvé. Tout près du Moulin-Rouquier. Cisaillé au cou et à l'aine, les viscères étaient encore à l'intérieur… Une barbarie pure et simple !

Maman a volé à sa rescousse :

— Camus ne va pas tarder. Il saura nous en dire davantage.

Et mon père s'est tu.

Je me suis rappelé ce silence après que les événements eurent dérapé. J'ai fini par y entendre les premières traces de sa culpabilité. Le silence est dangereux dès qu'on se met à l'écouter.

3

Camus est en effet arrivé peu de temps après. Il n'est pas un homme du soir. Passé dix-neuf heures, il sort rarement de chez lui. Du coup, il ne semblait pas très à son aise. Pour le reste, il était toujours le même : bruyant et massif, faisant dangereusement ployer la chaise sur laquelle il s'était assis après m'avoir écrasé entre ses deux bras de géant.

— Tu veux boire quelque chose ? lui a proposé mon père.

— Pas le moins du monde. Je sais aussi me montrer raisonnable de temps à autre.

— Il parlait d'une tisane, a rétorqué ma mère.

— Estelle, ma chère, ton sens de l'humour est un délice dont je ne me lasse pas.

Tous deux passaient leur temps à s'asticoter. À la fin, ma mère prenait toujours le dessus, ce qui paraissait le ravir.

— Alors, mon grand, comment va ? a-t-il enchaîné de sa grosse voix. La capitale ne t'a pas encore bouffé tout cru ? Je vois… Tout le monde te pose la même question dès que tu rentres au bercail, et tu en as plein le dos. Il faut quand même que tu comprennes que tu ne donnes pas de tes nouvelles tous les quatre matins et que tu n'as pas très bonne mine. Tout ce qu'il faut pour qu'on se fasse du mauvais sang.

— Et toi, comment te portes-tu ?

— Comme un charme. Les racines bien fichées en terre et le crâne au plus près du soleil.

— Il a le cœur fatigué, a ajouté mon père. Et cette tête de mule refuse de consulter.

— Les deux seuls toubibs en qui j'ai une once de confiance, c'est toi et ta fille. Toi, tu es à la retraite, et Valentine rafistole les guiboles. Pour le reste, il est hors de question que je serve de cobaye à ces soi-disant spécialistes. Et puis le cœur, c'est pas plus mal. Ça s'arrête d'un coup, comme une panne de courant.

Il claqua des doigts pour appuyer son propos.

— Franchement, je préfère que ça se passe de cette manière. Et si possible chez moi, dans ma montagne. Notez bien, mes bons amis, que je ne suis pas du tout pressé. Je sais que je peux compter sur ma carcasse. Elle a beau avoir du kilométrage, elle ne m'a jamais fait défaut. Et je n'ai pas besoin qu'on m'ouvre en deux comme un livre pour savoir que l'horlogerie tourne encore à l'intérieur. N'en déplaise à ton paternel.

Nous l'avons toujours appelé par son nom de famille. L'une des rares fois où j'ai entendu son prénom, cela m'est apparu déplacé. Il aimait mieux que l'on s'en passe. Et personne chez nous n'aurait voulu ne pas le contenter. Nous le considérions comme notre oncle, tant mon père et lui se comportaient en frères. Il était la pièce indispensable au puzzle que constituait notre famille. La pièce du milieu, celle qui fait le lien avec toutes les autres.

— Ton mécanisme si bien huilé devrait te murmurer à l'oreille que François vient de traverser le pays pour entendre ce que tu as à dire. Tu ne crois pas que tu l'as assez fait languir ?

Il dévisagea ma mère. Mais le simple fait de croiser son regard suffit à faire retomber sa colère. Il hocha la tête.

— Voilà les dernières nouvelles que j'ai pu attraper au vol. On en est à trois morceaux découverts dans la Vissalès. Oui, trois. Le troisième, c'était il y a deux heures à peine, sous le pont de Bonne-Terre. Un bras droit, similaire dans sa découpe à celui de Combe-Sourde. Toujours pas de main, donc pas d'empreintes. Toujours aucun signe distinctif. Les amputations sont nettes, effectuées à l'aide d'un instrument particulièrement aiguisé et par un expert, qui savait où couper et qui ne s'y est pas repris à plusieurs fois – si vous voyez ce que je veux dire. L'état des tissus au niveau des plaies et des viscères dans l'abdomen laisse penser que ces membres ont été congelés avant d'être mis dans l'eau. Et, dans cette eau, ils n'y sont pas restés très longtemps. Au pire, depuis dimanche. Plusieurs dizaines d'hommes ont été réquisitionnés pour draguer l'ensemble de la rivière. Mais ils s'intéressent également aux autres cours d'eau et, vu la topographie de la vallée, ils ne sont pas au bout de leur peine. C'est le SRPJ de Toulouse qui est chargé de l'enquête. Ces abrutis n'ont rien trouvé de mieux que de surnommer la victime « Ophélie ». Ils disent que c'est en référence à un bouquin de Shakespeare, qu'ils n'ont sans doute jamais lu, histoire de nous faire passer pour des ploucs. On a pu pratiquer des analyses sanguines sur le bras et le tronc d'hier. Les deux sont du groupe A positif. Si on en croit le dossier de la disparition d'Émilie, cette petite serait du groupe B positif. Donc, ce n'est pas elle, fiston.

Camus avait été policier. L'essentiel de sa carrière s'était fait ici, à Fontmile. Il avait fini avec le grade de brigadier-chef, dirigeant l'équipe des gardiens de la paix, refusant de viser un poste d'inspecteur qui lui aurait ouvert un bureau au premier étage du commissariat de la ville. Tout le monde le connaissait, au moins de nom et de réputation. Son aura était telle qu'elle éclipsait celle des différents commissaires venus goûter à leur préretraite chez nous. Il savait faire le tour des bistros, des lieux publics, pour sermonner voire tancer. Il savait aller dans les lieux où les choses peu recommandables se passaient. Il savait parler et, à défaut d'être tout le temps entendu, il était écouté. Parce que, quand Camus parlait, on n'avait d'autre choix que de lui accorder de l'attention. Il avait pris sa retraite en 1977, mais ses anciens coéquipiers lui vouaient toujours le même culte. Il avait conservé ses entrées parmi eux, et les informations qu'ils détenaient étaient des plus fiables.

— Il va y en avoir d'autres, n'est-ce pas ? D'autres morceaux.

— C'est à craindre, mon grand. Peut-être qu'on ne les a pas encore trouvés. Peut-être que le courant les a emportés plus loin que chez nous, avec toute la flotte qui nous est tombée dessus le week-end dernier, ce ne serait pas étonnant. Peut-être que le malade qui a fait ça ne les a pas encore rendus.

— Et toi, qu'est-ce que tu en penses ?

Il frotta ses grosses mains largement ouvertes l'une contre l'autre.

— Ce que j'en pense ? Je crois que les morceaux ont été planqués quelque part en amont et que la crue les a extraits du trou dans lequel on les a jetés. On va les retrouver dispersés un peu partout au gré du courant. Et on n'empêchera pas les gens de faire le rapprochement avec l'inondation de 1964, quand les tombes du Cimetière-Vieux ont été éventrées et que les cercueils ont dévalé dans les rues. Comme pour une sorte d'anniversaire.

Quand Émilie avait disparu, Camus, bien que déjà retiré des affaires, avait promis de remuer ciel et terre pour la retrouver. Depuis près de cinq ans, il considérait avoir failli à sa parole. Or, ce soir-là, en l'écoutant parler, en le regardant faire, il me semblait que ce n'était plus le cas. À sa façon de s'éclipser dès que possible une fois son rapport transmis, j'ai pensé qu'il ne m'avait pas tout dit.

Ce fut Valentine qui me le confirma, un peu plus tard dans la soirée.

Je ne parvenais pas à dormir. Peu à peu mon ancienne chambre se transformait en élément liquide et le lit y tanguait dangereusement, m'obligeant à m'agripper aux draps pour ne pas en être éjecté. À un moment, j'ai distingué un objet clair en train de flotter au ras du plafond contre lequel il venait fatalement buter. Quand il a pivoté sur lui-même, j'ai cru reconnaître le visage d'Émilie, du moins ce qu'il en restait dans ma mémoire. J'ai cru voir sa tête détachée de son corps. J'ai mis un temps fou à être capable de lâcher le drap pour tendre la main et trouver l'interrupteur de ma lampe de chevet. La lumière l'a fait disparaître et a rendu à ma chambre sa stabilité.

Il n'était pas encore minuit. La fatigue me faisait tourner la tête et engourdissait mon corps. Toutefois, elle n'était pas assez puissante pour apaiser mon esprit.

Je me suis rhabillé et je suis sorti par la fenêtre. La fraîcheur humide de la nuit m'a surpris. On devinait les épais nuages et le brouillard accroché très bas sur la montagne.

Je me suis garé sur l'avenue, juste devant la maison de ma sœur. J'en ai fait le tour à pied par la ruelle perpendiculaire. Par-dessus le muret, j'ai vu que la cuisine était toujours éclairée. J'ai escaladé puis traversé le jardin dont le désordre ressemblait à celui de la fabrique de notre mère. Je me suis approché à pas de loup de la porte-fenêtre. Valentine était penchée sur la table, lunettes sur le nez, un monceau de comptes rendus à remplir d'un côté et une tasse fumante de l'autre. Il suffisait qu'elle apparaisse quelque part pour que je me retrouve comme un idiot à sourire aux anges. Je n'ai pas fait exception cette nuit-là.

Quand j'ai cogné doucement contre le carreau, elle n'a même pas sursauté. Elle a lentement tourné la tête dans ma direction, prenant le temps de finir ce qu'elle était en train d'écrire. Elle m'a retourné mon sourire et s'est levée pour venir m'ouvrir.

— J'espérais ta venue, Gribouille.

— J'espérais bien que tu allais m'attendre. Les lunettes te vont bien. Ça fait sérieux et tout. On s'y laisserait facilement prendre.

Je n'ai jamais aimé les embrassades, sauf avec Valentine. De tout ce que j'avais laissé derrière moi, c'était elle qui me manquait le plus. Je me souviens encore à quel point j'ai souffert le jour où elle a obtenu son bac. J'ai à tel point maudit ce fichu diplôme que j'ai refusé de le fêter avec le reste de la famille, demeurant enfermé dans ma chambre. Autant se réjouir de funérailles.

Quelques semaines après, je m'étais arrangé pour ne pas me retrouver dans les parages quand ma sœur avait fait ses cartons, pressée de s'installer dans son minuscule studio toulousain, à deux pas de la fac de médecine et si loin de chez nous. Son départ avait été un cataclysme. Le vide qu'elle avait laissé était atroce. Et ses allers-retours le week-end ne suffisaient pas à le combler, bien au contraire. Trois ans ont passé avant qu'à mon tour je ne rejoigne Toulouse. Or, elle venait à peine de quitter la ville, poursuivant ses études à Paris. Puis, quand j'y étais monté, elle n'y était déjà plus : depuis son bac, nous étions irrémédiablement séparés, ainsi que je l'avais suspecté.

Elle avait décroché le poste de chirurgie orthopédique dans l'hôpital qui avait été celui de notre père. Elle avait emmené dans ses bagages un ancien condisciple de la fac, Frédéric. Ils s'étaient installés tous les deux dans cette maison biscornue, peut-être trop grande pour eux, mais qui, par bien des aspects, ressemblait beaucoup au couple qu'ils formaient.

— J'ai fini ma garde il y a deux heures à peine. Fred en a pour toute la nuit…

— Toujours pas de mariage en vue ?

— J'ai du lait bien chaud à portée de main. De quoi te faire passer l'envie de dire n'importe quoi.

— J'hésite à parler de bébés…

— Tu fais bien d'hésiter, Gribouille. La prudence est une vertu. Comment as-tu trouvé nos parents ?

— Papa a pris un coup de vieux.

Elle qui ne s'inquiétait jamais de rien, qui voyait toujours les choses du côté le plus lumineux, approuva de la tête.

— Il n'y a pas uniquement ce qui s'est passé hier matin. Le numéro de Marie à Noël l'a atteint plus qu'il n'a voulu le laisser paraître.

— Tu lui as reparlé ?

— Elle reste terrée. Je lui ai téléphoné, deux ou trois fois. Elle a tenté de se justifier, arguant du fait que les ennuis qu'ils rencontraient avec leur maudit hôtel lui mettaient les nerfs à fleur de peau, parce que personne d'autre ne semblait s'en soucier. Mais tu la connais, elle a persisté à laisser entendre qu'elle avait raison, qu'elle ne s'excuserait surtout pas et a ressorti son costume de vilain petit canard que tout le monde rejette. Finalement, qu'on se voie moins, ça me fait des vacances.

Il y avait des photos aimantées sur la porte du frigo. J'y apparaissais souvent. Valentine faisait toujours l'idiote sur les clichés. Mais, dès que ceux-ci étaient pris à l'improviste, spécialité de Maman, elle était renversante. C'était tout le contraire de Marie que tout le monde trouvait très belle mais qui, quand on la photographiait, ne dégageait qu'une colère sourde.

— La dernière fois que je suis allé chez elle, à Luchon, je me suis aperçu que, sur les photos exposées, nous n'étions sur aucune. À l'exception de Papa et de Camus.

Je n'ai pas pu m'empêcher de soupirer. Valentine ne m'a pas quitté des yeux. Je crois ne l'avoir jamais connue en train de baisser la tête. Du coup, quand elle pleurait, elle me contaminait. Cela avait été le cas le jour du mariage de Marie. Nous étions censés marcher devant les mariés, main dans la main. À l'église, Valentine a fondu en larmes. Je lui ai demandé ce qui se passait, et elle est parvenue à m'expliquer, entre deux sanglots, que cette cérémonie nous enlevait notre sœur. Je me suis mis à pleurer à mon tour. Non parce que le départ de Marie m'apparaissait insurmontable, elle l'avait si ardemment souhaité que j'en étais presque content pour elle, mais parce qu'il faisait du mal à Valentine. Marie nous a vus, du coin de l'œil, et elle a pleuré elle aussi. Si bien que, sur les photos, à la sortie de l'église, on ne voit que nos trois mines défaites et nos yeux gonflés.

— Et toi alors, comment vas-tu ?

J'ai haussé les épaules. Qu'est-ce que je pouvais bien répondre à quelqu'un qui lisait en moi aussi facilement que le faisait notre mère ?

— J'ai beaucoup de boulot.

— En voilà, une nouvelle !

Il faisait bon, dans sa cuisine. Moi, jamais je n'étais parvenu à instaurer une telle chaleur dans les différents logements que j'avais occupés. J'y avais toujours froid, y compris l'été.

— Tes dessins ?

— Tu veux que l'on en revienne à ton mariage et à ta future descendance ?

— Je vois. Évitons de parler des dessins… Tu t'es enfui par la fenêtre ? Tu sais que Papa a toujours su pour nos escapades nocturnes ? Il nous entendait. Comme on se contentait de rester dans le parc, il n'a jamais rien dit.

— Les fameux tours de la maison dans le noir…

Elle m'a laissé un petit moment à sourire de nos souvenirs d'enfance avant de m'en faire revenir.

— Maman m'a dit que Camus était censé venir vous faire un topo de la situation.

Je lui ai résumé ce qu'il nous avait rapporté, à commencer par la découverte d'un deuxième bras, ce dont elle était déjà informée :

— Ils ont réquisitionné une des salles de la morgue, pour entreposer les restes et permettre au légiste de travailler. J'ai été aux premières loges, ce soir. C'est à moi qu'on a demandé les constatations préliminaires.

— Alors ?

— Découpé aussi proprement que cela est possible. Et congelé, ça ne fait aucun doute.

— Rien d'autre ?

— C'est un bras de femme, je ne pense pas me tromper en l'affirmant.

Elle a marqué un temps d'arrêt, et je l'ai vue se rembrunir.

— Ce n'est pas le même corps, Gribouille. Ce bras, il ne correspond pas à la découpe de l'omoplate du tronc trouvé au Moulin-Rouquier. Je croyais que Camus vous l'avait dit.

— Je me doutais bien qu'il oubliait quelque chose à sa façon de s'agiter sur sa chaise.

— Rien n'indique que c'est elle.

— Rien n'indique le contraire. Tu sais très bien qu'elle est morte. Vous le savez tous. Ce que je sais, moi, désormais, c'est que c'est dans cette rivière qu'on la trouvera. Qu'on a peut-être déjà commencé à la trouver.

4

J'étais obnubilé par la photo aérienne de la ville qui était accrochée dans ce commissariat dépeuplé. J'ai quitté mon fauteuil pour aller la contempler. Les couleurs étaient passées. Elle dégageait quelque chose de désuet. Fontmile y apparaissait prisonnier d'un temps révolu. La montagne tombait dans la ville, à moins que ce ne soit la ville qui était tombée de la montagne. Vu du ciel, le lit de la Vissalès ressemblait à un fil épais qui les cousait l'une à l'autre. Comme pour confirmer le fait que je l'ai toujours considéré à part, notre quartier était hors du cadre. On en devinait à peine les pourtours.

J'ai reconnu les endroits qui avaient été les nôtres, à Émilie et à moi. Du bout de l'index, j'ai tracé une sorte de pèlerinage. J'ai fait comme le vieil homme dans l'une de mes bandes dessinées.

Il était inconsolable depuis le décès de son épouse. Ils avaient vécu ensemble durant de longues années dans une petite ville côtière, avec ses falaises, son port minuscule et l'océan qui venait lécher sa baie. Depuis qu'il y était seul, dans leur modeste maison perchée en haut d'une route toute droite, il s'astreignait à effectuer tous les jours le même parcours, à pied. Il descendait vers la ville, la traversait, s'y arrêtant régulièrement, et finissait le soir à l'extrémité de la jetée qui s'enfonçait loin dans la mer. Chaque étape de cette marche quotidienne était liée à un souvenir de son épouse qu'il ravivait. C'était sa manière d'entretenir sa mémoire, redoutant qu'elle ne flanche et ne lui prenne son aimée pour de bon. C'était sa manière à lui de la garder vivante. Peu importait que tous les autres le prennent pour un fou qui parlait tout seul ou qui pouvait rester totalement immobile, le regard perdu vers le large. Peu importait que ses jambes soient si lourdes que remonter chez lui au crépuscule devenait de plus en plus difficile. Il fallait qu'il le fasse. Je savais comment cela devait se terminer. Un jour, au bout de la jetée, il la retrouvait. Et ne remontait plus.

Je dessinais cette histoire en noir et gris, à l'encre de Chine et au fusain. Émilie n'avait lu que dix planches en tout et pour tout, parce que j'avançais très lentement dans ce récit. Mais elle adorait le projet. Elle lui avait même trouvé un titre : *Coco Bay*.

Elle avait imposé un rituel quand nous suivions nos études à Toulouse. Tous les jeudis, en fin d'après-midi, nous nous retrouvions dans un petit café d'une des ruelles du centre-ville, assis dans la salle du fond. Il y était question de projets. Émilie avait appelé ça la soirée « Et après ? ». Comme elle, je me devais de jouer le jeu, de rêver à voix haute, de bâtir, d'entrevoir, de tracer un horizon, de prouver que je ne me laissais pas endormir. Certaines semaines, je lui soumettais une nouvelle planche. Ses commentaires étaient toujours riches. J'en tenais compte pour améliorer mes récits.

Elle rêvait de Londres ou de New York. New York, surtout. Elle se voyait y vivre, dans une petite maison à étage où elle se serait réservé une pièce rien qu'à elle, débordant de livres. Elle tiendrait une librairie spécialisée en littérature française. Ou bien elle écrirait des articles. Je serais avec elle. J'aurais mon atelier dans notre maison. J'y dessinerais à l'envi. Nous aurions des enfants. Mais plus tard, le temps pour nous d'être en mesure de leur offrir une enfance heureuse.

Pourtant, à cette époque, nous n'avions couché ensemble qu'une seule fois, le soir des résultats du bac. J'étais en sixième quand je l'avais rencontrée. Nous étions devenus amis vers la fin de l'année. Même si je l'avais toujours trouvée jolie, j'ai mis du temps à la considérer comme quelqu'un de sexué. Cela est arrivé avec le temps. Bientôt, quand nous faisions nos devoirs côte à côte au bureau de ma chambre trop étroit pour nous accueillir tous les deux, quand nous écoutions de la musique, allongés par terre, nos jambes entremêlées, quand elle posait la tête sur mon épaule et s'endormait à moitié, mon trouble n'a fait que croître. Elle en était consciente mais n'en jouait pas. Elle affirmait qu'une amitié comme la nôtre était trop précieuse pour qu'on prenne le risque de la gâcher. Elle nous promettait une vraie histoire d'amour, le temps venu. Le soir des résultats du bac, j'ai eu droit à ses prémices.

Au début de l'été 1979, Émilie a fêté ses vingt et un ans. Elle venait de décrocher haut la main sa licence de lettres. Ses cheveux avaient foncé, ses formes s'étaient affirmées. Tout le monde la trouvait radieuse.

Les années qu'elle prenait lui allaient de mieux en mieux. Je crois que j'étais le seul à savoir que, sous cette belle façade, elle cachait une mélancolie de plus en plus profonde. Elle ne savait plus quelle direction prendre. Elle redoutait par-dessus tout de devoir renoncer, ce qu'elle répétait souvent et qui semblait la paniquer. Elle se lassait rapidement des choses, ce qui était nouveau chez elle. Elle pleurait souvent et disait perdre pied.

Elle s'est accrochée à moi aussi fort qu'elle l'a pu. Jamais je ne l'avais sentie si proche. J'avais envie de lui dire que le moment d'être ensemble était enfin venu. Un samedi soir, nous nous sommes retrouvés seuls à la maison, ma mère étant parvenue à convaincre mon père de l'emmener pour un week-end au bord de l'océan. Nous avons dîné en tête à tête sur la terrasse. J'étais bien décidé à lui parler de mes sentiments à son égard tout en ne cessant de retarder l'échéance, même après plusieurs verres.

La nuit n'avait pas totalement vaincu la chaleur étouffante de l'après-midi. Nous étions retournés nous baigner. L'éclairage donnait à la piscine une teinte turquoise irréelle qui déchirait l'obscurité. Émilie y glissait doucement, n'en ridant qu'à peine la surface. Je la contemplais. Parvenue à l'autre bout, le plus naturellement du monde, elle avait retiré son maillot de bain et, sans même me jeter un regard, elle avait continué à nager. Nue. Elle s'était dirigée vers moi. Elle m'avait regardé droit dans les yeux et m'avait souri.

— Et après ? m'a-t-elle lancé.

Je n'ai gardé de nos étreintes maladroites du bac que des souvenirs flous. En revanche, du soir de la piscine, j'ai tout retenu.

Sur la photo, mon doigt s'est posé sur la voie ferrée qui, au moment du cliché, ne semblait pas encore désaffectée. L'effondrement avait eu lieu ici.

Émilie a été enlevée l'ultime samedi du mois d'août 1979. Elle a quitté le domicile de ses parents peu avant treize heures trente pour se rendre chez nous, où je l'attendais. À pied, son trajet habituel lui faisait remonter l'avenue jusqu'à rencontrer l'ancienne voie ferrée et suivre celle-ci sur près d'un kilomètre. Il s'agissait du trajet le plus court, qu'elle empruntait également au retour, sauf s'il faisait déjà nuit ou s'il pleuvait, auxquels cas nous la raccompagnions en voiture.

Ce jour-là, selon la déposition de sa mère, elle était vêtue d'une courte robe d'été bleu roi à fines bretelles, sous laquelle elle avait enfilé son bikini rouge. Elle avait chaussé des sandales à lanières beiges. Elle portait un sac de toile blanc à rayures marine dans lequel étaient fourrés une serviette de bain, des dessous de rechange, son porte-monnaie et les prospectus des campings de la côte dont leur boîte aux lettres avait été inondée depuis plusieurs semaines. Ses cheveux étaient relevés et attachés à l'aide d'une pince en plastique noir. De grosses lunettes de soleil étaient calées en haut de sa tête. Son père, lui, s'était avoué incapable de la décrire avant son départ. La seule chose dont il pouvait se souvenir, c'est qu'ils s'étaient disputés. Elle leur avait lancé qu'elle allait chez les Neyrat, et il n'avait pas pu s'empêcher de la piquer une fois de plus avec une réflexion, trouvant qu'elle passait beaucoup trop de temps dans cette famille et qu'il ne fallait pas qu'elle oublie d'où elle venait, ni que jamais ces gens-là ne la considéreraient comme une des leurs, quoi qu'elle fasse. La réponse d'Émilie avait été sèche. Le ton était monté. Il avait jeté son journal par terre. Elle était partie en claquant la porte.

Le recoupement des témoignages indique qu'elle a bifurqué quelques minutes plus tard vers la voie ferrée. À partir de là, elle s'est volatilisée. Plus aucune trace. Aucun vêtement, aucun sac, aucun accessoire. Rien du tout.

Ainsi que je l'avais redouté, la rivière nous l'avait rendue, quelque temps après les premiers morceaux. Le jour où ses parents sont descendus dans les sous-sols de l'hôpital pour identifier ce qui restait de leur fille, Valentine était présente. On lui avait en effet demandé d'aider à reconstituer le corps sur la table en inox d'une des deux salles de la morgue, afin que celui-ci soit le plus présentable possible. Elle refuse d'en parler. Je ne peux qu'imaginer ce qu'a dû représenter cette épreuve, et ce que je m'imagine est au-delà du soutenable. À ce moment-là, comme moi, elle n'avait plus aucun doute sur l'identité d'« Ophélie 2 ».

Elle a assisté à la suite depuis la pièce voisine. Elle a vu les parents se tenir devant cette table. Quand le drap opératoire a été délicatement retiré, la mère n'a pu retenir un petit cri d'animal blessé. Elle n'a pas esquissé le moindre mouvement. Le père est resté stoïque. Il a cependant eu besoin d'une bonne minute pour encaisser. Il s'est alors approché, d'un pas très lent. Sa femme s'est avancée à sa hauteur avec un temps de retard, si chancelante qu'on pouvait craindre qu'elle ne s'effondre. De sa main, elle l'a cherché sur sa gauche. Mais lui est demeuré figé, refusant le moindre contact physique avec son épouse. S'écartant même légèrement.

Ils n'avaient jamais cru à une fugue, à une disparition volontaire de leur fille. Dès le début, ils ont eu la certitude qu'elle était morte. Ils ont seulement attendu près de cinq ans qu'on la leur rende. Et c'était le cas ce matin-là.

M. Goulard a observé chacun des membres avec une attention presque inconvenante. Sa femme a rapidement détourné le regard pour se fixer sur le sol carrelé et la bonde d'évacuation qui y était percée. D'une voix aussi glaciale que cette pièce, il a reconnu que la légère cicatrice à la cheville était le résultat d'une chute de vélo, l'été où il avait retiré les petites roues du tricycle d'Émilie. Celle sur l'avant-bras, c'était le jour où, se dressant sur la pointe des pieds pour atteindre le haut de l'armoire à pharmacie, elle avait glissé et cassé les deux étagères comme un karatéka brisant une pile de briques. Que le vernis à ongles écaillé sur ses orteils était de la couleur qu'elle utilisait habituellement.

Il a demandé qu'on leur montre l'envers de ce qui restait du corps. On leur a proposé de sortir le temps que cela soit fait, il a répondu que c'était inutile. L'assistant du légiste a alors pudiquement remis le drap en place et s'est exécuté à l'abri de celui-ci. Pour le torse, il a dû s'y reprendre à plusieurs fois. Puis le drap a de nouveau été soulevé, et le père a également inspecté avec minutie le moindre centimètre carré de peau gonflée et grise. Quand il a eu terminé, il s'est redressé et, sans se retourner vers l'inspecteur qui les avait accompagnés, a demandé si elle avait été violée.

— Les éléments que nous avons en notre possession nous laissent croire que cela n'a pas été le cas.

— De quoi est-elle morte ? a-t-il continué, toujours dans la même posture.

— À ce stade, nous l'ignorons. Les examens toxicologiques n'ont rien montré, et il n'y a aucune blessure apparente sur le corps. On penche pour un coup fatal porté au crâne ou une strangulation.

Le père a hoché la tête. Puis il a fait trois pas en arrière, revenant à son point de départ, immédiatement rejoint par sa femme.

— C'est bien notre fille, a-t-il alors lancé.

Pour la première fois, il a regardé son épouse. Et il a répété :

— C'est bien Émilie.

Et elle a confirmé d'un clignement de paupières.

— Pouvons-nous demeurer un moment seuls avec elle ?

— Cela ne sera pas possible aujourd'hui, monsieur. D'autres analyses sont en cours. Mais, dès qu'elles seront terminées, d'ici à quelques jours, j'accéderai à votre requête. Les restes de votre fille vous seront rendus, et vous pourrez prendre toutes les dispositions que vous souhaitez pour ses funérailles.

Docilement, les parents d'Émilie ont suivi le policier dans le couloir. Et Valentine est revenue dans la salle, assistant au nouveau démembrement du corps.

Son inhumation avait eu lieu trois semaines plus tôt, au cours d'une cérémonie dépeuplée et froide. J'ai surmonté l'épreuve sans souffrance particulière, y compris quand j'ai posé ma main contre le bois verni de son cercueil. Valentine et mes parents m'ont accompagné. Ils ne se sont pas approchés du cercueil ni des parents dont personne n'ignorait l'hostilité à notre endroit. Marie avait laissé un message sur mon répondeur disant qu'elle avait beaucoup de peine, qu'elle pensait à moi mais ne pouvait venir à cause de son travail. Sa voix était douce, mielleuse. Insoutenable.

À l'issue de la cérémonie, je me suis approché de M. et de Mme Goulard. Elle, les yeux hagards et le visage mort. Lui, me toisant avec dureté.

— Tu as du cran, François ! J'ai pourtant déjà eu l'occasion de te dire que nous ne voulions plus te voir. Tout ceci est votre faute, à toi et à ta putain de famille ! C'est votre œuvre. Retourne donc d'où tu viens. Laisse-nous au moins la pleurer sans essayer de nous la voler une fois de plus.

Je n'ai pas insisté. Ses paroles ne m'ont pas atteint. Je les attendais. Je m'étais même figuré que ce serait pire et qu'il serait capable de me gifler.

Nous sommes revenus à la maison où nous avons déjeuné tous les quatre. Camus nous a rejoints pour le café. Il a immédiatement posé ses grosses mains de part et d'autre de mes épaules. J'y ai senti tant de force que je l'ai cru capable de me soulever. Il m'a regardé droit dans les yeux.

— Allez, mon garçon !

Ces mots, presque murmurés, ont sonné si juste que j'ai fini par craquer.

5

Je me suis écarté de la photo aérienne pour me rendre compte que le couloir bruissait. L'étage du commissariat s'animait. Toutefois, quand on passait devant la pièce où on me faisait patienter, les voix se mettaient en sourdine et les pas se faisaient plus discrets. Je n'ai pas eu envie que les inspecteurs me découvrent debout. Je me suis rassis, le dos tourné à la porte.

Je ne les connaissais pas. Camus me les avait décrits, mais ses mots n'avaient pas suffi à me les représenter. En revanche, j'avais une image bien précise du juge d'instruction chargé de l'affaire. Il avait donné une conférence de presse, dans le salon d'honneur de la mairie, au moment où on avait découvert d'autres membres dans la rivière. Camus m'en avait procuré un enregistrement vidéo afin de « mieux étudier l'énergumène », comme il me l'avait conseillé.

Fontmile faisait alors la une de l'actualité depuis près de deux semaines. Des morceaux de corps dans la Vissalès, de sa source jusqu'aux méandres autour desquels la ville s'était développée, n'en finissaient pas d'être repêchés. Les journaux donnèrent un nom à celui qui avait commis ces actes horribles : le Dépeceur. Et le surnom donné aux victimes par les policiers du SRPJ fuita également dans quelques articles : « Ophélie 1 » et « Ophélie 2 ».

Les rumeurs enflèrent. Les fausses alertes se multipliaient. Ainsi, j'ai appris qu'un professeur d'EPS du lycée de la ville, parti à l'aube pour un footing le long des chemins forestiers des Monts-Louvière, avait fait une halte dans un petit village, l'un des derniers encore habités sur ces versants, pour se rafraîchir à l'eau de son lavoir. En se penchant au-dessus d'un des deux bassins, il avait aperçu une forme blanche dans le fond et avait cru y reconnaître une jambe. Les policiers n'ont extirpé de ce lavoir que deux sacs plastique remplis de détritus.

Un mercredi après-midi, trois jeunes garçons ont eu la tentation d'aller explorer les cours d'eau. Comme les rives étaient désormais particulièrement surveillées, ils avaient opté pour un des nombreux ruisseaux qui convergeaient vers la vallée. Fort logiquement, leur choix s'était porté sur le Dubron. Comme l'avait prédit Camus, le rapprochement avec l'inondation de 1964 avait été inévitable. On avait exhumé les récits de ce macabre épisode, quand il avait fallu repêcher des morceaux de cadavres éparpillés en ville par ce ruisseau devenu furieux. Celui qui, en débordant, avait semé des corps à moitié décomposés dans les rues de la ville. S'il y avait bien une eau à même de charrier d'autres morts, c'était celle-ci, selon eux. Ils avaient posé leurs vélos au pied du Cimetière-Vieux et avaient remonté le courant. Quand le ravinement s'était fait de plus en plus escarpé, ils avaient failli renoncer, déçus de n'avoir rien trouvé. Mais un tronc de sapin tombé en travers du ravin avait donné un autre tour à leur expédition. Ils s'étaient mis au défi de traverser, debout, quatre bons mètres en surplomb de l'eau, au mépris des moignons de branche qui hérissaient cette passerelle de fortune. Le plus hardi s'était élancé en premier. Rendu au milieu du parcours, il s'était crânement dressé au-dessus du ruisseau, jambes écartées, tourné dans le sens du courant. Il l'avait maudit, l'écho répondant à ses insultes. Puis, pour signer sa performance, il avait décidé d'y pisser dedans. Ce faisant, il avait regardé en contrebas le résultat. Et y avait clairement distingué un torse de femme, les seins bien visibles, juste à l'endroit que son jet d'urine éclaboussait. Il en avait perdu l'équilibre et avait été à deux doigts de tomber. Il n'avait évité la chute qu'en s'accroupissant sur l'arbre. Ensuite, il avait refusé de bouger et hurlait comme un fou dès qu'un des deux autres esquissait un pas pour venir le rejoindre et l'aider à revenir. Ils n'avaient eu d'autre solution que d'aller chercher de l'aide. Il y eut tout un branle-bas de combat pour en fin de compte découvrir que, en guise de torse féminin, il n'y avait qu'un petit amoncellement de rochers polis par l'eau.

Dans les faits, seule la Vissalès a dispersé les Ophélie. Mais, comme elle ne les a pas restituées entièrement, on continue de penser qu'elle ou un de ses affluents recommenceront tôt ou tard.

Camus avait vu juste en affirmant que tout s'était joué à la source. Toutefois, la paternité de la résolution du mystère de cette déferlante de membres découpés est revenue à un homme brièvement côtoyé du temps de l'école primaire. David Pérouse, un nom que j'avais longtemps associé au Mal et au danger les plus absolus. Dans la cour, il jouait les terreurs, y compris avec les adultes, qui n'en venaient pas à bout. C'était le genre de garçon qu'il ne fallait pas croiser. L'image que je gardais de lui, la dernière avant qu'il ne soit renvoyé, c'était le jour où il avait escaladé un des platanes afin d'y débusquer un nid d'oiseaux, puis avait embroché un à un les oisillons pour ensuite exhiber son trophée, se délectant du dégoût et de la peur qu'il faisait naître sur son passage.

Le retrouver cité dans le journal dans de telles circonstances me fit bizarre. J'avoue que la première chose à laquelle j'ai pensé, c'est que, au-delà d'un témoin, on tenait le coupable. Et que ce soit finalement lui ne m'étonnait pas, même si j'ignorais ce qu'il avait bien pu devenir après toutes ces années.

Pérouse travaille dans une entreprise de travaux publics et ne fait plus d'histoires depuis qu'on l'a retiré de l'école. Mieux, dans les récits faits de sa macabre découverte, il apparaît comme un homme calme et discret, un type sans problèmes. Et surtout comme un fils exemplaire. Dans un hebdomadaire, un journaliste a même évoqué l'« Ombre du Léviathan », lui attribuant une dimension héroïque. Son père était dévoré par un cancer qui lui avait pris la moitié du visage et, depuis peu, les yeux. Il passait ses journées assis contre la fenêtre de la cuisine de sa petite maison, sans dire un mot. La seule chose dont il voulait bien parler encore concernait une grosse truite, la plus grosse qu'il ait jamais vue et qu'il avait ratée à trois reprises dans la première cataracte de la Vissalès, bien plus haut que le Combe-Sourde de mon propre père. Comme si tous les pères de la ville avaient un coin oublié de tous qui les obsédait, dans cette fichue montagne. Son fils, pour le contenter une dernière fois, s'était engagé à pêcher ce poisson de légende et à le lui mettre entre les mains, pour lui faire comprendre que ce combat-là, au moins, il l'avait gagné. Il s'agissait d'un engagement dont il n'avait rien dit mais qui devait représenter le premier objectif peut-être respectable de son existence. Depuis l'ouverture de la pêche, il montait au ras d'un des sommets des Monts-Louvière, près du lieu-dit de la Véra, au moins deux fois par semaine. Les cadavres dans la rivière et les demandes d'éloignement de la part de la police ne le firent pas renoncer, quitte à se garer bien plus loin du site et à finir le trajet à travers bois pour éviter les patrouilles de surveillance et les hommes qui sondaient le courant, centimètre par centimètre.

Le matin du 23 avril, lui qui n'avait jamais fait la moindre touche sentit son hameçon être happé par quelque chose de lourd, de très lourd, même. Il venait à peine d'effectuer son premier lancer, et il crut enfin tenir sa proie. Malheureusement, quand il constata que ce qui était au bout de sa ligne ne se débattait pas, il déchanta. Comme il n'arrivait pas à sortir le poids mort de l'eau ni à décrocher son hameçon, il avait été contraint de mettre les pieds dans l'eau et de s'approcher. Il venait de pêcher un bras, encore un autre. Il était resté impassible, comme assommé, si on en croit l'article. Moi, au contraire, je pense que ça ne lui a fait ni chaud ni froid. Et je l'imagine bien hésiter à signaler sa trouvaille, certain alors que son site de pêche serait irrémédiablement bouclé pour de longues semaines. Avant de se raviser de peur que son mensonge ne le range du côté des suspects. Il s'était donc penché. Il avait coupé le crin au ras de la surface puis était retourné calmement à son poste. Il avait pris le temps de plier ses affaires. De quelques phrases apitoyées, on le décrivait regardant une dernière fois le cours d'eau naissant, l'abandonnant au Léviathan de son père et admettant sa propre défaite. Avant de descendre en ville prévenir la police.

Le juge organisa donc une conférence de presse. Il souhaitait mettre fin à cette agitation qui menaçait de céder à la panique et réduire le champ de manœuvre des analystes autoproclamés. Il s'était montré discret lors des quinze premiers jours de l'affaire et avait besoin de prouver qu'il maîtrisait la situation, y compris la pression médiatique qui y était associée.

Il se présente derrière un pupitre bancal installé à la hâte et qui menace de tomber chaque fois qu'il prend appui sur lui. Il fait jeune. Pour autant, il n'a pas du tout l'air impressionné par l'exercice. Il affiche une belle prestance. Il ouvre devant lui un dossier cartonné. Les fiches que celui-ci contient semblent d'un papier plutôt épais. Le silence se fait peu à peu dans l'assistance. Quand il le considère comme suffisant, le juge prend la parole sans préambule.

Il relate les faits. Il revient au mercredi 11 avril, aux premiers membres découverts dans la rivière. Il est précis quand il est question des découpes. Il parle d'humérus et d'articulation fémorale. Il parle d'un instrument parfaitement adapté et d'une main experte.

— Nous savons aujourd'hui qu'elles ont été effectuées *post mortem*. Les examens sanguins ont attesté que ces deux membres étaient d'un groupe identique, à savoir A positif. Selon le médecin légiste, ces membres n'avaient pas séjourné plus de quarante-huit heures dans l'eau. Les différentes analyses ont aussi convergé vers la certitude qu'ils ont été congelés avant que l'on ne s'en débarrasse. Des équipes ont été dépêchées sur place, non seulement pour fouiller la rivière mais aussi pour en limiter l'approche. Or, ce cours d'eau, qui prend naissance au pied du massif de la Véra, dans les Monts-Louvière, s'écoule sur dix-sept kilomètres avant de rejoindre Fontmile. Il a donc été décidé d'agir tout d'abord autour des deux premiers sites des découvertes tout en remontant le courant depuis la ville. C'est ici que, le jeudi 12 avril, une de ces équipes a découvert un bras droit, similaire au premier dans son mode d'amputation, sous le pont de Bonne-Terre. Ce membre a séjourné un peu plus longtemps dans l'eau, ce qui nous a conduits à conclure qu'il a été immergé en même temps que les deux autres. Lui aussi a été congelé. En revanche, son groupe sanguin était différent : B positif. Ce qui a établi le fait que nous avions deux victimes à déplorer. Nous sommes aujourd'hui certains que les deux premiers membres appartenaient au même corps, celui de la victime numéro 1. Nous savons que cette dernière était une jeune femme dont l'âge se situait autour de la trentaine lors de son décès et ayant déjà enfanté. Aucun signe distinctif ne nous a permis d'accélérer son identification formelle, y compris le croisement avec le fichier des femmes de même âge disparues.

À cet instant précis, le juge relève la tête. Il laisse sciemment la victime numéro 2 de côté. Il parcourt l'assistance du regard. Le silence est maintenant de plomb. Il attend un moment avant de se pencher de nouveau sur ses notes.

— Deux jours plus tard, le samedi 14 avril, deux autres membres ont été repêchés dans la rivière, quatre kilomètres en amont de la ville. Un fémur droit et, quelques mètres plus loin, la partie inférieure d'une jambe droite, toujours dotée de son pied. Ce lundi, 23 avril, au lieu-dit de la Véra, un pêcheur ayant bravé l'interdiction mise en place a découvert un troisième bras, un bras droit. Le *modus operandi* est toujours le même, la congélation étant également attestée. La date d'immersion correspond aux membres précédents. La découverte de la Véra a attiré notre attention sur la source de la rivière. Il y a, un peu plus haut, l'exutoire par lequel elle surgit des sols calcaires où elle prend naissance. Une série de petites cavités souterraines existe à cet endroit, quasi inaccessibles. Cependant, deux spéléologues de la brigade des pompiers de Toulouse ont pu s'introduire dans ce sous-sol par un des puits naturels. Nous avons retrouvé là d'autres restes humains entassés, à savoir un autre tronc féminin, un quatrième bras, deux autres fémurs et deux autres parties inférieures de jambe. Nous pouvons affirmer que le responsable d'un tel acte s'est débarrassé de ces morceaux de corps en les jetant dans cette cavité entre le dimanche 8 et le lundi 9 avril. Or, il n'a sans doute pas tenu compte des fortes pluies des quarante-huit heures précédentes qui ont contribué à charrier une partie de ces restes hors de la faille. Le courant, rendu particulièrement fort, les a alors emportés plus en aval. Sans entrer dans les détails, sachez que ces découvertes nous ont permis de recomposer en grande partie les deux corps féminins. Ne manquent que les deux têtes, les mains, le fémur gauche de la victime numéro 2 et la partie inférieure de la jambe gauche de la victime numéro 1. Ces deux derniers membres manquants ont pu être emportés plus bas par le courant ou bien n'ont pas encore été repérés. Il n'est pas non plus à exclure qu'un ou plusieurs animaux s'en soient emparés. Toutefois, nous excluons d'une telle remarque les têtes et les mains. Le coupable pensait empêcher les identifications. Aussi s'en est-il vraisemblablement débarrassé d'une autre manière. Groupes sanguins, examens osseux et analyses des découpes correspondent. Je m'inscris donc en faux face aux informations que certains font circuler à tort : il n'y a pas de troisième victime. La victime numéro 2 était plus jeune que la victime numéro 1. Elle n'a jamais enfanté. Aucune trace de violence n'a été observée sur ces corps. Les entrailles, toujours présentes dans les deux abdomens, confirment bien la congélation mais permettent également de situer celle-ci à six mois minimum.

Le juge s'interrompt. Un murmure parcourt alors la salle. Il enfle en un tumulte. Une question est posée, presque criée, depuis le fond :

— Quand vous parlez d'absence de violence, excluez-vous le fait qu'elles aient été découpées en morceaux ?

Le juge reste placide. S'il se rend compte de sa maladresse de langage, il ne le montre pas. Il ne cherche pas à couvrir le brouhaha et, comme il a déjà prévenu qu'il ne répondrait à aucune question, il prend le temps de boire une gorgée d'eau et attend que le calme revienne. À son attitude, on comprend qu'il ne cédera pas. Il promet ensuite que l'identification des deux victimes est une question de jours. Il déclenche un nouvel émoi quand il dit que rien ne peut prouver que celui ou celle qui a commis cela soit le même ou la même qui les a dépecées ni celui ou celle qui les a tuées. Le vol de cadavres fraîchement inhumés après une mort naturelle n'étant pas à exclure.

— La personne que nous recherchons connaissait les failles de la Véra et n'avait pas l'intention de nous dévoiler son forfait. Les pluies diluviennes du début du printemps ont mis à mal la stratégie de notre individu pour cacher les corps démembrés. Cela laisse penser que sa connaissance de la topographie de la montagne, et donc de ses réactions aux phases climatiques plus extrêmes, est limitée. Ou bien qu'il était trop pressé pour se préoccuper de cela. En revanche, son savoir en anatomie humaine est beaucoup plus sûr.

Nouveau tumulte, nouvelle interruption du juge, toujours aussi maître de ses nerfs. C'est ce qui m'a le plus marqué en visionnant la bande, son sang-froid et sa maîtrise. Rien ne semblait pouvoir le désarçonner ou le détourner de l'objectif qu'il s'était fixé. Je le trouvais redoutable.

Après sa conclusion, des questions, inaudibles pour la plupart, fusent de toutes parts. Il les ignore, prenant tout son temps pour refermer son dossier et le lier solidement. Puis il fait signe aux deux policiers qui l'ont escorté qu'il souhaite quitter la salle. Cependant, une question s'élève du chaos, celle-ci tout à fait audible. Elle fige le juge dans son élan.

— Monsieur le juge, Émilie Goulard est portée disparue à Fontmile depuis la fin du mois d'août 1979 et son groupe sanguin était B positif. Pourrait-elle être Ophélie 2 ?

Le juge fusille le journaliste du regard. Pour la première fois, il laisse enfin paraître une émotion. Il hésite à revenir vers le micro. On ne sait pas s'il fulmine au sujet de la question ou bien du surnom de la victime dont il a expressément interdit l'usage. Finalement, il en reste à ce qu'il avait dit. Et il sort du champ.

6

— Papa a été arrêté ce matin.

La voix de Valentine était creuse. Ma sœur n'a jamais été du genre à se mettre en scène ou à faire semblant. Elle ne cherchait jamais à cacher son humeur, bonne ou mauvaise. À son seul « Bonjour », à l'autre bout du fil, j'avais compris que c'était grave.

— Ils l'accusent d'être le Dépeceur.

J'ai senti mes jambes se dérober et me trahir. Le sol était devenu liquide sous mes pieds ; il m'avalait. Je me suis retrouvé assis par terre, le cordon du téléphone si tendu qu'il menaçait de faire tomber l'appareil du bureau.

— Ils ont débarqué à la maison à six heures. Ils ont tout fouillé et emporté sa vieille Peugeot. En ce moment, ils font pareil à Combe-Sourde.

— Pourquoi ne m'as-tu pas appelé plus tôt ?

— Parce que Maman ne m'a prévenue qu'en début d'après-midi, quand la rumeur a commencé à enfler en ville. J'ai d'abord cru que c'était juste une vérification d'usage, qu'on allait faire pareil avec tous ceux qui ont découvert des morceaux dans la rivière. Mais, il y a une heure, on a appris que les inspecteurs avaient pris la décision de le placer en garde à vue.

— Tu es chez nous, là ?

— Oui.

— Et Maman ?

— Elle est partie au commissariat. Elle veut obtenir des explications.

— Comment peuvent-ils le croire coupable ?

Elle a marqué un temps. Seule sa respiration était audible.

— Selon Camus, il a été dénoncé.

Ma ville natale me rattrapait dès que je voulais m'en éloigner. Il y avait eu les corps dans la rivière. Puis, au début du mois de juin, les funérailles d'Émilie. Maintenant, l'arrestation de Papa… Elle refusait de me laisser partir, coûte que coûte. J'étais comme le héros du film *La vie est belle* qui, dès qu'il mettait le pied dans la gare, valises en main, était frappé par une catastrophe qui le contraignait à faire demi-tour et à renoncer à son désir de liberté. Son père mourait. Le mien était devenu un monstre. À la radio, le journal du soir secouait le pays qui guettait avec impatience les vacances d'été en annonçant que, dans l'affaire du Dépeceur de Fontmile, un suspect venait d'être arrêté, un chirurgien à la retraite dont on ne donnait pas le nom et sur qui pesaient de lourdes suspicions.

Pour la troisième fois en quelques semaines, j'ai fait la route d'un trait. J'ai débarqué dans notre rue vers quatre heures du matin. Une voiture était garée en face de chez nous. Quand ils m'ont vu approcher, deux policiers en uniforme en sont sortis et m'ont demandé mes papiers. Camus est allé à leur rencontre. Il a ensuite ouvert le portail pour que je puisse entrer.

— Nous avons obtenu une protection policière parce que c'est en train de se déchaîner contre ton père. Le téléphone ne cesse de sonner. Et il ne s'agit pas de messages de soutien, tu peux me croire. Ta mère a refusé qu'on le débranche avant que tu n'arrives.

— Elle est couchée ?

— Elle a fini par accepter d'aller s'allonger un peu. Valentine est restée avec elle.

— Et toi ?

— J'ai promis à ton père de veiller sur vous. Il sait de quoi les gens sont capables quand ils sont en colère. Alors je monte la garde pour dissuader les abrutis qui oseraient s'approcher de trop près. Et puis, je te guettais, mon grand.

— Bon sang, Camus ! Qu'est-ce que c'est que cette histoire de garde à vue ? Les flics ont perdu les pédales, ou quoi ?

— Ils n'avaient pas d'autre option après avoir fait arrêter ton père et n'avoir rien obtenu depuis hier matin, ni aveu ni indice. Soit ils le relâchaient, soit ils le gardaient le temps de faire la lumière sur certains points épineux.

— Des points épineux ? C'est quoi ? Le fait qu'il ait été chirurgien ? Qu'il passe beaucoup de temps à Combe-Sourde ?

— Qu'il connaissait la première victime également…

— Ce sont les parents d'Émilie, n'est-ce pas ? Ce sont eux qui l'ont balancé ?

Camus eut soudain l'air las. Il se tassa sur lui-même, avec un soupir douloureux qui semblait ne jamais vouloir finir.

— Des lettres de dénonciation et des coups de téléphone, ils en ont reçu un paquet, depuis quelques semaines. À se demander s'il y a quelqu'un dans cette vallée dont le nom n'a pas été cité au moins une fois.

J'ai alors aperçu Valentine sur notre perron. Elle avait l'air frigorifiée, serrant son gilet à un point que son corps en paraissait écrasé. Elle est tombée dans mes bras, au sens propre. Pour la première fois de ma vie, j'ai soutenu ma sœur. Elle a pleuré dans mon cou, et ça m'a bouleversé. Camus nous a laissés tous les deux. Il a disparu quelque part dans la maison où l'obscurité semblait régner en maîtresse. Ici aussi, pour la première fois.

Quand elle a eu la force de se redresser, elle a proposé que nous allions marcher dans le jardin, dans le noir, comme nous le faisions en cachette autrefois.

— Maman s'est endormie. On va lui laisser un peu de répit. Même dans son sommeil, elle sentira que tu es de retour…

Nous avons fait quelques pas jusqu'au banc de notre père.

— C'est comme s'il n'était plus ici. Quand il était à Combe-Sourde et qu'il y restait dormir, on percevait encore sa présence. Alors que là, plus rien.

— Est-ce que vous en savez davantage ?

— Pas vraiment. Personne n'a voulu recevoir Maman. Mais ils lui ont donné rendez-vous dans la matinée. On nous a adressés à un avocat de Toulouse, plus à même de gérer ce genre de situation que ceux que nous connaissons. Il m'a fait bonne impression. Il paraît que c'est un cador.

— Comment peut-on croire Papa capable de telles horreurs ? Il est l'homme le plus sage et le plus pondéré qui soit. Quand Camus a tenté de le convaincre de venir chasser avec lui, il a renoncé, dans l'impossibilité de se servir de son fusil.

— Il s'agissait pourtant d'une belle pièce, un lièvre comme on en voit peu. Il a épaulé mais n'a pas pu appuyer sur la détente.

Nous avons sursauté de concert. La grosse voix a surgi dans notre dos. L'immense silhouette de Camus s'est détachée de l'ombre de la maison.

— Désolé, les jeunes, mais je me méfie des rôdeurs. Ce n'est pas que je veuille écouter votre conversation, mais je serais plus à l'aise si vous rentriez. Pardonne-moi de parler ainsi, François, mais dans ce genre d'affaires, on part du principe qu'on convoite tout d'abord ce que l'on a sous les yeux. Émilie est la première victime, dans l'ordre chronologique. La brigade judiciaire pense que celui qui l'a enlevée appartient à son entourage. Ton père fait partie d'une liste assez longue, qui peut emmener jusqu'aux milieux étudiants de Toulouse. Plusieurs coïncidences l'ont même placé en tête. Voilà pourquoi on a commencé par lui.

— Cela va se tasser assez vite, dans ce cas.

— Je l'espère. Tout va dépendre du juge. Beaucoup finissent par trouver le temps long, y compris sa hiérarchie. Deux mois que les corps ont été retrouvés, et les enquêteurs n'ont pas été en mesure de mettre la main sur le moindre suspect crédible. Votre père sortira blanchi, je vous l'assure. Cependant, tant que le vrai coupable n'aura pas été identifié, cette regrettable arrestation va nous coller aux basques comme la chtouille. Pierre restera aux yeux de beaucoup de monde le Dépeceur. Estelle restera la femme du monstre, et certains s'empresseront de la juger complice, peut-être même plus. Et vous, vous serez les enfants du Mal, avec son sang qui coule dans vos veines. Je ne peux pas vous garantir que tout va se dégonfler en un claquement de doigts. Même quand l'été sera passé sur tout ça.

— Marie a été prévenue ?

Ma question s'est perdue dans la nuit.

— Tu ne l'as pas appelée ?

Valentine s'est raidie à mes côtés.

— Non. Et Maman ne le fera pas non plus.

— Il faut l'avertir. Franchement, quoi qu'elle ait fait, ce n'est pas correct de la tenir à l'écart.

J'ai de nouveau vu la carcasse de Camus ployer sous un poids invisible. Il a baissé la tête, le temps que ma sœur me mette au courant.

— C'est elle, a-t-elle lancé (et la colère engourdissait son timbre, le faisant d'un acier bleu qui tailladait presque la nuit). C'est elle qui a dénoncé Papa.

J'ai essayé de ne pas m'endormir. Mais la fatigue m'a pris en traître alors que j'attendais l'aube, assis sur le canapé du salon. Quand je me suis réveillé, il faisait jour depuis longtemps. Quelqu'un avait posé une couverture sur mes genoux. Et la maison était vide.

Sur la table de la cuisine, Maman avait laissé un mot dans lequel elle me disait s'être rendue au commissariat, accompagnée de l'avocat. Le téléphone était débranché. Je devais le laisser ainsi, au moins jusqu'au retour de Camus.

J'ai erré de pièce en pièce, prenant la mesure du désastre. Cette fois, j'ai osé pénétrer dans le bureau de Papa. J'ai même poussé le sacrilège jusqu'à m'asseoir dans son fauteuil, surpris de sentir la chaleur du cuir quand je l'avais toujours imaginé glacé.

Quand je pensais à lui, les images et les souvenirs ne se bousculaient pas dans mon esprit. Au contraire, ils étaient parfaitement ordonnés et rangés, et me revenaient dans l'ordre. Sans pour autant remonter loin dans le temps. Pendant longtemps, j'ai cru que le souvenir le plus ancien que j'avais de mon père, c'était le jour où il me tenait la main alors que nous revenions du stade. Nous avons vu Maman courir dans la rue. Elle rentrait chez nous où elle pensait que j'étais resté seul. Nous l'avons appelée pour la rassurer, mais elle ne nous a pas entendus. Puis elle a trébuché contre l'arête du trottoir et est tombée vers l'avant. J'étais horrifié. Même si elle s'est relevée aussi vite que possible. Quand nous l'avons retrouvée dans la salle de bains, ses deux genoux saignaient. Avec mes yeux d'alors, j'avais l'impression que le sang coulait à flots. Plus tard, j'ai appris que je n'étais pas avec mon père ce jour-là mais avec Camus. C'est lui qui m'avait emmené voir un match de rugby, lui qui me tenait la main, lui qui avait aidé ma mère à panser les plaies que je croyais fatales et qui m'avait rassuré, m'affirmant que ce n'était rien.

J'ai tout un tas de souvenirs de ma mère qui remontent très loin dans le temps. Souvent elle court ou s'affaire. Je la trouve fragile, si fine qu'elle menace de casser à tout instant. Pourtant, c'est une tornade. Une porte d'un placard coulissant mal fixé lui tombe dessus dans notre cuisine. Je ne suis pas témoin de cela. Je la découvre simplement assise dans un fauteuil, un torchon rempli de glaçons contre son front. Elle est livide. Elle me sourit malgré tout.

Nous rentrons avec Valentine. Il fait presque nuit. Ma sœur me tient par la main. Je suis certain que ma mère ne sera pas à la maison, qu'elle n'y sera plus. Marie est parvenue à me persuader de cela. Ce n'est pas le cas. Elle est debout devant la gazinière, en train de faire des crêpes, et elle chantonne. Il s'agit du plus grand soulagement de mon existence.

On sort d'un magasin tous les deux, en ville. Des jeunes hommes assis sur le capot d'une voiture la sifflent et plaisantent sur sa jolie robe courte. Je me serre contre elle. Je veux la protéger mais je me sens trop petit. Elle rit. Elle passe sa main autour de mon cou. Elle dit quelque chose aux hommes, et ils en restent cois. À leur tour, ils deviennent petits. Plus petits que je ne le suis.

Elle râle parce que je refuse de manger ma soupe.

Il y a dans les poches de son manteau des trésors qu'elle extirpe au moment où on s'y attend le moins, d'un geste délicat et qu'elle m'offre.

Elle m'appelle son « petit homme ».

Quand elle vient m'embrasser le soir, dans mon lit, elle me souhaite « Bon voyage ».

Pour mon père, c'est différent. Heureusement, il existe des photos qui le montrent à mes côtés, lors de mes premières années. Le souvenir le plus lointain que j'aie de lui, c'est la fois où, en pleine nuit, la fièvre me plonge dans des cauchemars horribles, des cauchemars où je suis enseveli par du sable qui coule depuis le plafond de ma chambre. Je me tords dans mon lit. Les draps s'entortillent autour de moi, ils m'entravent. Une pointe est fichée dans mon ventre. Rien ne peut l'en retirer. Je parviens pour un temps à m'extirper de cet enfer. J'ouvre les yeux avec peine. Je découvre mon père assis à côté du lit. La lampe de chevet est allumée. Il a sa main posée sur mon front. Il me dit que je suis courageux. Le lendemain, il m'opère de l'appendicite. Il vient me voir tous les soirs dans ma chambre d'hôpital, en blouse blanche et suivi de plusieurs infirmières. Il parle de moi comme s'il ne me connaissait pas. Je crois qu'il ne me reconnaît pas. Pire, qu'il ne m'aime plus parce que j'ai été malade. Mais, avant de quitter la chambre, il se retourne rapidement et m'adresse un clin d'œil. C'est notre secret à nous. Comme les petites voitures que je retrouve sur ma table de chevet tous les matins quand je me réveille, durant mon hospitalisation. J'ai alors près de cinq ans, et mon père est un géant.

Il l'est resté de nombreuses années à mes yeux. Je ne l'ai jamais connu malade. Il se levait toujours aux aurores et se couchait le dernier, y compris pendant les vacances. Ses journées étaient faites de rituels immuables auxquels j'assistais en secret, fasciné par cette seconde vie, celle qui échappait à nos regards. Il commençait toujours par faire sa toilette, en pantalon de pyjama et en tricot de corps. Il ouvrait en grand la fenêtre de la salle de bains, quelle que soit la saison. Il passait beaucoup de temps à se raser, parcourant méticuleusement les nombreux angles de son visage d'un rasoir mécanique qu'il tenait de deux doigts. Ensuite, il s'aspergeait d'eau, à même le robinet, sans en mettre partout. Il passait sa main sur ses joues et sur son menton, à la recherche d'aspérités rebelles qui ne résistaient pas longtemps au retour de la lame. Une fois qu'il était satisfait, il enfouissait sa tête dans une serviette-éponge. Il demeurait ainsi une éternité, si bien que la première fois que je l'ai vu faire j'ai cru qu'il cherchait à s'étouffer. Après, il s'habillait devant le miroir sur pied du dressing avec des gestes lents et précis. S'il demeurait en ville, il revêtait un costume trois-pièces, toujours de couleur sombre. Ses cravates étaient nouées avec art. Il ne supportait pas celles arrangées à la va-vite et qui faisaient davantage penser à une corde passée autour du cou. J'ai eu droit à un cours en bonne et due forme sur la manière de faire un Windsor parfaitement droit et équilibré, le seul nœud digne de ce nom selon lui. Le jour de mon départ pour la fac, il m'a même offert une cravate bleu nuit, en soie. Seuls Combe-Sourde et nos séjours au ski ou à la mer avaient droit à des tenues plus décontractées. Mais il n'aimait pas qu'on le voie ainsi. À la plage, il ne se déshabillait qu'au moment de se mettre à l'eau. Sitôt sorti et séché, il enfilait un short et une chemise ou un tee-shirt.

Il prenait son petit déjeuner dans la cuisine, dans le silence le plus absolu. Puis il montait à bord de son éternelle Peugeot et quittait la maison sans le moindre bruit. Rien, dans ses attitudes, n'était précipité ou ne manquait de maîtrise.

Le soir, quand il rentrait, il restait en costume jusqu'à l'heure du coucher. S'il redescendait de sa montagne, il se changeait et en enfilait un, faisant cependant l'impasse sur la cravate. Nous dînions dans la salle à manger. Il s'asseyait en bout de table. Valentine jacassait sans cesse. Ma mère lui donnait la réplique. Quand Marie était encore avec nous, elle participait à l'effervescence. Mon père, lui, ne parlait pas beaucoup. En revanche, il écoutait. Il nous contemplait tous, et cela le faisait sourire.

Plus tard, il s'installait confortablement dans son fauteuil avec son journal ou un livre et ne bougeait plus. Si nous allumions la télé, il se dirigeait vers son bureau. Le seul péché mignon qu'il s'accordait, c'étaient les westerns. Il n'en ratait jamais un. Les veilles des jours sans école, nous avions le droit de les regarder avec lui. Il ne cachait pas alors sa satisfaction, devenant tout autre, affable, ému, nerveux, surpris… Il se rembrunissait dès le générique de fin, refermant à sa manière la parenthèse qu'il venait de s'accorder.

Il restait debout assez tard, renonçant à regagner sa chambre tant que quelqu'un était encore éveillé. Auparavant, il se promenait dans la maison et parfois dans le jardin. Il y traquait le moindre objet déplacé, la moindre anomalie. Il finissait son tour de garde dans le noir complet, se mouvant dans la nuit avec les yeux d'un chat. Il terminait ses journées comme il les avait commencées : seul et se rassasiant du silence.

Un fossé s'est creusé entre nous deux. J'en suis le principal responsable. Mais mon père n'a rien fait pour m'empêcher de l'élargir tous les jours davantage. Il m'a laissé m'éloigner de lui. Il a accepté sans broncher que je ne le voie plus comme un géant mais comme un homme trop sec et trop rigide. Il a accepté que ses multiples habitudes me deviennent insupportables, que j'aie envie de désordre et de bruit, uniquement pour ne pas être comme lui. Il a accepté que je ne lui parle que très peu, que ma voix baisse d'un ton dès qu'il pénétrait dans la pièce. Que, trop souvent, je lui fasse comprendre que sa présence me freinait et me mettait mal à l'aise. Que ces absences répétées, quand il montait se terrer à Combe-Sourde, loin de nous, me convenaient, qu'elles ne me blessaient plus comme à l'époque où je croyais qu'il partait parce qu'il ne nous aimait pas et que, un jour, il ne reviendrait pas. Maman m'avait rassuré. Elle me disait que, là-haut, c'était sa « fabrique » à lui, un immense atelier à ciel ouvert où il avait besoin d'aller, comme elle avait besoin de dessiner.

— Ton père nous aime, tu peux me croire. On ne dit pas tous les choses de la même manière, voilà tout. Tu comprendras plus tard quelle est sa manière à lui.

En vérité, il a fallu qu'on le jette en prison pour que je le comprenne.

7

Marie avait toujours eu le don de piquer là où ça faisait mal au moment où on s'y attendait le moins. Avec elle, tout pouvait arriver. Elle savait être adorable, à l'écoute, émue, enthousiaste, compréhensive. Mais elle savait également se montrer méchante, de manière plus ou moins volontaire, critiquant, renversant, salissant ce qui était dit, cherchant à désunir à force de réflexions désobligeantes. Elle déclenchait alors des colères sourdes qui semblaient la satisfaire, vous amenant exactement là où elle le souhaitait. Et, si elle échouait, c'était sa colère à elle qui éclatait. Il m'est arrivé de redouter les moments qu'elle passait chez nous et d'être soulagé dès qu'elle repartait dans ses foyers. Il m'est arrivé de trouver sa façon de parler horripilante, trop calculée, trop musicale pour être naturelle. Elle se mettait en scène. Elle pleurait sur commande. Elle séduisait. Elle tirait les ficelles d'un théâtre dont nous étions tous les marionnettes qu'elle relevait ou rabaissait selon ses humeurs. Il m'est arrivé de la détester du plus profond de mon âme.

Quand elle a critiqué Émilie, la présentant comme une opportuniste n'ayant d'autre dessein que de se faire une place dans notre famille, elle m'a perdu. À côté de ça, qu'elle méprise ma vie trop sage, ma façon de rentrer dans le rang, qu'elle reproche à Valentine d'être une fille à papa, qu'elle montre toute son hostilité à Maman, qu'elle reproche des tonnes de choses à notre père, j'avais trop l'habitude pour que cela me touche réellement. Papa baissait la tête. Maman quittait la pièce. Valentine répétait que Marie méprisait tout ce qui n'était pas Marie. Et moi, je ne disais rien. Les opérations de sabordage qu'elle tentait de mener ne survivaient guère à son départ.

Le Noël précédent, il en avait été autrement. Elle avait franchi sans état d'âme le Rubicon. Elle avait piétiné ces deux jours qui nous réunissaient tous comme avant. Elle s'était accrochée avec Maman dès le réveillon. Valentine lui a volé dans les plumes sans réussir à la calmer. Elle l'a attaquée à son tour sur le fait qu'elle négligeait ses neveu et nièce, qu'elle ne se comportait pas comme si elle était de la même famille qu'eux. Elle aurait pu me balancer au visage la même chose. Sauf que, de mon point de vue, c'était fondé.

Le lendemain, l'ambiance était tendue. Si tendue que même Camus n'était pas parvenu à dérider Marie, lui qui lui passait toujours tout et prenait régulièrement sa défense. Elle a eu la décence d'attendre que ce qui restait de la famille s'en aille pour persévérer. Elle a hurlé, en sanglots. Elle nous a lancé qu'elle nous plaignait parce qu'elle sentait bien qu'il y avait une grande détresse en chacun de nous. Puis elle est partie en claquant la porte, jurant qu'elle ne reviendrait plus, suivie par son mari, impuissant, piteux, se confondant en excuses.

Les dégâts qu'elle avait occasionnés n'avaient pas tous été réparés, cette fois. Maman jurait qu'elle ne lui pardonnerait pas. Papa souffrait de son comportement mais, fait rare, n'a pas tenté de jouer les conciliateurs.

Jamais, cependant, je ne me serais douté qu'elle puisse aller plus loin. Qu'elle envoie notre père en prison et qu'elle fasse de moi un témoin à charge.

Elle avait quitté la maison en 1966, au moment de son mariage avec Serge. J'avais huit ans, et c'était la première fois qu'on enlevait quelqu'un à mon univers. Marie restait pourtant à Fontmile, mais dans son propre appartement. Elle travaillait au Grand Hôtel et venait d'y être promue directrice adjointe. Son époux, lui, travaillait à l'usine depuis son retour du service militaire. Il était dynamique et avenant. Les gens l'aimaient beaucoup. À défaut de diplômes ou de réelles compétences professionnelles, il savait s'adapter rapidement et faire ce qu'on attendait de lui, sans s'économiser. Papa a voulu lui faire une fleur. Il lui a permis de rejoindre l'hôpital, dans les services de la maintenance et de la logistique. Il n'a pas fallu longtemps pour qu'il s'y sente un peu à l'étroit et qu'il exprime le vœu de se rapprocher des patients. Les carrières médicales lui étaient bien entendu fermées, mais il affirmait que d'autres voies étaient possibles. Son truc à lui, c'était tout ce qui tournait autour du sport. Papa est de nouveau intervenu mais n'a pu faire mieux que de trouver des formations dans des stations thermales ou des maisons de rééducation. Elles se sont si bien déroulées que

Serge en a été conforté dans sa vocation tardive. Il a appris. Il a écouté. Il a voyagé. Beaucoup. Il disait qu'il manquait une maison de convalescence dans le coin, qu'elle pourrait être reliée à l'hôpital. Il y occuperait une place importante.

Pourtant, quelque temps plus tard, il quittait l'hôpital de Fontmile et, ce faisant, enterra son projet. Sur cet épisode, les versions divergeaient. Certains parlaient d'une faute qu'il aurait commise, dépassant ses prérogatives et mettant un patient en danger. C'est ce que j'ai entendu quand j'ai travaillé là-bas. D'autres disaient que le personnel avait obtenu sa tête, lassé du fait qu'il ne cesse de rappeler qu'il était le gendre du patron et qu'il se comporte comme tel. Ou bien qu'il aurait fauté avec une infirmière et que notre père, l'ayant appris, l'avait flanqué à la porte.

Serge balayait tout cela d'un revers de la main : ses ambitions ne cadraient plus avec le rôle auquel on le condamnait. Marie s'en était bien sûr mêlée. À l'entendre, notre père n'avait rien fait pour l'aider à rester.

Ils avaient déménagé de Fontmile pour s'installer à Bagnères-de-Luchon. Serge y avait décroché un emploi saisonnier aux thermes. Il le complétait par des remplacements dans d'autres villes d'eau ou des centres de thalassothérapie qui commençaient à fleurir sur la côte. Marie, quant à elle, avait décroché un poste à l'hôtel des Bains.

Prendre le large lui fit du bien, autant que la naissance de leurs deux enfants. Quand ils revenaient en ville, plusieurs fois par an, elle paraissait apaisée, partageant même quelques moments de confidence avec Maman, soudain devenue sa complice. Serge s'en sortait plutôt bien. On ne parlait plus de l'incident de l'hôpital. Il avait retrouvé son allant, sa verve et ses gesticulations.

Hélas ! les choses se sont gâtées avec l'apparition dans nos vies de l'hôtel des Perce-neige. Cela faisait un moment que Serge caressait l'idée d'ouvrir son propre centre. Ceux qu'il avait découverts à Biarritz ou ailleurs l'avaient convaincu. Les cures n'avaient pas d'avenir, selon lui, leur âge d'or était en train de passer. Les maisons de convalescence ou de rééducation avaient plus d'intérêt. Mais, ce qui allait devenir à la mode, c'était la remise en forme, c'étaient les gens qui voudraient se couper de leur quotidien et être allégés pour un temps de leur stress. Il voulait copier le principe de la thalasso mais à la montagne, couplé à des activités sportives novatrices et adaptées aux différentes saisons, ce qui permettait de rester ouvert toute l'année. Il recherchait activement le site idéal. Et il avait fini par le dénicher, dans les montagnes ariégeoises.

Il s'agissait d'un bel et grand établissement flambant neuf construit au bout d'une route. Le propriétaire avait vu trop grand. Il n'avait pas tenu compte des difficultés croissantes des stations de ski toutes proches ni de la concurrence des villes d'eau mieux situées. Il avait mis la clé sous la porte avant d'avoir pu achever les travaux des thermes qu'il avait voulu accoler à son hôtel. Aucun repreneur viable ne s'était présenté, et les Perce-neige avaient été laissés à l'abandon durant deux longues années.

L'endroit était enchanteur. Un petit gave venait border les bâtiments. Les sommets les coiffaient de toutes parts, spectaculaires et couverts d'une forêt luxuriante, propice à l'aventure. Plus haut, une modeste retenue d'eau amenait une touche supplémentaire, surtout pour l'été. Certes, c'était loin de tout, mais Serge savait comment transformer cela à son avantage. Il voulait confier la gestion de l'hôtel à Marie, tandis que lui s'occuperait exclusivement du centre de soins. Il y avait la grande piscine à laquelle il comptait ajouter un parcours aquatique débouchant sur un bassin nordique en extérieur. Il avait pensé aux cabines de massage, à la salle de sport, au hammam, au sauna, au jacuzzi et aux différents services, le tout garanti issu des sources de la montagne. Il s'était renseigné au sujet des sports hivernaux qui se pratiquaient en Scandinavie, persuadé que ceux-ci auraient très vite le vent en poupe et qu'ils conviendraient on ne peut mieux à la région, bien mieux que le ski alpin. Il fourmillait d'idées qui, sur le papier, paraissaient malignes et prometteuses.

Ils avaient acquis l'hôtel des Perce-neige aux enchères, à la fin de l'année 1977, pour une somme bien inférieure à son prix initial. Ils avaient tenu à le fêter en nous emmenant tous là-bas. Puis ils s'étaient sur-le-champ lancés dans des travaux. Malheureusement pour eux, les normes d'hygiène et de sécurité avaient évolué. La facture s'envola, et l'enveloppe de départ se montra très vite insuffisante. Au final, le chantier frôlait les deux millions de francs. Faute de garanties suffisantes, aucune banque ne voulut leur prêter de quoi en venir à bout. Papa a refusé de se porter garant et encore plus de leur prêter une partie de cette somme. Il avoua qu'à ses yeux le projet n'était pas viable et qu'il n'avait pas le droit de risquer ce qu'il avait gagné dans ce qui allait se transformer en gouffre financier.

En représailles, Marie avait rompu l'armistice. Elle avait juré ses grands dieux, avec force larmes, que leur hôtel ouvrirait, que le centre de soins fonctionnerait tel que Serge l'avait imaginé. Elle avait promis que nos parents seraient leurs premiers invités, que la plus belle suite leur serait même réservée au moment de l'inauguration. Chacun de ses séjours à Fontmile était l'occasion de rappeler sa promesse et les multiples rancœurs qui la rongeaient. Son mari ne disait rien. Il serrait les dents. Il travaillait dur, multipliant les heures et les déplacements, dormant même à l'arrière d'une camionnette pour économiser les frais d'hébergement quand celui-ci n'était pas inclus dans son contrat. Le moindre centime qu'ils pouvaient dégager était investi dans leur projet. Ils ont pu garder l'hôtel. Les travaux n'y avançaient que petit à petit, mais ils avançaient.

La première fois, l'endroit m'a plu. Toutefois, il est resté dans ma mémoire comme un endroit dangereux. Je garde encore à l'esprit un cauchemar récurrent. C'était quelque temps après que nous étions tous allés en Ariège, avant que les déboires ne rattrapent ma sœur aînée et mon beau-frère. J'étais dans un des couloirs de l'hôtel. Je ne sais plus très bien qui m'accompagnait, Valentine ou Émilie. Les lieux avaient été évacués. La pluie ne cessait de tomber. Le torrent était en furie et déplaçait dans sa colère d'énormes blocs de roche avec un fracas épouvantable. Il menaçait d'arracher ses rives. Au-dessus, c'était la digue du petit lac qui était sur le point de céder. Tout allait bientôt être englouti sous les eaux. Et, dans ce couloir sombre, avec sa moquette humide et ses tapisseries moisies, nous ne parvenions pas à progresser, pris au piège de l'obscurité alors que l'électricité venait d'être coupée. Nous nous perdions dans ce labyrinthe. Celle dont je tenais la main peinait à me suivre. Je m'étais réveillé en sursaut quand, au loin, le barrage rompait dans un tonnerre ahurissant.

Au printemps 1981, peu de temps avant de m'installer à Paris, j'y étais revenu. J'avais passé quelques jours à Luchon, chez Marie, et elle avait tenu à m'y accompagner. J'ai pu constater que rien n'était aussi menaçant que dans mon cauchemar. Le gave était presque bucolique, tant il semblait serein. Il jouait avec les rais de soleil et dessinait de minuscules arcs-en-ciel qui flottaient au-dessus de ses petits rapides. La retenue d'eau était paisible, vraiment paisible. La digue n'était plus l'immense mur de béton armé que j'avais imaginé mais un simple talus trapu et bien ancré.

Jusque-là, Marie s'était montrée charmante, se mettant en quatre pour tenter de me divertir et me redonner le sourire. Certes, j'avais constaté que nous avions presque tous disparu de ses photos. Mais, pour le reste, il n'y avait pas eu le moindre accrochage. Les Perce-neige l'ont fait changer de comportement. Plantée devant le chantier, qui les épuisait l'un comme l'autre, elle m'avait enjoint de lever les yeux sur ce « gâchis ». Elle s'était mise à accuser Maman d'en être la principale responsable, car elle était certaine que le veto sur le soutien financier de notre père, c'était elle, tellement elle craignait que Valentine et moi ne soyons dépouillés. Je n'avais pas répondu. Je crois que notre tort à tous, durant toutes ces années, est de ne pas avoir voulu lui répondre.

L'essentiel de sa rancœur avait toujours visé Maman, qu'elle appelait alors « Estelle » en sa présence ou « ma belle-mère » dès qu'elle avait le dos tourné. Elle était capable de multiplier les anecdotes prouvant ses mauvaises intentions ou son vice. Cette fois-là, j'ai eu droit au récit du jour où, devant des invités, notre mère avait expliqué l'origine de nos deux prénoms, à Valentine et à moi. Il s'agissait, selon elle, d'un vœu de notre père, bien décidé à nous baptiser comme les personnages principaux de son livre de chevet, *Le Grand Meaulnes*. Valentine, c'était la fiancée disparue que Frantz et Meaulnes tentent de retrouver par monts et par vaux. François, c'était le narrateur, celui auquel Papa s'était identifié adolescent. Il n'y avait aucune Marie dans le roman. Maman l'avait fait remarquer.

Tout ce qu'elle m'avait fait de pire est remonté à la surface, sans doute envenimé par ma colère froide. Les bons moments passés ensemble étaient de plus en plus éclipsés. Je ne voyais plus en elle qu'une ennemie.

Quand j'étais plus petit, elle m'avait dit que sa mère n'était pas morte comme on nous l'avait expliqué. Qu'elle n'allait pas tarder à venir les chercher, notre père et elle, pour les emmener loin de Fontmile.

Je me suis rappelé les fois où elle m'emmenait au jardin public jouer aux balançoires. Nous revenions par des allées luxuriantes et, quand il n'y avait personne pour nous voir, elle faisait semblant de m'abandonner, s'éclipsant d'un saut et me laissant tout seul, planté, engoncé dans mon anorak et sous mon gros bonnet.

Je fondais en larmes, terrifié. Et, aussi soudainement qu'elle était partie, elle revenait et me prenait dans ses bras.

La rage m'a envahi. Je me suis retrouvé à serrer si fort les poings que je m'en suis entamé la paume des mains avec mes ongles pourtant courts. J'aurais voulu l'avoir en face de moi et lui balancer tout ce que j'avais sur le cœur. J'aurais voulu l'obliger à supplier, la mettre plus bas que terre et refuser ensuite de pardonner ou de l'aider à se relever.

Alors que notre père était aux mains de la police depuis quarante-huit heures, j'ai pris le volant sans en informer qui que ce soit et je suis allé affronter ma sœur aînée.

8

Je me suis présenté à la réception de l'hôtel des Bains où la réceptionniste m'a dévisagé avec méfiance. Elle a joint Marie, à ma demande. Une fois qu'elle lui a annoncé mon prénom, il y a eu un long silence dans leur conversation. Puis elle a raccroché et m'a informé que Mme Gaube ne pouvait me recevoir pour le moment. Mais que cela était possible lors de sa pause-déjeuner. Elle m'a indiqué une brasserie où l'attendre.

Je n'ai pas insisté. J'ai laissé à Marie l'occasion de se préparer. Je suis allé m'asseoir dans ce café, au ras de la vitrine. Il y avait du monde dehors, sous l'agréable soleil de cette fin du mois de juin. Les gens avaient l'air détendus, heureux. Ils se promenaient en famille. Il régnait déjà un vrai parfum de vacances.

Une heure est passée, au cours de laquelle j'ai pris sur moi pour ne pas renoncer et fuir, une fois de plus. Puis, j'ai aperçu Serge, mon beau-frère, déboucher du trottoir d'en face. Il paraissait inquiet, fébrile, même. Pour quelqu'un qui ne voulait jamais admettre ses faiblesses, j'ai considéré cela comme un encouragement.

Il n'avait plus la prestance de ses jeunes années même s'il avait conservé sa stature athlétique. Ses cheveux étaient plus clairsemés, les traits de son visage s'étaient épaissis, enfonçant ses yeux au fond de leurs orbites et étirant le nez et les lèvres. Il m'a d'abord cherché en terrasse, au milieu de toutes les tables qui prenaient le soleil. J'ai eu l'impression que, durant un très bref instant, il a été rassuré de ne pas m'y trouver. Puis il m'a vu et s'est immédiatement rembruni, tout en détournant le regard. Je ne me suis pas levé quand il s'est approché de ma table. Il n'y a eu aucune poignée de main entre nous, et il s'est assis en face de moi sans un mot.

— Marie t'envoie à sa place.

— C'est mon jour de repos. Elle m'a juste demandé de l'accompagner. La pression qu'elle subit depuis plusieurs jours est terrible. Et je tiens à m'assurer que tu ne vas pas… Comment pourrais-je dire ça ? Que tu ne vas pas aller plus loin que ce qui est acceptable.

— L'as-tu aussi accompagnée chez les flics ?

Il n'était pas du tout à son aise. Il ne cessait de s'agiter, ne sachant trop que faire de ses mains.

— Écoute, François. Je regrette infiniment tout ce qui s'est passé. Je te le dis en toute franchise, parce que je t'aime beaucoup. Pour ma part, je n'ai pas voulu cela, tu peux me croire. Et je n'ai jamais douté de ton père, pas la moindre seconde. Malgré ce qui nous oppose lui et moi, c'est quelqu'un pour qui j'ai une grande estime. Cependant, il faut également que tu comprennes que Marie a beaucoup souffert et souffre encore de ce que ta famille lui a infligé. Elle s'est toujours sentie dépossédée de ce qu'elle avait de plus cher. Les femmes découpées dans la rivière, ça l'a remuée. Ça a déclenché chez elle des choses que personne n'aurait pu endiguer. Et ça lui a échappé. C'est allé dans une direction qu'elle n'a pas voulue. En tout cas, moi, je sais qu'elle ne l'a pas voulue. Je ne l'ai pas accompagnée chez les policiers. Ces hommes sont venus ici, en personne. Je n'étais pas présent. Si ça avait été le cas… Malgré tout, je me dois de te présenter mes excuses, pour ne pas avoir su l'en empêcher.

Je me suis efforcé de ne pas m'agiter à mon tour, de garder mon dos droit et mes bras posés à plat sur la table. J'étais pourtant nerveux. Serge peinait à me regarder en face. Ses yeux partaient dans toutes les directions à la fois.

— Le chantier des Perce-neige n'est pas la raison de son geste, a-t-il continué après un silence. Nous nous serions bien passés de ce genre de publicité, tu peux me croire.

— Nous sommes nombreux à pouvoir dire la même chose, il me semble.

— Le problème, c'est que, dans votre famille, personne n'est ce qu'il montre vraiment. À part Marie. Ta mère n'est pas cette artiste fantasque, cette femme franche qui n'a pas la langue dans sa poche. C'est une manipulatrice-née qui sait écarter tout ce qui la gêne. Valentine n'est pas le feu follet auquel rien ne peut résister. C'est une façade bien pratique. Avant toute chose, elle est une petite fille gâtée, très sage et bien obéissante, qui fait ce qu'on lui dit de faire, jusqu'à venir s'enterrer à Fontmile pour ne surtout pas décevoir son cher papa. Quant à toi, tu n'es pas si lisse et bienveillant que tu en as l'air. Tu es calculateur, François.

Tout passe d'abord en fonction de ton propre intérêt. Le reste t'indiffère. Ton père joue aussi sa propre partition. C'est même lui le meilleur comédien de la troupe. Sa vie tout entière est un mensonge. Il est poursuivi par un passé qu'il n'assume pas. Un long mensonge qui le bouffe de l'intérieur et qui a bousillé la vie de la femme que j'aime.

J'ai hoché la tête, ponctuant la tirade de Serge. Tout ce qu'il disait n'affaiblissait pas ma conviction. Bien au contraire, cela la renforçait, et je prenais de l'assurance.

— Un vrai perroquet ! Marie t'a bien fait la leçon. Tu as toujours cru en savoir davantage que les autres, ou espérer qu'un jour ce serait le cas. À la longue, tu as pourtant dû te rendre compte qu'il n'en était rien. Et qu'il n'en serait jamais rien. Comment peux-tu te permettre, toi, de nous juger ainsi ? Et, s'il te plaît, explique-moi par quel cheminement on va d'une rancune tenace à des accusations de meurtre ?

Il n'a rien répondu. Ses épaules se sont légèrement affaissées, assez cependant pour que je le remarque.

— Écoute, François, je ne voulais pas m'en mêler. Et puis personne n'est venu te chercher, n'est-ce pas ? Je te préviens seulement que je suis prêt à tout pour protéger Marie et nos enfants. Si tu m'obliges à t'affronter, je le ferai. Si ta famille m'y oblige, je le ferai tout autant. Je ne suis peut-être pas grand-chose à vos yeux. Vous m'avez toujours fait sentir que je venais d'un milieu inférieur au vôtre. Mais je peux te garantir que je saurai me mettre entre vous tous et Marie, s'il le faut. Et que vous ne ferez pas le poids. À commencer par toi.

— Serais-tu en train de me menacer ?

— Je te préviens, rien de plus. Ici, vous n'êtes pas à Fontmile. Vous ne pouvez pas tout vous permettre, tout Neyrat que vous êtes.

La colère l'avait fait pâlir et avait asséché ses lèvres. Il ne cessait d'y passer sa langue, toujours sans me fixer. Ça donnait à sa litanie un côté grotesque.

— Elle ne viendra pas, c'est ça ?

— Non, elle ne viendra pas. Elle ne souhaite pas te voir ni te parler pour le moment. Et je ne crois pas que le juge apprécierait ta démarche.

— Je vois. Pourrais-tu lui transmettre un message de ma part ? Avec autant d'application que tu viens de mettre à répéter le sien.

Il a soupiré.

— Dis-lui que nous tenons bon. Dis-lui aussi que je me fiche de savoir comment elle va pouvoir vivre avec ça sur la conscience. Parce que, à mes yeux, elle n'existe plus. Un jour, il n'y a pas si longtemps que cela, elle m'a conseillé de m'affranchir de l'influence de mes proches, de goûter à cette liberté qui, selon elle, faisait un bien fou. Je suis venu ici dans ce but. Je suis venu me débarrasser d'elle. Et, je le confirme, cela fait un bien fou.

J'ai cru avoir le dessus. J'ai cru pouvoir sortir de cette brasserie et respirer enfin à pleins poumons. Mais Serge a posé une épaisse enveloppe blanche sur la table, avec mon prénom écrit en gros. Doucement, il l'a fait glisser dans ma direction.

— Marie m'a demandé de te donner cette lettre. Elle te l'a écrite juste après son entrevue avec le juge. Elle ne savait pas comment te la faire parvenir… Je ne sais pas ce qu'elle contient. Je ne l'ai pas lue et je ne souhaite pas le faire. Elle affirme que tout y est expliqué.

Je suis resté interdit. Serge a savouré sa victoire dans un demi-sourire. Puis, abandonnant l'enveloppe que je ne cessais de fixer, il s'est levé et a quitté sa banquette sans même me jeter un dernier regard.

9

J'ai tenté de résister à la tentation de la lire. Je me doutais bien qu'ouvrir cette enveloppe revenait à laisser Marie garder le contrôle. Je me suis cru assez fort pour pouvoir lui résister, pour empêcher le poison qu'elle m'avait destiné de s'immiscer en moi. Hélas ! j'ai eu tort de le croire.

François, mon cher frère,

À l'heure qu'il est, tu dois me haïr du plus profond de ton être. Je ne peux pas t'en vouloir. Mais sache que, de mon côté, ce n'est aucunement le cas. Je ne hais aucun d'entre vous. Je ne vous déteste nullement, malgré les dissensions qui sont nées entre nous. Je suis la première à reconnaître que ta mère s'est occupée de moi du mieux qu'elle a pu quand rien ne l'y obligeait. Notre mésentente de plus en plus profonde n'a pas occulté le souvenir de tout ce qu'elle m'a apporté et de tout ce que je lui dois.

Je ne déteste pas Papa. J'ai maintes fois eu l'occasion de dire et de montrer à quel point il compte pour moi. Je ne me suis pas levée un matin en me disant que j'allais l'accuser d'être le fou qui a tué ces pauvres filles, dont ta chère amie que tu ne cesses de pleurer. Ceux qui te diront que j'ai agi ainsi pour me venger se trompent ou cherchent, une fois de plus, à te manipuler. Crois-tu que je n'aurais pas préféré me taire ? Crois-tu que ça ne m'a pas coûté de rencontrer ce juge et de lui expliquer pourquoi mon père, l'homme qui m'a élevée et que j'aime le plus au monde, avait tué et dépecé ces deux jeunes femmes ? Cela fait des semaines que je tourne et retourne tout cela dans ma tête jusqu'à l'en faire éclater. Je n'avais plus le choix, François. Parce que ne rien dire des faits dont j'ai connaissance revient à en être complice. Il y a une époque où cette complicité ne m'aurait peut-être pas empêchée de dormir. Mais je suis une mère. J'ai une fille qui grandit. Si on me la prenait dans des conditions si atroces, je ne pourrais pardonner aux personnes qui auraient pu faire en sorte que cela n'arrive pas et qui n'ont rien fait.

Je sais que tu ne penses pas à mal, petit frère. Mais tu confonds trop souvent loyauté et aveuglement. Toutefois, je te sais aussi plus concerné que quiconque par cette triste et révoltante histoire. C'est pour cela que j'espère que tu accepteras de me lire jusqu'au bout et que, en toute objectivité, tu réfléchiras à ce que j'ai à te dire.

J'étais insulté par ce préambule. Et révolté qu'elle utilise Émilie pour tenter de m'amadouer.

J'ai seulement dit au juge ce que je savais. Si Papa est innocenté, s'il est prouvé qu'il n'a rien à voir là-dedans, j'en serai la première ravie. Je suis sincère. Hélas ! j'ai bien peur de ne pas me tromper. Tout comme je ne me trompe pas en affirmant qu'il est malheureux dans cette vie-là, qu'il a sur la conscience des choses qui lui pèsent, notamment la façon dont il a laissé Estelle le dompter et le réduire au silence.

Certaines personnes mentent pour couvrir Papa et mentiront encore. À commencer par ta mère et Camus. Valentine le fait également en bonne fille bien obéissante, qui a toujours agi en fonction de ce qu'on attendait d'elle. J'ai voulu lui parler, ces derniers temps. Et je me suis alors rendu compte de l'ampleur de ses mensonges. Par exemple, elle sait pour les patientes à l'hôpital, celles qui, anesthésiées, avaient la malchance d'être trop jolies ou trop bien faites. Elle sait le sort qui leur était souvent réservé, quand on soulevait les draps pour se délecter de leur nudité et, parfois même, pour les toucher. Ce ne sont pas de fausses rumeurs colportées par des mauvaises langues. Ça a réellement existé. Il y a eu des témoins, et le nom de Papa revient souvent dans ces témoignages. Serge affirme qu'il y avait un dossier dans les archives à ce sujet. Valentine le contredit, assurant qu'un tel dossier n'existe pas. Qu'elle a tout vérifié, en personne. Et n'a rien trouvé sur ces pseudo-histoires.

Elle ne ment pas que pour cela. Il y a eu ce jour de Noël, en 1969. Elle avait quitté la table peu de temps après le dessert, ce qui ne lui ressemblait pas. Tu te souviens sans aucun doute de ce moment-là. C'est toi qui l'as retrouvée en premier. C'est toi qui, sans faire de bruit, as entrouvert la porte de sa chambre derrière laquelle tu l'avais entendue pleurer. Je suis arrivée dans ce couloir et je t'y ai vu, figé comme une statue, presque terrorisé. Je t'ai demandé ce qui n'allait pas et tu as tendu le doigt vers la porte entrouverte, sans prononcer la moindre parole. Je me suis approchée. J'y ai vu la même chose que toi : Valentine, en larmes, assise sur le rebord de son lit, le chemisier déboutonné, déchiré même à certains endroits, sa jupe écossaise remontée trop haut sur ses cuisses nues. Papa était assis à côté d'elle. Il avait posé sa main sur son genou. De l'autre, il lui caressait les cheveux. Il ne disait rien. Il la regardait pleurer avec une telle dureté dans le regard que ça m'en a fait froid dans le dos. Si tu n'avais pas été là, je crois que j'aurais ouvert cette porte entièrement. Mais, au lieu de cela, je l'ai refermée et je t'ai entraîné vers la salle à manger. J'ai beau me persuader depuis toutes ces années d'avoir mal interprété cette scène ou d'avoir mal regardé, il ne se passe pas un jour sans que j'y repense et que je regrette de ne pas être entrée dans cette chambre. J'ai voulu en parler avec Valentine, quelques années plus tard. Elle affirme que ceci n'a jamais eu lieu. Ce qu'elle ignore et que je ne lui ai pas avoué, alors même qu'elle me faisait passer pour une illuminée victime d'hallucinations, c'est que tu as également tout vu.

Je n'avais pas vu la même chose qu'elle. Mon père reprochait parfois à Valentine de se vêtir trop court alors qu'elle grandissait. Une fois, avant que nous nous rendions à une invitation, il l'avait même sommée de se changer. Dans cette chambre, le jour de Noël, il y avait bien Valentine qui pleurait parce qu'elle s'était fait de nouveau réprimander. Il y avait mon père qui s'en voulait d'avoir été trop dur avec elle et qui tentait de la convaincre de cesser de pleurer et de revenir avec nous. Valentine qui pleurait, c'était ma chair que l'on transperçait. Je ne le supportais pas. Le chemisier ne me paraissait pas déchiré, la jupe n'était pas relevée, et mon père n'avait ses mains posées nulle part ailleurs que sur ses propres genoux.

Tu ne vas sans doute pas me croire. Essaye au moins de fouiller dans ta mémoire et de donner un sens aux choses. Tu y retrouveras peut-être le mariage de votre cousine. Tu avais six ans, guère davantage. Les festivités se déroulaient dans une grande et belle propriété. Il faisait très beau. Je fréquentais déjà Serge à l'époque, et il avait été invité. J'en ai fini par trouver l'après-midi agréable. Je suis sortie du chapiteau installé pour l'occasion et je suis allée me promener. Je t'ai vu. Exactement dans la posture du couloir, ce fameux jour de Noël, quelques années plus tard. Tu te trouvais tout seul à quelques mètres de la lisière de la forêt. Tu avais l'air minuscule face à elle ! Si vulnérable avec ton bermuda blanc, tes chaussures vernies et ton petit gilet. Tu fixais les arbres, les bras ramenés derrière ton dos. Quand tu m'as vue m'approcher de toi, tu as tendu ton petit doigt vers le bois. « Il y a un monstre », m'as-tu affirmé le plus sûrement du monde. Ce qu'il y avait dans ton regard, sur ton visage, ne pouvait conduire qu'à prendre au sérieux ce que tu disais. J'ai tenté de te rassurer en t'expliquant que les monstres n'existaient pas. Mais je voyais bien que c'était vain. Il a fallu que Serge nous rejoigne et qu'il t'emmène jouer, plus loin, pour que tu acceptes de chasser cette idée fixe de ton esprit. Moi, je suis restée à traîner. Soudain, une jeune femme est sortie de la forêt, une très jeune femme, sa belle robe abîmée et tachée, un bras en travers de sa poitrine pour éviter de la dévoiler. Elle était décoiffée. Son visage à elle aussi en disait long. Il disait l'horreur et la honte de ce qui venait de se passer. Elle m'a bientôt aperçue. Elle m'a fixée avec effroi. Puis elle est partie en courant se réfugier dans la maison, et je ne l'ai plus revue. Je crois qu'elle faisait partie de la famille du marié. Peu importe. Tu avais vu juste, mon frère. Il y avait bien un monstre derrière ces arbres. Je ne sais pas qui s'en est pris à cette femme. Mais toi, tu le sais, tu l'as vu.

Je ne gardais aucun souvenir précis de ce mariage. Ce dont je me souvenais en revanche, c'était que Marie aimait bien nous faire peur, à tous les deux. Elle nous avait garanti que des monstres erraient autour de la maison la nuit venue, que c'était pour cela que Papa montait la garde. Elle nous avait même montré les traces qu'ils laissaient dans la terre humide. Moi, j'y avais décelé des griffes énormes. Je ne pouvais me rendre aux toilettes après le crépuscule sans guetter la petite fenêtre située au-dessus de la cuvette, certain d'y voir apparaître une tête noire et poilue. Devoir quitter mon lit, réveillé par l'envie de faire pipi, était une épreuve. Jusqu'à ce que Valentine m'incite à jouer avec elle à défier la nuit. Dans le couloir puis dans le jardin. Et, ainsi, de chasser les monstres de Marie.

Peut-être accepteras-tu de te souvenir aussi des œillades appuyées que Papa jetait à Émilie, quand elle se mettait en maillot de bain. Moi, ça m'a marquée parce que j'ai trouvé qu'il n'était pas très discret, surtout les derniers temps. Je regrette de te le dire de nouveau, Émilie n'était pas très discrète non plus quand elle jouait de ce que sa jeunesse et ses jolies formes faisaient naître autour d'elle.

J'ai traité ma sœur de garce. À voix haute. Sa lettre me happait. Elle m'était insupportable. Pourtant, j'étais incapable de la lâcher. Je ne pouvais plus m'en défaire. Elle m'enserrait à chaque ligne un peu plus fort et me déchirait en plusieurs morceaux.

Le soir où Émilie a disparu, j'étais là quand il est revenu de Combe-Sourde. Ta mère l'a prévenu et il est devenu si livide que sa peau était transparente. Tu étais terré dans ta chambre. Il n'a pas fait l'effort de venir te voir ni te parler. Il n'avait qu'une obsession : passer à la salle de bains et se changer. J'ai voulu lui dire ce que je pensais de son attitude. Je n'ai fait qu'apercevoir la chemise déchirée et les égratignures qui zébraient son dos et ses bras, avec de longues traînées de sang séché. Et je sais que tu as vu la même chose que moi.

Je l'avais entendu rentrer. J'avais besoin qu'il me parle, qu'il me rassure. Au lieu de cela, il a filé tout droit se laver. J'ai quitté ma chambre. La fenêtre du couloir révélait celle de la salle de bains, le lavabo, le miroir au-dessus… J'y avais si souvent espionné mon père quand il se rasait ! Jamais je n'ai pensé une seconde qu'il ait pu commettre la moindre violence. Je savais qu'il n'y avait pas l'eau courante, à Combe-Sourde, qu'il fallait aller la chercher à la vieille fontaine et que faire sa toilette convenablement y était impossible. Quand il y restait plusieurs jours de suite, Papa se précipitait toujours dans la salle de bains pour se laver des pieds à la tête. Ensuite, et uniquement ensuite, il prenait le temps de revenir parmi nous. Il lui arrivait de se blesser en bricolant. Une fois, il est rentré chez nous l'avant-bras emmailloté dans un bandage de fortune gorgé de sang. Alors qu'il élaguait un des arbres, une branche avait pivoté dans le mauvais sens et était venue lui labourer les chairs, à deux doigts de le faire tomber de son échelle. Une autre fois, sa jambe était passée au travers d'une trappe au bois vermoulu. Il estimait miraculeux qu'elle ne se soit pas cassée mais boitait bas et affichait un gros hématome sur la cuisse. Maman disait qu'il revenait toujours de sa montagne abîmé quelque part, comme un enfant qui est allé jouer avec ses amis au square et qui rentre les genoux écorchés.

Je suis consciente que tout cela est difficile à lire, François. C'est aussi difficile à porter, depuis tout ce temps. Si tu savais à quel point j'aurais voulu ne pas me trouver là, chaque fois, ne rien voir et ne rien suspecter ! Si tu savais à quel point je voudrais ne pas avoir ces doutes à l'esprit ! Mais voilà, ils sont là.

Depuis quelques années, j'ai repris contact avec la famille de ma maman. Il me reste encore un oncle là-bas, du côté des Alpes. Papa a tout fait pour me couper d'eux et je n'ai fait mes démarches qu'en cachette, trop tard pour pouvoir connaître ma grand-mère. J'ai voulu savoir pourquoi il avait tenu à ce point à nous isoler de ce passé qui est aussi le mien. J'ai alors appris que ma maman n'était pas morte accidentellement comme je le croyais mais qu'elle avait été tuée et que certains membres de son corps avaient été découpés. Cela s'est passé dans le village natal de Papa, dans la petite maison qu'il avait héritée de ses propres parents. Tu ne peux pas imaginer le choc que cela m'a fait. Je n'étais hélas ! pas au bout de mes mauvaises surprises. Mon oncle persiste à dire ce que disait sa mère avant lui : ils tiennent Papa pour responsable de la mort de ma maman. Je ne suis pas en train d'affirmer qu'il était coupable. Je dis juste qu'il y a déjà eu des gens pour le croire capable de tuer. Ainsi, il a été suspecté de meurtres après la guerre, ceux de plusieurs militants communistes. Je joins à ma lettre la copie de l'article que j'ai pu trouver. Il y est question du témoignage de notre père lors du procès de Jean Rivière, au printemps 1964. Il y a, à mes yeux, des coïncidences particulièrement troublantes.

Si tu le souhaites, petit frère, tu les liras. Si tu le souhaites, tu garderas les yeux ouverts. Si tu le souhaites, tu poseras peut-être les bonnes questions aux bonnes personnes. Dans le cas contraire, contente-toi de rester bien sagement dans le rang, de détourner le regard et de me juger telle une harpie de la pire espèce, disposée à détruire cette famille qui est de moins en moins la mienne.

Moi, je crois en toi, François. J'ai toujours cru en toi. Je sais qu'un jour viendra, proche ou éloigné, où tu finiras par me comprendre et comprendre pourquoi il m'était impossible de me taire. Il se peut même que tu me comprennes déjà, que tu ne me comprennes que trop bien.

Je t'aime, mon frère. Valentine et toi avez été mes premiers enfants. J'aime Papa. Je l'aimerai toujours, quoi qu'il ait fait. C'est au moins une chose que nous avons en commun.

Prends soin de toi. Un jour, peut-être, nous reprendrons notre histoire. J'en suis impatiente.

Ta grande sœur,

Marie.

10

Nous avions résolu la question du téléphone. Mais des messages de haine et des menaces ont été glissés dans notre boîte aux lettres. Au pied du muret, le long du trottoir, quelqu'un s'était même joué des patrouilles nocturnes pour commencer à taguer à la peinture rouge : « *Ici, vit le Dé...* » À l'hôpital, certains patients refusaient d'être pris en charge par Valentine. On lui avait d'ailleurs conseillé d'anticiper ses vacances, voire de les rallonger un peu, jusqu'à ce qu'on y voie un peu plus clair dans toute cette histoire. Il était grand temps que tout cela s'arrête.

Maman n'a pas dit grand-chose. Cette épreuve l'avait déjà changée. Sous le coup de l'épuisement et de la colère, elle se fanait. Certes, elle tentait de faire bonne figure, mais son visage et son attitude générale portaient des stigmates profonds. Elle avait perdu l'étincelle que je lui avais toujours connue et que même le décès de ses parents n'avait pu éteindre.

Mon père et elle étaient très complices, chacun se satisfaisant des libertés prises par l'autre. Qu'il quitte souvent la maison pour sa montagne n'a jamais paru la chagriner ou la choquer. Qu'elle s'intéresse peu à son travail ou à ses préoccupations, préférant dessiner et s'investir dans des projets auxquels il n'était pas associé, n'a jamais donné lieu, à ma connaissance du moins, à des reproches de sa part à lui. Je ne me suis jamais posé la question de savoir s'ils s'aimaient tant cela était évident à mes yeux. Il m'a fallu attendre vingt-six ans pour en avoir la confirmation. Privée de mon père, ma mère était amputée d'une partie d'elle-même. La voir ainsi m'a ému.

Papa était retenu depuis six jours. Aucune preuve matérielle n'avait été trouvée dans sa voiture ni lors des différentes perquisitions. Au cours des interrogatoires, il avait nié les faits. Cependant, sur certains points, il gardait le silence, ce qui était son droit le plus absolu selon l'avocat, mais jouait en sa défaveur. En fait, seule la déposition de Marie empêchait qu'il soit relâché.

Sa lettre n'avait pas quitté ma poche depuis que je l'avais lue. J'avais souvent envie d'en partager le fardeau avec d'autres, de solliciter d'autres épaules que les miennes pour porter ce poids-là et de la faire lire. Toutefois, je me l'interdisais. Je crois que ce qui me faisait le plus peur, c'était que Valentine, Camus ou Maman comprennent la véritable portée de ces lignes : une tentative de Marie pour me faire basculer de son côté, donc une façon d'affirmer que, dans ce qui restait de notre famille, j'étais le talon d'Achille, j'étais celui qu'on pouvait manipuler, faire douter.

J'aurais dû au moins leur parler de l'article. Il datait de 1964 et relatait le procès d'un dénommé Jean Rivière, ancien chef de la Gestapo de Manipont, déjà condamné à mort par contumace puis de nouveau jugé après avoir été retrouvé, alors qu'il se cachait depuis près de vingt ans sous une fausse identité. Notre père avait fait partie des témoins. Il avait déposé la veille, évoquant les nombreuses exactions imputables à Rivière entre l'automne 1943 et le mois d'août 1944. Le récit le plus choquant avait été celui de ces prisonniers juifs qui, à quelques heures de la fuite de Rivière et de ses complices, avaient été jetés du haut du principal pont de Manipont, des ceintures d'explosifs attachées autour du corps et déclenchées au moment où ils touchaient l'eau, dispersant leurs cadavres de la manière la plus horrible qui soit. Papa avait prêté main-forte à ceux qui, le lendemain, avaient arpenté les rives du cours d'eau pour y récupérer les membres déchiquetés. Il affirmait qu'il s'agissait là de l'expérience la plus traumatisante de sa vie. Au stylo-bille bleu, quelqu'un avait souligné le mot « traumatisant ». J'étais certain que c'était Marie. L'article, dans son dernier paragraphe, constatait que Jean Rivière avait l'allure d'un petit homme sans histoires, à l'apparence inoffensive, bien éloignée du monstre que l'on décrivait jour après jour et qui, s'il n'avait pas été dénoncé par sa propre fille un an auparavant, coulerait les jours paisibles du citoyen ordinaire qu'il n'était surtout pas.

La veille de ma convocation au commissariat, Valentine m'a invité à dîner chez elle. Le poison avait déjà fait son chemin dans mes veines et dans mon esprit. La scène que j'avais surprise dans sa chambre, le jour de Noël, avait déjà pris une autre tournure, et je redoutais par-dessus tout qu'elle ne m'en parle, qu'elle ne me mente ou, peut-être pire, qu'elle ne me dise la vérité. J'ai vu dans son invitation une façon de me préparer aux questions qui me seraient posées. Or, Valentine n'a jamais été ainsi. Je m'en suis terriblement voulu d'avoir pu songer une seconde qu'elle ait pu se montrer aussi machiavélique.

Elle tenait bon, à l'hôpital. Je n'entendais pas grand-chose de ce qu'elle racontait, au sujet d'un troisième ligne de rugby qui s'était arraché tous les ligaments du genou à l'entraînement.

— Heureusement que le championnat débute bientôt. Il n'y aura au bout du compte que cette équipe pour me filer encore du boulot ! Avant, on ne me prenait pas au sérieux parce que j'étais trop jeune et que j'étais une femme. Aujourd'hui, je fais peur. Je me demande ce qui est le pire.

Je me suis montré beaucoup plus attentif lorsqu'il a été question du lendemain.

— J'imagine les saloperies que Marie a pu raconter sur Papa. Tu es bien conscient qu'une partie d'entre elles parlent également d'Émilie.

J'ai hoché la tête.

— Attends-toi à ce que ce soit parfois très éprouvant.

J'ai haussé les épaules. Elle a soupiré.

— Je ne sais plus pourquoi j'ai pu être à ce point attachée à elle. Parce qu'aujourd'hui, je te le jure, Gribouille, c'est mort. C'est comme si elle n'existait plus. J'ai un aveu à te faire. Quelque chose que j'ai sur la conscience et qui me ronge.

Elle avait ce visage grave que j'avais peu connu mais qui, chaque fois, avait correspondu à un des moments les plus pénibles de nos existences.

— Marie m'a téléphoné il y a de cela quelques semaines. Sous le prétexte de prendre de nos nouvelles. J'aurais dû me douter qu'elle préparait un truc bien dégueulasse. J'aurais dû l'anticiper, et on n'en serait pas là aujourd'hui, tu n'aurais pas à subir les questions de cet homme. Tu sais ce qu'elle m'a obligée à faire ? À jurer mes grands dieux que Papa ne m'avait jamais touchée.

J'ai senti le vide se faire en moi. D'un coup, mon corps est devenu creux. Et tout est devenu gris et froid.

— Elle a raconté qu'un jour de Noël, dans ma chambre, elle avait surpris… Putain ! Ça me fait mal de le dire ! J'en ai encore la nausée… Enfin, tu vois, Papa qui ne se comportait pas comme…

Elle s'est pris la tête à deux mains, se renversant presque en avant sur son canapé.

— Si j'avais su, grinça-t-elle, au bord des larmes.

— Si tu avais su quoi ? ai-je osé lui demander, m'apercevant avec effroi que Valentine pleurait et que, pour la première fois, cela ne me faisait rien.

Elle s'est redressée. Elle m'a dévisagé. Elle a ouvert la bouche pour me dire quelque chose, quelque chose d'autre que ce qu'elle a fini par sortir. Je l'ai clairement surprise à se raviser.

— Je lui aurais botté le cul depuis bien longtemps. Elle s'est enferrée dans un tel délire que ce qu'elle imagine devient ensuite réalité à ses yeux. Papa dans ma chambre avec moi, un jour de Noël ! Avec une maison remplie d'invités, de surcroît ! Même pour me souhaiter bonne nuit, il n'en a jamais franchi le seuil pour peu que je sois déjà déshabillée.

Je n'ai pas eu à lui poser la question ou à lui faire lire la lettre pour qu'elle me mente. Un autre que moi lui aurait tout de suite dit que, moi aussi, j'avais vu la scène. Que pas une fois, durant ces nombreuses années, je n'y avais vu le Mal. Un autre que moi n'aurait pas douté ni hésité une seconde.

Au lieu de cela, j'ai seulement pris acte de son mensonge.

— Est-ce que tu te souviens du mariage de Pascale, notre cousine ?

— Vaguement. Je me souviens surtout de l'immense chapiteau et du cochon de lait qui avait été présenté au milieu de la table avec une pomme coincée dans la gueule. Comme dans un *Astérix*. Ah si ! Je me rappelle aussi les déguisements et les cotillons qui avaient été distribués après le dîner. Tu avais hérité d'un tambourin. Mais un plus grand que toi le voulait. Alors, aidé de son copain, ils ont tenté de te le prendre. Tu étais si petit que celui qui est passé dans ton dos pour t'emprisonner dans ses bras te soulevait du sol. Ils ont cru que ce serait facile. Tu n'as ni pleuré ni appelé à l'aide. Tu t'es accroché à ce fichu tambourin comme si ta vie en dépendait. J'étais en train d'accourir pour leur régler leur compte mais, face à ta détermination, ils ont renoncé et t'ont laissé tranquille. Je me suis malgré tout occupée d'eux, un peu plus tard. Celui qui t'avait retenu, je l'ai enfermé dans les toilettes. J'ai tellement bien réussi mon coup qu'il a fallu près d'une heure pour qu'on l'entende et qu'on le libère. Pour l'autre, je suis allée cueillir des orties dehors, je les ai réduites en miettes et, à la première occasion, je les lui ai collées dans l'entrebâillement de son pantalon. Il a fini cul nu à se contorsionner dans des positions que je pensais impossibles. C'était vraiment trop drôle.

Sous mes yeux, Valentine est redevenue Valentine, prise d'un fou rire qu'elle ne pouvait contenir. Mon corps s'est de nouveau rempli. J'y ai retrouvé mon âme, mais toujours pas le courage de lui tendre l'enveloppe qui pesait dans ma poche aussi lourd qu'un parpaing.

— Tu es complètement frappée, ma vieille. Pourquoi est-ce que je ne me souviens de rien ?

— Tu étais trop petit. Et puis, des mariages, on en a fait des tonnes.

— Sais-tu s'il s'est produit quelque chose de particulier durant celui-ci ?

Son rire s'est évaporé, et elle s'est aussitôt assombrie.

— Particulier comment ?

— Comme scandaleux, qui ne se raconte pas et dont on a honte.

— Je ne vois pas. Vas-y, dis.

— Une fille aurait été violée dans les bois.

— De qui tu tiens ça ?

Je n'ai pas répondu. Il était inutile de le faire. Elle avait déjà compris. Elle n'en a que pesté davantage.

Marie avait gagné. Elle était parvenue à faire germer le doute en moi. Le terrain devait être fertile car il a poussé à grande vitesse, jusqu'à en devenir gigantesque.

Quand je suis arrivé dans ce commissariat, au petit matin, j'avais fait de mon père un coupable. Il était le Dépeceur de Fontmile.

Si je disais la vérité au juge, je le condamnais et achevais par la même occasion l'œuvre de Marie. Je lui donnais même tout son sens.

Alors, j'ai pris la décision de mentir.

11

La voix du policier m'a fait sursauter. Je ne l'avais pas entendu ouvrir la porte.

— Monsieur Neyrat, navré de vous avoir fait attendre.

Il m'a conduit jusqu'au fond du couloir, vers une pièce plus vaste et un peu plus à l'écart des autres. Un officier de la police judiciaire s'est levé à mon entrée. Il m'a invité à m'asseoir en face de lui. Sur son bureau, un dossier était ouvert, beaucoup moins épais que ce que j'aurais cru. En revanche, à sa droite, les chemises cartonnées formaient une pile à l'équilibre précaire.

Sa voix était assurée, presque sèche.

Il y a d'abord eu en préambule mon état civil détaillé que j'ai confirmé, jusqu'à mon adresse actuelle à Paris. Ensuite, on en est immédiatement venus à Émilie.

— Étiez-vous proches, Mlle Goulard et vous ?

— Je crois qu'on peut le dire, ai-je répondu d'une manière qui me paraissait ridiculement enfantine.

— Pouvait-on parler, à votre sujet, de davantage qu'une relation amicale ?

— Nous sortions ensemble.

— Aviez-vous des relations intimes ?

— Oui.

— Aviez-vous des projets communs ?

— Nous avions l'intention d'habiter ensemble. Dès la rentrée universitaire.

L'inspecteur a décroisé les mains. Pour la première fois, il a consulté le dossier sous ses yeux, en tournant délicatement les pages.

— À la fin du mois d'août 1979, au moment de la disparition de votre amie, vous avez dit à la police croire à une fugue, malgré le fait qu'elle n'ait emporté aucune affaire, aucun papier et aucun argent. Qu'est-ce qui vous a fait penser à cela, monsieur Neyrat ?

— Elle était triste. L'avenir lui apparaissait obscur. Elle ne savait plus quelle voie suivre. Plusieurs fois, elle m'avait répété qu'il ne fallait pas se faire piéger, qu'il fallait savoir garder son élan.

— Vous aviez une relation intime, vous projetiez une vie de couple, et soudain, sans un mot, elle serait partie sans vous ?

— Peut-être qu'à ses yeux je faisais partie du piège. C'est ce que j'ai pensé.

— Où serait-elle allée, si elle avait tout quitté ?

— Ailleurs. Là où il y avait moins d'entraves et où elle pouvait retrouver sa… (J'ai hésité sur le mot à employer. Je me suis corrigé.) Son horizon.

— Pardonnez par avance ma brutalité, monsieur Neyrat, mais, à votre connaissance, Mlle Goulard entretenait-elle des relations en dehors de la vôtre ?

— Non, monsieur.

Il a de nouveau joint ses mains, les coudes posés sur la table.

— Si cela avait été le cas, vous en aurait-elle parlé ?

Mon regard s'est enfui vers la fenêtre, l'espace d'une seconde ou deux. Je me suis vite repris :

— Je crois qu'elle l'aurait fait.

— À part les doutes sur la vie qu'elle voulait mener, y avait-il quelque chose ou quelqu'un susceptible de lui faire peur, de la faire fuir ?

— Non.

— Elle n'a jamais fait mention de quelconques ennuis.

— Non, monsieur.

Cette fois, ce fut à son tour de laisser passer un blanc, yeux baissés vers ses fiches. Je crois qu'il ne les lisait pas. À sa manière, il ponctuait notre entretien.

Deux femmes ont affirmé l'avoir aperçue à proximité de la gare, vers quatorze heures, peu de temps avant le départ du train pour Toulouse. Un homme répondant à un des multiples appels à témoin certifia l'avoir reconnue en fin de journée, dans le hall de l'aéroport de Blagnac. Rien n'a pu être confirmé.

J'ai voulu me convaincre qu'elle était partie, qu'elle m'avait abandonné. J'ai disséqué nos dernières semaines pour y dénicher un signe, un indice, quelque chose qui aurait pu m'alerter. Pour me donner de l'espoir, j'ai fini par en trouver. Et je me suis persuadé qu'un jour je recevrais de ses nouvelles. Pendant cinq ans, j'y ai songé, le cœur serré, dès que j'ouvrais ma boîte aux lettres. J'ai même continué à le faire après la confirmation de sa mort.

— Venons-en au jour de la disparition de Mlle Goulard. Que pouvez-vous en dire ?

Cet été-là, pour la troisième année consécutive, nous travaillions tous les deux à l'hôpital, elle au standard, moi là où on avait besoin de mes services. Nous ne nous voyions que le soir et les week-ends. Nos contrats étant quasiment terminés, Émilie avait proposé que nous partions en vacances au bord de la mer, début septembre, juste une semaine tous les deux. Il s'agissait d'une première dans notre relation. Ce funeste samedi après-midi, entre deux plongeons dans notre piscine, nous étions censés préparer notre séjour grâce aux différentes brochures qu'elle s'était procurées. Mais nous n'avions pas que cela à mettre au point. Il y avait également la suite, celle qui nous voyait convaincre nos parents de nous laisser vivre ensemble. Surtout les siens, que nous sentions bien plus réticents.

Nous nous étions donné rendez-vous à quatorze heures. Partout où elle allait, elle était tout le temps en avance. Aussi, alors qu'elle n'arrivait pas, j'ai téléphoné chez elle. Sa mère m'a répondu qu'elle était partie depuis une heure. Le trajet entre nos deux maisons ne prenait que vingt minutes à pied. Je me suis inquiété. J'ai pris mon vélo pour aller à sa rencontre. Je ne l'ai trouvée nulle part, ni le long de la voie ferrée ni ailleurs. Ensuite, j'étais retourné chez moi, espérant qu'entre-temps elle serait arrivée. Malheureusement, ce n'était pas le cas. Ses parents ont appelé parce qu'ils se faisaient du souci depuis mon coup de fil. J'ai emprunté la voiture de ma mère pour refaire un tour en ville, dans les cafés où nous allions parfois, dans les magasins…

J'avais l'impression de me débattre dans une sorte de vase. Que ça ne servait à rien du tout.

— Qui se trouvait dans la maison de vos parents, alors ?

— Ma mère. Ma sœur aînée, Marie. Et ses deux enfants.

— Où se trouvait votre père, monsieur Neyrat ?

— À Combe-Sourde.

— Depuis quand s'y trouvait-il ?

— Depuis la veille, au matin.

— Il n'est pas rentré dormir dans la nuit du vendredi au samedi ?

— Non.

— Cela lui arrivait-il souvent, de découcher ainsi ?

— C'était assez fréquent l'été, quand il faisait trop chaud. Ou bien quand les enfants de ma sœur étaient trop… présents. Ils étaient particulièrement turbulents. Et les relations qu'il entretenait avec Marie n'étaient pas non plus de tout repos.

— À quel moment votre père est-il revenu en ville ?

— Le samedi, en fin de journée. Avant le dîner. Mais je ne me souviens pas de l'heure.

— Avait-il un moyen d'être au courant de la disparition de votre amie ?

— Non.

— Comment en a-t-il été informé ?

— J'imagine que ma mère le lui a dit.

— Où vous trouviez-vous alors ?

— Dans ma chambre.

— Est-il venu vous voir ?

Je savais que ma vie devrait se faire sans Émilie et je ne me sentais pas la force de pouvoir affronter cela.

J'étais recroquevillé sur mon lit. Je pleurais. Je ne voulais pas que l'on me parle. Je ne voulais pas que l'on me plaigne. J'ai même demandé à ma mère de cesser de venir écouter à ma porte.

— Non, il n'est pas venu tout de suite.

— Qu'a-t-il fait à la place ?

« À la place »… Tout le vice d'une question qui aurait pu sortir de la bouche de Marie.

— Il est allé retirer ses affaires et faire sa toilette.

— Comment le savez-vous ?

— Je me suis levé. J'ai quitté ma chambre. Dans le couloir, il y a une fenêtre qui s'ouvre sur l'autre aile. On y voit celle de la salle de bains.

— Cette dernière fenêtre était-elle ouverte ?

— Oui, comme chaque fois que mon père fait sa toilette.

— Qu'avez-vous vu au juste à ce moment-là, monsieur Neyrat ?

Mon père face au miroir. Il a retiré son tricot de peau. Son corps est sec. Il observe son visage. Il regarde son reflet comme si celui-ci était terrifiant. Je revois mon père terrifié, immobile, torse nu, les mains en appui sur le rebord du lavabo, le corps si lourd qu'il menace de tomber en avant.

— Mon père, en train de faire sa toilette.

— Pourquoi était-il à ce point pressé de se laver et de se changer ?

— À Combe-Sourde, il n'y a pas l'eau courante. Le confort est plutôt sommaire…

— Je vous repose ma question, monsieur Neyrat. Avait-il, d'après ce que vous avez vu par cette fenêtre, une raison particulière d'être à ce point pressé de se laver et de se changer ?

Je ne distingue d'abord que le bras droit de Papa. Deux estafilades lui zèbrent la peau, de l'omoplate jusqu'au coude, quasiment parallèles. Elles sont à vif. Son dos est couvert de plusieurs griffures. Certaines sont plus marquées que d'autres.

— Non. Pas davantage que les autres fois, quand il revenait d'un séjour prolongé dans sa montagne.

— Était-il blessé ?

— Non.

— Portait-il des marques sur ses bras ou sur son dos ?

— Non.

— Se pourrait-il que, de l'endroit où vous vous trouviez, une telle chose ait pu vous échapper ?

— Je ne le crois pas, monsieur.

— Vous ne le croyez pas ou vous en êtes certain ?

— J'en suis certain.

— Pas de vêtements déchirés ?

— Mon père avait déjà retiré ses vêtements. Je ne les ai pas vus.

— Où se trouvait votre sœur aînée à ce moment-là ?

— Sans doute dans le salon.

— Elle affirme que votre père était blessé, au bras et au dos, qu'une partie de ses vêtements étaient déchirés. Qu'elle a découvert tout cela alors qu'il se changeait et se lavait dans la salle de bains.

— Elle n'était pas avec moi dans ce couloir. Je ne sais pas, dans ces conditions, comment elle a pu apercevoir quoi que ce soit dans la salle de bains.

— Par la porte restée entrouverte.

— Mon père n'a jamais fait sa toilette en laissant la porte ouverte. Jamais. Il ferme d'ailleurs toujours à clé, de peur que quelqu'un n'entre par inadvertance. Ma mère a passé son temps à le lui reprocher. À lui dire que ce n'était pas prudent de s'enfermer ainsi. Qu'il pouvait lui arriver quelque chose. Ce à quoi il répondait que c'était pour cela qu'il laissait la fenêtre ouverte.

Les enfants de Marie étaient on ne peut plus pénibles. Un jour, ils s'étaient enfermés à leur tour dans cette salle de bains. Depuis, avant chacune de leur venue, ma mère retirait la clé de la serrure. Cette porte fermait mal si elle n'était pas verrouillée. Le courant d'air ne cessait de l'entrouvrir.

J'ai tenu bon. Le policier m'a dévisagé. Je lui ai rendu son regard. Du bout du doigt, il a caressé le contour de sa lèvre supérieure. Il s'est ensuite reculé sur l'assise de son fauteuil comme si j'étais parvenu à le repousser.

— Qu'a fait votre père après sa toilette ?

Son ton s'était affaibli.

— Il s'est rendu dans ma chambre. Il a frappé et est entré.

— Que vous a-t-il dit ?

— Qu'une telle disparition, en pleine journée, était inquiétante. Qu'il fallait se bouger parce que les premières heures étaient décisives. Qu'il ne fallait pas que je m'effondre avant d'avoir tout tenté. Qu'il pouvait m'aider.

— Diriez-vous que ses propos étaient rassurants ?

— Non, monsieur. Ils ne l'étaient pas. Mon père n'a pas pour habitude de parler beaucoup. Quand il le fait, ce n'est jamais pour ne rien dire.

— S'est-il montré ému, agité ou agacé ?

Je guettais le bruit de son pas dans le couloir. Quand je l'y ai entendu, j'ai ressenti une immense reconnaissance. Il a frappé à ma porte. Je lui ai dit d'entrer. Il s'est assis sur le rebord du matelas. Il ne semblait pas très à l'aise. Il a esquissé un geste de la main dans ma direction, un geste de tendresse, mais il s'est ravisé brusquement, comme si une barrière électrique était là, pile entre nous deux, et qu'il venait de s'y prendre une décharge.

— Il avait de la peine pour moi.

— Appréciait-il Mlle Goulard ?

— Oui.

— A-t-il eu l'occasion de vous le dire ?

— Oui, à plusieurs reprises.

— À quelles occasions ?

— Quand il l'a fait embaucher à l'hôpital, par exemple. Je me souviens du jour où j'ai informé mes parents qu'Émilie et moi prévoyions d'aller passer quelques jours tous les deux au bord de la mer. Il m'a répondu que c'était une fille bien et que j'avais de la chance.

L'inspecteur a eu comme un sursaut. Il s'est redressé alors que je comprenais trop tard mon erreur.

— Quelles relations Mlle Goulard entretenait-elle avec les autres membres de votre famille ?

— Elle s'entendait très bien avec ma mère et avec ma sœur Valentine. Avec mon beau-frère, ça allait. C'était plus compliqué avec ma sœur aînée.

— Pour quelles raisons ?

— Marie n'aimait pas Émilie. Elle la voyait comme une fille avant tout intéressée par notre argent. Elle lui a fait deux ou trois réflexions désagréables. Du coup, Émilie se méfiait d'elle.

— Et avec votre père ?

— Je sais qu'il l'impressionnait.

— Pouvez-vous vous montrer plus précis ? Que disait-elle exactement à son sujet ?

— Qu'elle le trouvait un peu froid. Qu'elle avait l'impression qu'il devinait ce que pensaient les gens à la seconde où il les regardait et que c'en était troublant. Cela la rendait mal à l'aise.

— Je vois… Votre père était-il présent quand Mlle Goulard venait se baigner chez vous ?

— Oui, c'est souvent arrivé.

— Était-elle mal à l'aise de se mettre en maillot de bain devant lui ou un autre membre de votre famille ?

— Elle n'était pas la seule à être en maillot. Je ne pense pas qu'elle était mal à l'aise, non.

Ma mère a proposé à Émilie de rester dîner un dimanche soir. On était en juillet. On a installé la table dehors, sous les arbres. Il avait fait un temps magnifique toute la journée, et la soirée était d'une telle douceur qu'on aurait voulu qu'elle ne cesse jamais. Émilie a fouillé dans le cabas qu'elle emmenait toujours quand elle venait l'été. Elle n'y a pas trouvé son soutien-gorge de rechange. Elle m'a même accusé de le lui avoir caché. Mais il n'en était rien. Le haut de son maillot était trempé. Elle s'est résignée à enfiler directement son chemisier à fleurs par-dessus sa poitrine nue. Le tissu était opaque, on ne voyait rien. Cependant, dès qu'elle bougeait un peu trop, ses seins remuaient d'une façon franchement indécente, qui m'excitait au plus haut point. Nous refaisions l'amour ensemble depuis deux semaines. J'avais envie d'elle tout le temps. Encore plus que quand je ne pouvais pas l'avoir. On a discuté. On a rigolé. Maman était en grande forme. Papa était détendu. On a mangé le fruit de sa pêche du matin, de belles truites qu'il a fait griller au barbecue. Émilie ne cessait de croiser ses bras sur sa poitrine, comme si celle-ci pouvait jaillir à tout moment. Elle était touchante. Désirable au plus haut point et touchante. Le repas s'est passé, et elle a fini par oublier sa gêne. Si bien que, lorsqu'elle a fait tomber dans l'herbe la barrette qui retenait ses cheveux, elle s'est penchée pour la ramasser et a dévoilé ce qu'il y avait sous son chemisier. Mon père a tout vu. Il a aussitôt détourné le regard, en gentleman qu'il était. Néanmoins, il a souri. Ce sourire, je l'ai alors pris pour de l'amusement, celui de la fraîcheur que notre jeunesse et notre naïveté apportaient dans cette maison. Quelques minutes plus tard, il a posé sa longue main sur l'avant-bras d'Émilie alors qu'elle racontait un appel totalement rocambolesque qu'elle avait dû gérer toute seule au standard de l'hôpital. J'y ai discerné de la complicité, identique à celle qu'il exprimait avec Valentine. J'en étais enchanté. Il venait d'adouber Émilie comme une des nôtres.

Le policier m'a de nouveau dévisagé. Il a inspiré, profondément. D'une main, il a vérifié le nœud de sa cravate. Un nœud qui avait dû horrifier mon père quand il l'avait vu, tant celui-ci était mal fait. Il a marqué une nouvelle pause, feuilletant son dossier.

Les questions suivantes ont concerné nos trois étés consécutifs passés à travailler à l'hôpital. Il a voulu savoir en quoi consistaient nos missions. J'ai bien compris que ce n'était pas cela qui l'intéressait.

— Lors de ces quelques mois de travail, avez-vous entendu parler de patientes avec lesquelles certains membres du personnel se seraient mal comportés ?

— Oui, monsieur.

Ma réponse rapide a eu le don de le surprendre. De toute évidence, il ne s'y attendait pas.

— Oh ! Et de quelle nature étaient ces… comportements ?

— Lorsque certaines patientes étaient anesthésiées, il y avait paraît-il des gens pour se rincer l'œil.

— Des gens ? Quels gens ?

— Je ne l'ai jamais su. Des infirmiers, je suppose.

— Avez-vous été témoin de tels actes ?

— Non.

— Comment en avez-vous été informé ?

— C'était une forme de rumeur qui courait. On en parlait même en dehors de l'hôpital.

Un des infirmiers, un type bâti comme une armoire à glace, si poilu que les autres le surnommaient « King Kong », était en train de surveiller une perfusion dans le corridor qui menait à une des salles de chirurgie. Une patiente avait été mise là parce que, en préopératoire, il n'y avait plus de place. Je suis passé devant lui. « Celle-là, elle est pas mal, m'a-t-il lancé. Mieux que pas mal, même. » Je suis resté interdit. Il a ri. « Tu es le fils du grand patron. Il y a des traditions qui se respectent, non ? » Du menton, il m'a indiqué le lit.

J'ai repris mon chemin sans lui répondre.

— Avez-vous parlé avec votre père de ces bruits malsains qui circulaient ?

— Il était au courant. Il n'ignorait pas non plus que l'on affirmait qu'il avait déjà oublié une paire de ciseaux dans l'abdomen d'un patient ou qu'il s'était trompé de côté pour l'opération d'un bras. Rien de tout cela n'était vrai. Il m'avait prévenu avant que je travaille là-bas que j'allais en entendre des vertes et des pas mûres. Et qu'on me ferait payer le fait d'être son fils.

Nouvelle pause de la part de l'officier. Le volet de l'hôpital était clos. J'attendais qu'il en vienne à Valentine, le moment que je redoutais le plus, mais il a retardé l'échéance.

— Est-ce que votre père évoque parfois son passé ?

— Non, monsieur. Il ne le fait que très rarement. La plupart du temps pour évoquer des épisodes de son enfance.

— Rien de plus ? Sur la guerre, par exemple.

— Pas vraiment.

— Ignorez-vous qu'il a été décoré pour faits de Résistance ?

— Non, je suis au courant.

— Vous souvenez-vous que votre père a été appelé à témoigner au procès d'un homme en 1964 ?

— Non. Je n'ai aucun souvenir de cela.

— Personne n'en a jamais parlé avec vous ou devant vous ?

— À l'école. On y a fait référence à l'école. Des élèves ont dit que mon père avait aidé à coffrer un collaborateur. D'autres qu'il était une balance, un mauvais Français qui dénonçait les siens.

— Vous ne vous êtes pas ému qu'on parle ainsi de votre père ?

— Si. C'était difficile à vivre. Mais je savais qu'il n'avait rien à se reprocher. Je l'ai toujours connu droit et honnête. Alors je n'avais pas le moindre doute sur ses actes, présents ou passés.

— Et aujourd'hui, monsieur Neyrat, pouvez-vous affirmer la même chose ?

Un tentacule glacé s'est glissé dans mon dos. Il progressait avec lenteur, tout en grossissant. Il m'enserrait.

— Tout à fait. Rien de ce que mon père a dit ou fait ne m'a jamais fait douter de lui.

— Ce que vous avez vu lors du mariage de votre cousine en 1964 par exemple. Cela ne vous a pas fait douter ?

— Je n'ai pas le moindre souvenir de ce mariage.

— En êtes-vous certain, monsieur Neyrat ?

— Oui, monsieur.

Je ne me souvenais en effet de rien. En revanche, j'ai rêvé cette scène. Telle que le venin de Marie l'avait dessinée dans mon esprit. Je suis debout devant la forêt, tout petit, et elle est gigantesque. Les arbres sont si hauts que j'ai l'impression qu'ils se penchent sur le petit garçon qui est censé être moi. J'entends du bruit dans la forêt. Je franchis la lisière, je me faufile entre les ronces et les arbres. Au-delà, la barrière est moins épaisse. Il y a même une clairière. C'est de là que proviennent les pleurs et les cris étouffés. Une jeune femme est couchée sur le sol, sa robe déchirée, relevée. Un homme est couché sur elle. Il la pénètre. Elle ne se débat pas. Elle pleure, et son maquillage coule en de longues traînées noires sur ses joues. Je suis tout près d'eux. Une branche morte craque sous mon pied. L'homme se retourne. C'est mon père. « Qu'est-ce que tu fais là, François ? me lance-t-il, d'un ton sévère. Tu sais très bien que nous t'avons interdit de t'éloigner. »

— Alors, sans doute que votre mémoire sera plus efficace concernant le jour de Noël 1970. Vous aviez douze ans. On se rappelle des choses, quand on a douze ans, n'est-ce pas ? Qu'avez-vous vu, ce jour-là, dans la chambre de votre sœur Valentine ?

— Ma sœur pleurait et mon père tentait de la consoler.

— Pourquoi pleurait-elle ?

— Je l'ignore.

— Ses vêtements étaient-ils mal ajustés ?

— Non.

— Sa jupe était-elle relevée ?

— Pas le moins du monde.

— Son chemisier était-il déboutonné ou déchiré ?

— Pas du tout.

— Que faisait votre père pour la consoler ?

— Pas grand-chose, j'en ai bien peur. Il n'a jamais su faire ce genre de choses.

— Votre sœur aînée affirme que votre père a eu des gestes déplacés à l'égard de Valentine.

Valentine assise sur le rebord de son lit, en larmes, la jupe effectivement relevée, le chemisier déboutonné bien au-delà du raisonnable, mon père à côté d'elle, une main posée sur son genou.

Valentine qui me ment, qui m'affirme que jamais Papa ne l'a rejointe dans sa chambre ce soir-là.

— Elle se trompe.

— Elle affirme que vous étiez présent avec elle et que vous avez vous aussi été témoin de ces gestes ambigus.

— Je n'ai remarqué aucun geste ambigu, monsieur.

— Elle dit que ses vêtements étaient déchirés ou relevés, comme si on avait voulu les retirer de force.

— C'est faux. Valentine pleurait, mais elle était parfaitement vêtue.

— Pourquoi votre sœur affirme le contraire, dans ce cas ?

— J'ai bien peur que tout ne se résume à cette question, monsieur.

12

Je n'ai pas beaucoup parlé de cet interrogatoire, chez moi. À peine pour dire que l'inspecteur avait surtout insisté sur les circonstances qui avaient entouré la disparition d'Émilie. Ni ma mère ni Valentine ne m'ont demandé ce que j'avais répondu quand il avait été question de Papa.

La nuit qui a suivi a été, une fois encore, exécrable. Si la fatigue m'a fait l'aumône de deux ou trois épisodes de sommeil, le reste du temps, je l'ai passé dans l'entre-deux, sans cesse harcelé par des images qui revenaient du passé, des images à charge contre mon père, le moindre de ses gestes, la moindre de ses paroles ou de ses attitudes devenant alors suspectes dans mon esprit.

Quand j'ai ouvert les yeux pour de bon le lendemain matin, il faisait jour depuis un moment déjà. Je me suis levé dans une maison traversée par les courants d'air. Ma mère s'affairait. Elle avait décidé d'ouvrir toutes les fenêtres.

— Il est urgent de mettre cette maison au vent, a-t-elle lancé alors que je la rejoignais dans le salon. Afin qu'il chasse l'odeur de cette dernière semaine.

Elle s'est alors tournée vers moi, abandonnant son escabeau et les voilages qu'elle tentait de coincer autour de leur tringle. Elle s'est mordu les lèvres, hésitant entre sourire et pleurer.

— Ton père sort avant midi. Le juge a ordonné sa libération sans aucun contrôle judiciaire. Il n'est plus suspecté de quoi que ce soit. J'espère au moins que cet homme prendra la peine de le dire haut et fort. Si ce n'est pas le cas, je trouverai un moyen de lui redonner de la voix. Je le jure devant Dieu. Valentine et Frédéric viennent déjeuner avec nous. Je vais préparer un bon repas, mon chéri. De quoi nous remettre tous sur pied. Nous en avons bien besoin.

Si elle avait toujours les traits tirés, ma mère avait repris des couleurs. Elle était comme notre maison qui retrouvait soudainement sa lumière après avoir laissé l'obscurité gagner du terrain.

Elle s'est approchée de moi. Elle a caressé ma joue du dos de sa main délicate.

— Ta sœur et toi avez vraiment été d'un grand secours. Sans vous, je ne sais pas ce que j'aurais fait. Je suis très fière de ce que vous êtes. Et votre père le sera encore bien plus que moi.

Elle a soupiré, non de dépit ou de lassitude, mais d'une colère froide.

— Cette garce a voulu nous détruire. Elle aurait pourtant dû se douter qu'elle ne faisait pas le poids. Je n'aimerais pas me trouver à sa place aujourd'hui. Ni dans les jours à venir.

Marie m'avait pris dans ses filets, faisant de moi son cheval de Troie, l'acide qui s'écoulait dans les failles qu'elle avait su creuser. Je voulais plus que tout que mon père soit libéré. Or, en apprenant que ce serait bel et bien le cas, j'ai redouté ce moment.

Camus nous l'a ramené. Nous étions tous les quatre à l'attendre, dans l'allée. Il s'est avancé depuis le portillon, d'un pas trop lent. Il portait un de ses costumes, parfaitement ajusté, et une cravate vert foncé. S'il était marqué par ce qu'il avait eu à vivre, il ne le montrait pas. Je le voyais sous un autre jour. Et, pour mon plus grand soulagement, ce n'était pas ce que j'avais craint. Il n'avait plus rien du portrait que j'avais dressé de lui au fil de mes dernières nuits. J'ai retrouvé l'homme droit et loyal que j'avais toujours connu, l'homme honnête, solide, trop pudique pour exprimer ses sentiments. Je n'en ai que davantage maudit Marie.

Maman s'est avancée vers lui. Ils se sont embrassés sur la bouche, furtivement. Jamais nous ne les avions vus s'embrasser ainsi. Valentine et moi, dans un mouvement simultané, nous nous sommes regardés. Elle en avait les larmes aux yeux. Papa a serré la main de Frédéric en premier puis il a dû accepter la longue étreinte de Valentine. Je le voyais sourire par-dessus son épaule alors qu'elle refusait de le lâcher. Il est venu vers moi en dernier. Avant tout parce que, sans le vouloir, je m'étais tenu en retrait. Il a posé sa paume sur mon épaule, a serré ses longs doigts. Il a hoché la tête en me regardant.

— Mon fils… J'ai su que les policiers t'avaient convoqué. Je crains que leurs questions n'aient été particulièrement bouleversantes pour toi. Je suis vraiment navré de t'avoir mis dans une telle situation.

— Ce n'est pas ta faute, Papa.

— Si. Ça l'est tout de même un peu.

Il a retiré sa main. Il regardait partout autour de lui comme s'il découvrait le premier matin du monde.

— Je suis désolé de vous avoir tous mis dans l'embarras. Je vous promets de faire tout ce qui est en mon pouvoir pour réparer cela. Pourriez-vous m'accorder néanmoins quelques minutes ? Parce que je vous avoue que je brûle d'envie de me laver et de me changer. Je traîne sur moi une odeur épouvantable.

Il est parti s'enfermer dans la salle de bains. Les choses reprenaient leur place. Nous allions pouvoir recommencer à vivre. Moi y compris.

Toutefois, j'avais honte, une honte infinie qui me mordait au ventre. Je me suis éclipsé pendant que Camus déclamait une ode à la bouteille de vin rouge qu'il avait apportée. J'ai voulu parler à mon père, tout lui dire, à commencer par la lettre de Marie. Je n'ai pas eu l'audace de frapper à la porte de la salle de bains. Au lieu de cela, je me suis éloigné dans le couloir, jusqu'à la fenêtre depuis laquelle je l'avais si souvent espionné. Je souhaitais faire à mon cerveau ce que Maman avait fait pour cette maison, le passer au grand air.

Papa se tenait face au miroir. Il était encore tout habillé, ayant seulement consenti à desserrer le nœud de sa cravate. Comme le soir de la disparition d'Émilie, il s'appuyait de tout son poids sur le lavabo, de ses deux mains. Il regardait son reflet. Il paraissait maintenant éreinté, ployant sous la lassitude et la tristesse. Puis ses yeux ont dévié. Depuis le miroir, ils se sont rivés sur moi, ils m'ont débusqué. Ils sont devenus noirs, terribles, prenant alors l'allure de deux puits sans fond. Ils m'ont cloué sur place.

J'ai compris qu'il savait. Qu'il savait que j'avais menti à l'inspecteur. Qu'il savait que j'avais douté de lui. Que je le pensais peut-être encore coupable de ces deux meurtres horribles et de bien d'autres choses.

Je ne me suis pas écarté de la fenêtre. Je n'ai pas davantage détourné le regard. J'en étais incapable. Mon père a baissé les yeux en premier. J'y ai vu un signe de défaite. Il s'est écarté du lavabo et a entrepris de se débarrasser de ses vêtements. Alors, seulement, j'ai repris le contrôle de mon corps et j'ai pu bouger.

Nous avons déjeuné. Il s'est assis au bout de la table, comme d'habitude, et il a écouté nos conversations. À un moment donné, il a posé sa main sur celle de Maman. Elle lui a rendu son sourire et, à mon tour, j'en ai été bouleversé.

Le reste du temps que j'ai passé à Fontmile, nous nous sommes évités, mon père et moi. Nous n'avons pas reparlé de la salle de bains ni des regards que nous avions échangés. Je ne lui ai rien dit de la lettre.

J'ai annoncé mon intention de remonter à Paris. Je ne respirais plus. Je ne dormais plus. Je mangeais à peine. Le poison ! Toujours et encore ce maudit poison !

Le matin de mon départ, alors que Maman avait du mal à me laisser fermer la portière de la voiture, Papa m'a regardé depuis le perron. Il m'a fait un geste de la main, un geste qui se voulait chaleureux. Mais son visage n'a pas accompagné celui-ci. Il était en cire, figé et glacial.

J'ai d'abord roulé en direction de l'autoroute. Cependant, assez vite, je me suis garé sur le bas-côté.

Je suis demeuré ainsi un moment sans rien faire d'autre que de tenter de respirer de nouveau. Le vide était là, l'abîme et, avec lui, le vertige. Le poids que j'étais condamné à porter était trop lourd. Basculer, sombrer dans cette gueule béante. Ou combler le trou et laisser choir mon fardeau, il n'y avait pas d'autres alternatives.

Ma seconde bande dessinée n'avait jamais eu de titre. Si je l'avais démarrée plus tard que *Coco Bay*, elle était déjà bien avancée quand Émilie s'était penchée dessus pour la dernière fois. Le temps s'était déréglé. Il faisait froid, de plus en plus froid, et de plus en plus gris. Les gens fuyaient, laissant tout figé derrière eux, pour se réfugier dans des contrées moins hostiles, plus au sud. Un homme, après avoir mis sa femme et ses enfants dans un des trains salvateurs, avait choisi de rester. Il n'avait pas attendu son tour sur le quai bondé de la gare. Il avait repris sa voiture et avait roulé en sens inverse des files de véhicules bloqués sur les routes. Il était revenu chez lui, dans leur maison, dans ce village perdu au milieu d'une campagne autrefois verdoyante. On l'y voyait organiser sa nouvelle vie, au jour le jour, déployant des trésors de débrouillardise pour se nourrir et se chauffer malgré l'absence d'électricité. Il restait pour préparer la suite, pour que les siens aient un endroit où revenir. Il devait s'y protéger également car, au loin, on voyait la ville brûler sous les assauts des pillards, qui ne tarderaient pas à venir écumer les environs. Il fouillait les autres maisons abandonnées. Il découvrait des pans entiers des existences qu'elles avaient abritées. Il y volait des objets devenus soudain indispensables, des vêtements chauds, des couvertures, des conserves, du combustible et des livres. Il avait même mis la main sur un fusil de chasse et sur une boîte de cartouches.

La fouille de la maison de retraite était un épisode marquant. Il y avait en effet découvert les corps décomposés des pensionnaires qu'on n'avait pas pu emmener.

Un autre jour, dans une courette, il s'était retrouvé face à un autre homme, surgi de nulle part et visiblement redevenu aussi sauvage que lui. Ce dernier s'était montré menaçant, cherchant à lui dérober le peu qu'il avait. Ils s'étaient affrontés, lourdement et maladroitement, aussi cffrayés et déterminés à survivre l'un que l'autre. L'autre qui ignorait que, sous son gros manteau de fortune, il cachait le fusil. Il avait été contraint d'en faire usage, lui déchargeant les deux canons à la fois dans le ventre, à bout portant. Il avait laissé son cadavre gisant dans une mare de sang. Toutefois, rongé par la culpabilité, il était revenu le lendemain, bien décidé à lui offrir une sépulture décente. Le corps de l'homme avait gelé durant la nuit. Un tout jeune garçon, presque encore un bébé, était sorti de la cachette que son père protégeait, sous un escalier tordu. Il s'était couché sur le ventre gluant de son père. Et y était mort pendant la nuit, scellé à lui par le froid.

Mon récit était sombre et désespéré. Émilie en était mal à l'aise. Elle avait toutefois sa propre interprétation. Selon elle, la maison transformée en forteresse, le village coupé du monde, la campagne ravagée par le froid, la forêt devenue menaçante avec ses arbres sans feuilles, les incendies au loin, tout cela représentait le purgatoire. Chaque jour qui passait mettait le héros face à sa conscience et à toutes les saloperies qu'il traînait.

Il se devait de les affronter, de les regarder en face. À la fin, selon elle, il allait devoir choisir. Rester ou bien tenter sa chance par la route, avec le peu d'essence qu'il était parvenu à collecter, quitte à tomber sur un barrage qui lui serait sans doute fatal.

J'ai repensé à ce qu'elle m'avait dit quand j'ai redémarré et que j'ai laissé Fontmile dans mon dos.

Le soir, à Paris, pour la dernière fois, j'ai cherché son écriture dans ma pile de courrier.

– 2 –

Les deux montagnes

13

Un jeune flic que j'avais connu pendant mes années de service a téléphoné chez moi. Il m'a dit, comme ça :

— Camus, il y a quelque chose que vous devez savoir. Le juge, il va faire arrêter votre ami, le chirurgien. Avec perquisitions et tout le tintouin. Demain matin, à la première heure.

Je n'étais pas redescendu de Combe-Sourde depuis bien longtemps. Il a eu de la chance de pouvoir me joindre. Ou j'ai eu de la chance qu'il le fasse, devrais-je dire. C'est la pluie qui m'a fait retourner en ville bien plus tôt que je ne le fais d'ordinaire. Là-haut, j'y reste tant que le jour tient bon. Surtout l'été.

Je ne m'y attendais pas. Je n'ai rien vu venir. Je suis bien placé pour le savoir : quand on cherche un coupable de meurtre, on adopte la technique de l'escargot : commencer par fouiller dans les cercles les plus proches pour s'en écarter peu à peu. Pierre faisait partie des premiers cercles, pour la jeune Émilie. Mais je savais, de source sûre, que le juge avait dépassé ceux-ci et qu'il cherchait plutôt du côté de Toulouse, dans les milieux étudiants.

Quelque chose qui m'avait échappé l'avait convaincu de revenir sur ses pas. Quelque chose ou quelqu'un, c'est ce que je me suis dit. Et j'ai immédiatement pensé aux Goulard. Je n'ai jamais eu de gosse. Je crois néanmoins être capable d'imaginer ce que l'on doit ressentir quand on vous prend votre fille unique. Qu'on vous la prend et qu'on vous la rend en morceaux. Je comprends la rage de ce père et sa soif de vengeance. Depuis le début, celles-ci se sont orientées vers François puis sur Pierre. Je vois bien pour quelle raison : sans eux, la petite ne serait pas passée par l'ancienne voie ferrée, ce samedi-là.

Et puis, que nous ayons été les premiers à découvrir cette horreur dans notre rivière n'a pas arrangé nos affaires.

Avec Pierre, nos parties de pêche s'articulaient autour de rituels immuables, en vieux schnocks que nous sommes. Nous descendions vers la rivière à pied, à l'aube. Dès que nous étions arrivés en bas, je commençais par lancer du côté des grands rochers gris. J'y restais un long moment, les deux jambes bien rivées, le corps tourné vers l'amont. « Tu ressembles à un roc parmi les rocs », me charriait mon ami. Lui, il démarrait plus tranquillement, là où le courant était plus paisible, histoire de se dérouiller. Ensuite, il se dépêchait d'aller tenter sa chance dans le ruisseau qui dévale de Combe-Sourde. L'endroit est plus difficile, bien plus technique avec ses branches basses et l'étroitesse du lit. Mais les prises qu'il a pu y faire ont toujours été superbes.

En milieu de matinée, nous nous retrouvions tous les deux autour d'une large souche que nous avions transformée en table improvisée. Nous y déballions nos besaces. Il y avait toujours largement de quoi nous rassasier. J'ouvrais une bouteille de vin des Corbières. Nous parlions alors de tout et de rien. C'étaient pour ainsi dire nos premières paroles depuis que nous nous étions rejoints.

Après avoir cassé la croûte, j'enfilais mes cuissardes et j'allais me poster au milieu du courant. Pierre préférait d'abord rester assis au ras de la rivière. Il posait sa canne dans la fourche d'une branche de noisetier et prenait le temps de fumer sa pipe du matin. Quand je l'ai connu, il fumait comme un pompier. Il m'a raconté qu'une nuit, assailli par le manque, il s'était retrouvé à genou au-dessus de la poubelle de la cuisine en train de récupérer ses mégots pour se rouler le tabac qu'il n'avait plus. Quand il s'était rendu compte de ce qu'il faisait, il avait eu honte et s'était promis d'arrêter. Promesse qu'il avait eu toutes les peines du monde à tenir. Il dit que c'est un gastro-entérologue de passage, un type avec qui il a partagé le billard lors d'une opération interminable, qui lui a donné la solution. Il fumait la pipe et ne s'en accordait que deux par jour, une le matin, une le soir, et, chaque fois, il les savourait comme si elles étaient les dernières. Pierre l'a imité. Depuis, il le jure, il n'a jamais dérogé à cette discipline.

Bref, il fumait tranquillement sa pipe du matin. Une fois l'ultime bouffée avalée, il repartait rejoindre le ruisseau. C'est son endroit préféré. Parce qu'il y fait toujours frais, que le soleil qui perce la ramure vient moucheter la surface de l'eau, que celle-ci chante avant que sa voix ne soit couverte par celle plus sonore de la rivière dans laquelle elle est sur le point de se jeter.

Mais aussi parce que pêcher là tient de la gageure. La moindre imprécision, et la ligne est happée par les ronces ou les griffes des arbres. Le lit est étroit, torturé, on ne peut l'approcher. C'est pour cela que je n'y vais jamais. Ce n'est pas bon pour un type comme moi, qui ne sait jamais quoi faire de ses grosses mains et de ses grands bras.

Ce jour-là, peu de temps après que Pierre eut disparu, j'ai repéré cette forme étrange, coincée dans les herbes. Presque blanche dans l'ombre, à un demi-mètre sous la surface, immobile alors que les tiges valsaient autour d'elle, semblables à des cheveux soulevés par le vent. Je me suis approché. Je l'ai touchée du bout de ma canne. J'ai senti les chairs ramollies, gonflées, prêtes à se déchirer. J'ai reconnu un bras. Parfaitement découpé, à l'omoplate et à la base du poignet. Un peu plié, le coude saillant pointé dans ma direction. J'ai gueulé. Mon cri, porté par l'écho, a rebondi dans la forêt.

Pierre a cru me trouver mort. Depuis qu'un malaise m'avait couché dans mon potager, l'été précédent, il ne cessait de me harceler pour que j'aille consulter un cardiologue. Le temps qu'il accoure, j'avais déjà regagné la rive et je m'étais affalé, le cul à moitié dans la boue, trahi par mes guiboles.

Bref, j'ai reçu ce coup de téléphone, et j'avoue qu'un direct dans l'estomac aurait eu le même effet.

J'ai fini par retrouver mes esprits. Ma première idée a alors été de prévenir Pierre. J'ai pris ma voiture. Il n'y a pas long entre mon immeuble et sa maison. J'ai pris tout mon temps. Et encore, même au ralenti, je trouvais que ça allait trop vite. Nom de Dieu ! J'ai failli faire demi-tour au moins dix fois.

Je suis arrivé dans leur rue. Je me suis garé. Le portillon était fermé à clé. Pierre ferme toujours tout à clé avant la tombée de la nuit. Et il vérifie tout le temps la solidité des serrures. Il a ses raisons. J'ai donc sonné et attendu que quelqu'un vienne m'ouvrir.

J'ai bientôt vu sa silhouette dépasser de l'angle du perron. Il s'inquiétait de savoir qui pouvait bien venir chez eux à l'heure du dîner, car Valentine a ses propres clés.

— C'est moi ! Est-ce que tu comptes me laisser sous la flotte encore longtemps ?

Il n'était pas rassuré pour autant. Il sait que je n'aime pas sortir de chez moi en fin de journée. Je rentre de ma chère montagne, je me débarbouille, je me mets à mon aise, et il n'y a pas intérêt à ce qu'on m'en demande davantage.

Je n'ai rien osé lui dire d'emblée, faisant mine d'ignorer son regard interrogateur. Je l'ai devancé dans l'allée et je me suis engouffré dans la maison au pas de course. Estelle était dans la cuisine en train de mettre la dernière main à ce qui mijotait sur la gazinière. J'ai posé mon blouson sur le dos d'une des chaises et je l'ai embrassée. Elle m'a tendu sa joue sans quitter des yeux sa casserole, juste d'un mouvement de tête. Chaque fois que je l'embrasse, j'ai peur de l'abîmer. Elle paraît si fine et si délicate. Mais il ne faut surtout pas s'y fier. Sous ses dehors de porcelaine, c'est de l'acier trempé.

— Tu dînes avec nous, pour une fois ?

— Hélas ! non. J'ai eu la mauvaise idée de manger tôt, ai-je menti.

— Ne me dis pas qu'il ne te reste pas une petite place. Un grand garçon comme toi !

— Ma très chère amie, Dieu m'est témoin que je ne peux plus rien avaler.

— Si Dieu est témoin, je m'incline.

Pierre nous rejoignait à peine, l'air toujours inquiet. Il devine les choses avant qu'elles n'arrivent. Ça fait partie des trucs qui m'impressionnent le plus chez lui.

— Un verre, au moins ? m'a-t-il proposé.

J'ai également refusé. Pourtant, un bon coup de gnole m'aurait fait le plus grand bien, tant j'avais le ventre noué.

— Qu'est-ce qu'il y a ? m'a-t-il lancé plus sèchement, impatient que je m'explique.

J'ai pris mon courage à deux mains.

— J'ai reçu un coup de fil d'un de mes anciens collègues, il y a moins d'une heure. Il vaudrait mieux dire un coup de massue, d'ailleurs.

Estelle a bondi la première, laissant tomber la longue cuillère en bois dans la sauce.

— Il est arrivé malheur aux enfants !

— Non.

— Alors quoi ? Ils ont retrouvé d'autres morceaux de corps dans la rivière, c'est ça ?

— J'aurais préféré… En fait, ils vont débarquer chez vous demain matin. Il va y avoir une perquisition, une fouille en règle de la Peugeot, et il se pourrait qu'on demande à Pierre de les suivre au commissariat pour être interrogé.

— Je ne comprends pas. Pierre et toi avez déjà été auditionnés, non ? Qu'est-ce qu'il veut savoir de plus, ce juge ? Et pourquoi une perquisition ?

Pierre avait déjà tout compris. Je crois même qu'il avait saisi au moment où il m'avait entendu sonner. Je me suis adressé à lui :

— Ils te considèrent comme suspect. Une garde à vue est probable.

— Camus, ton Dieu va également être témoin de ma manière de te faire passer l'envie de plaisanter avec ces choses-là !

Elle avait beau rugir, elle reculait, cherchant à tâtons le rebord de l'évier, afin de s'y appuyer. Estelle Neyrat qui recule, c'était une première pour moi. J'ai même cru qu'elle allait tomber dans les pommes, tant elle paraissait soudain fébrile.

Pierre n'avait pas bougé d'un pouce. Il se tenait droit, comme un I majuscule.

— Tu ne risques rien, à nous prévenir ainsi ?

— Bordel de merde ! On ne va pas me reprocher d'avoir des amis !

Je me suis immédiatement excusé parce que je sais qu'Estelle déteste qu'on jure en sa présence. Son mari est habitué, depuis le temps qu'il me fréquente. Mais elle, elle a horreur de ça. Mais, cette fois elle n'a pas tiqué ni menacé de m'obliger à me rincer la bouche au savon noir. Elle était muette.

— Je sais qu'en ville certains disent qu'il faut chercher le Dépeceur du côté de l'hôpital ou des médecins, mais tout de même…

— J'ignore encore sur quoi les enquêteurs se basent. Je vais trouver, mon vieux, je te le promets.

Estelle a relevé la tête. Si ses yeux avaient été des piques, j'aurais été embroché sur place.

— On n'arrête pas quelqu'un sur la simple foi de racontars, a-t-elle grincé.

— Tu as raison. Des lettres de dénonciation, ils en ont reçu des tonnes. Je suis certain qu'aucun homme de la vallée, y compris les boiteux et les bossus, n'a pas été cité au moins une fois dans la liste des coupables possibles. Il y a forcément autre chose.

Le silence qui s'est abattu était glacial.

— Ce serait bien que tu songes à prendre un avocat, me suis-je risqué à proposer.

— Les seuls avocats que je connaisse ne sont pas spécialisés dans ce genre d'affaires.

— Je vais me renseigner.

Estelle a traversé la cuisine.

— Vous parlez comme si les dés étaient jetés. Je crois que, si vous continuez à discuter de la sorte, je serais capable de vous envoyer le contenu de cette casserole à la figure. Et il y en a bien assez pour vous deux.

Puis elle a disparu dans le couloir.

— Tu veux que je reste un peu ?

— Non. Rentre chez toi, ça va aller. J'avais prévu de me regarder un film, ce soir. Ils passent *La Ruée vers l'Ouest* sur la 3. Avec Glenn Ford. Je ne l'ai jamais vu.

— Et Estelle ?

— Il vaut mieux ne pas s'y frotter pour le moment. Ça va s'arranger, Camus. Ça va s'arranger.

— Demain matin, ne te laisse pas impressionner. Il y a toujours une mise en scène pour te foutre la pression d'emblée. Les gars du SRPJ vont jouer les cowboys. Et ils sous-entendront qu'il n'y a qu'une solution pour toi, celle d'avouer. Essaye de rester lucide. Et, surtout, ne les laisse pas te mettre en colère, ou ne leur montre pas qu'ils ont réussi.

— Ils vont déterrer les vieux dossiers, n'est-ce pas ? Ça me turlupinait depuis le début. Nos fameux vieux dossiers…

— Il y a un risque. Il se pourrait même que ce soient justement eux la cause de tout ce cirque.

Il a acquiescé, toujours très calme.

— Je te remercie, mon ami. Je te remercie pour tout le mal que tu te donnes. Quand la nouvelle va se répandre, ils vont se déchaîner.

— Je crains que le secret ne soit pas gardé très longtemps, en effet.

— Estelle et Valentine vont devoir subir certaines choses… Est-ce que tu pourras t'occuper d'elles ? Le temps que… que ça se tasse.

— Je veillerai sur tout le monde, je t'en fais le serment.

Il m'a de nouveau remercié.

Je ne me rappelle plus comment s'est achevée notre conversation. Il m'a raccompagné jusque dans la rue. Je suis monté dans ma voiture. Je l'ai vu dans le rétroviseur qui s'attardait un peu sur le trottoir.

Plus tard, il m'a avoué que, ce soir-là, il avait mangé comme quatre, tout seul. Puis qu'il s'était installé devant son film mais que celui-ci l'avait déçu, trop long, trop décousu. Il a ensuite préparé un de ses plus beaux costumes pour le lendemain, assorti d'une cravate neuve. Ensuite il est allé se coucher. Il n'a pas pu fermer l'œil et s'est relevé vers cinq heures. Il s'est lavé, rasé, habillé. Il a pris son petit déjeuner. La seule entorse qu'il s'est accordée a été d'aller fumer sa saleté de tabac bien plus tôt que d'ordinaire, de peur que cela ne soit plus possible pour lui avant un bon bout de temps.

Il avait hélas ! raison. À six heures, les voitures de police débouchaient dans la rue. Deux heures plus tard, il était assis à l'arrière de l'une d'entre elles, menottes aux poignets.

Pierre m'a raconté qu'à ce moment-là Estelle a surgi dans l'allée. Elle a forcé le barrage des policiers. Elle est capable de renverser des montagnes. Elle n'a cependant pas pu s'approcher de son mari. Elle lui a adressé un geste de la main, accompagné d'un sourire. Il m'a dit que ce sourire-là lui avait offert toute la force du monde et qu'il lui a suffi d'y repenser pour ne pas flancher. Je veux bien le croire.

14

Mon ami, mon presque-frère, a été jeté en prison et livré à la vindicte populaire. De suspect potentiel, il est rapidement devenu coupable. Dans la journée, j'ai appris pourquoi. Il avait été dénoncé. Non pas par l'intermédiaire de lettres anonymes ou bien par l'entêtement aveugle des parents d'Émilie. C'était sa propre fille qui s'était assise devant les flics et qui leur avait expliqué, preuves à l'appui, que son père était le Dépeceur. C'était Marie qui l'avait fait jeter en prison.

Je n'ai pas pu cacher cette information très longtemps. Le commissariat était une passoire, et le bruit n'a pas tardé à se répandre en ville. J'en ai d'abord parlé à Valentine. Je sais ce qu'elle pense, que sa sœur a toujours été ma préférée, que j'ai toujours su la prendre, que je lui ai toujours tout passé. Je ne peux pas nier que cette petite a beaucoup compté à mes yeux. Mais autant que ses frère et sœur. À eux trois, ils ont été ma famille, mon port d'attache. C'est vrai qu'elle était la première et qu'elle a été contrainte de grandir dans des circonstances qui m'ont sans doute donné l'envie de la protéger davantage. Je ne nie pas que cela lui a conféré une place à part. Je l'ai souvent écoutée râler, débarquant chez moi à l'improviste quand elle était adolescente. Elle déballait ses griefs contre la Terre entière, ne m'épargnant pas au passage. Malgré tout, elle savait très bien qu'il y avait des limites que je ne voulais pas lui voir franchir.

Pierre est un homme remarquable et bon.

Estelle restera pour toujours le soleil qui s'est levé sur nos deux existences. Son courage et sa force sont admirables.

Ces deux-là sont intouchables. On peut leur reprocher certaines erreurs, peut-être. Rien qui mérite que l'on souille ou que l'on fissure ce qu'ils sont parvenus à construire. Se plaindre est une chose. Accuser en est une autre. Je ne l'aurais jamais laissée faire, et Marie ne le savait que trop bien. Elle ne s'y est risquée qu'une fois. La seule fois où elle a réussi à me mettre en colère, du moins, jusqu'à cette infamie de dénonciation. C'était peu de temps avant son mariage et, ensuite, elle m'a battu froid. Et elle n'est plus jamais venue me trouver pour s'épancher. Il aurait peut-être mieux valu qu'elle le fasse. Quand on parle, les choses s'évacuent. Sinon, elles stagnent, elles pourrissent, et elles vous transforment en cloaque.

Je ne lui ai pas pardonné. Je ne le lui pardonnerai jamais. J'ai d'abord refusé de croire qu'elle ait pu aller jusque-là. Ensuite, c'est devenu une réalité, et ça a été l'une des plus grandes douleurs de ma vie. Jamais rien ne m'avait autant accablé. Écrasé serait le mot plus adéquat.

J'ai hésité à prendre la route pour aller lui parler, là-bas, chez elle. Cela n'aurait rien arrangé, j'en suis bien conscient.

Durant cette terrible semaine, je me suis senti totalement impuissant et inutile. Je n'ai pas pu empêcher les insultes et les menaces, les coups de téléphone et les messages anonymes. Je n'ai pas trouvé le moyen de faire sortir mon ami de ce guêpier, de l'en faire sortir totalement, j'entends.

Au moins ai-je pu annoncer à Estelle la bonne nouvelle, quand on m'a informé, toujours par le canal officieux, qu'il allait être libéré. Et puis, c'est moi qui l'ai ramené chez lui.

En temps normal, ma façon de conduire le rend fou. Il arrive parfois qu'on monte à Combe-Sourde ensemble et, si c'est le cas, il insiste toujours pour prendre sa voiture. Mais là, cette dernière était encore bloquée par la police judiciaire, et il n'a pas eu le choix.

Nous n'avons pas beaucoup parlé durant le trajet. De toute manière, on n'a pas besoin de parler pour se comprendre. Je sentais qu'il était malheureux. Ce n'était pas la garde à vue prolongée ni la détention provisoire, il avait connu bien pire. Il a fini par cracher le morceau à mi-chemin.

— C'est Marie, n'est-ce pas ?

Il a sorti ça comme ça, d'un coup, calmement, les yeux rivés au paysage.

— Je l'ai compris aux questions de cet inspecteur.

Qu'est-ce que je pouvais bien lui répondre ? Je me suis contenté d'acquiescer. Je ne savais pas comment le lui dire, alors que ça vienne de lui était un soulagement. Je l'ai entendu soupirer.

— Je n'ai jamais trouvé comment faire, avec elle. Jamais. Quoi que je fasse, j'ai toujours tort à ses yeux.

— Tu aurais dû lui parler depuis longtemps.

— Lui parler ? Soit je lui parle trop, soit je ne lui parle pas assez…

— Tu sais très bien ce que je veux dire.

— Je conçois tout à fait que je suis fautif. Mais, Camus, elle voit en moi un monstre ! Elle ne s'est pas contentée de le dire, elle en est persuadée. Elle m'a accusé de saloperies que je n'ose même pas raconter. Qu'elle s'en prenne à moi est une chose. Qu'elle fasse de même avec Estelle et les enfants, c'est intolérable.

— Ils ont tenu bon, tes loustics. Mieux que ça, même.

— Pas tous, a-t-il murmuré.

C'est là que j'ai compris que Marie n'était pas la seule cause de sa détresse.

— Comment ça, pas tous ?

Il a rapetissé sur le siège passager. Pour rapetisser un homme tel que lui, franchement, il en faut. Ça m'a vraiment brisé le cœur.

— François…

— Quoi, François ? Ce gosse s'est coltiné les questions des flics, et j'ai su qu'il s'était montré particulièrement convaincant. Il ne paraît pas comme ça, mais il a du coffre. D'autres que lui se seraient débinés ou auraient fait dans leur froc.

— Il a menti.

— Qu'est-ce que tu racontes ?

— Il a menti lors de son audition d'hier.

— Arrête ! Tu te fais des idées, là.

— Je sais qu'il a menti à certaines questions qui lui ont été posées. Les questions les plus compromettantes pour moi. Il a menti pour que je sois libéré. Tu comprends ce que cela veut dire ? Que lui aussi me croit coupable.

15

J'ai vu Pierre se flétrir jour après jour, alors que l'été s'égrainait.

J'ai vu Estelle se débattre comme une lionne pour l'empêcher de sombrer, affronter les regards de travers et les mauvaises langues.

J'ai vu Valentine faire bonne figure alors que, à l'hôpital, on lui menait la vie dure, lui conseillant même de changer de crémerie.

J'ai également eu le temps de voir François, avant qu'il ne reparte pour Paris. J'ai vu le poids qu'il était obligé de porter.

J'ai vu tout ça. J'ai vu ceux que je considère comme les miens être sur le point de s'effondrer. La tempête les avait fait ployer. Or, les lendemains de tempête sont parfois pires. Il y a des vices cachés, dont on ne se méfie pas et qui vous prennent en traître. Pierre me l'a prouvé un matin de la fin septembre, là-haut, à Combe-Sourde, dans notre bout du monde. Il m'a dit que sa famille en prenait plein la figure par sa faute. L'enquête piétinait. Tant que c'était le cas, il restait le principal suspect, en dépit de toutes les incohérences des arguments avancés par les enquêteurs. Il m'a dit que le seul moyen pour que ça s'arrête serait qu'il ne soit plus là. Je l'ai engueulé pour oser débiter de telles énormités. Mais, ce qui m'a surtout mis en colère, c'est que je savais qu'il avait raison et que, à sa place, j'aurais eu le même raisonnement.

Et puis, il m'a aussi reparlé de François. Passer pour un salopard aux yeux de la moitié de la population de la vallée, de certains journalistes et de toutes les âmes bien nées de notre pays, il pouvait s'en accommoder, tant il se tenait loin des gens. En revanche, que ce soit aux yeux de son fils, il ne s'en remettait pas.

Ses relations avec Marie sont devenues houleuses dès qu'Estelle est arrivée dans leurs vies. On sentait bien, en tout cas moi je le sentais, que des passerelles existaient au-dessus des flots déchaînés. Il fallait juste daigner se mouiller les pieds de temps en temps.

Avec Valentine, c'était l'harmonie parfaite. Elle débarque quelque part, et les ombres se carapatent, ne cherchant même pas à lutter. Elle a la beauté, la fougue et le culot de sa mère. Elle a aussi hérité de la loyauté et du feu qui couve dans le ventre de son père, ce feu qui grandit dès que la nuit menace. La parfaite synthèse entre les deux.

François, c'est le seul garçon, alors il est d'autant plus précieux pour Pierre. Pourtant, entre les deux, un fossé s'est creusé. Puis le fossé est devenu un précipice. Un précipice sans colère ni aspérités. Plutôt comme deux continents qui dérivaient et s'éloignaient inexorablement l'un de l'autre. Pierre s'est toujours reconnu dans son fils. Je sais que c'est pour cette raison qu'il n'a jamais su comment se comporter avec lui. « Il est trop comme moi », m'a-t-il souvent répété. Quand je lui répondais que c'était une bonne chose, il me rétorquait qu'il n'y avait pas beaucoup à espérer quand on était fait d'une telle étoffe, à part les tourments. François a choisi une autre voie que la sienne, et il en a été ravi. Cet idiot ne le lui a jamais dit. Il ne lui a jamais dit à quel point il était fier de lui, à quel point il l'aimait. Et à quel point il se sentait proche de lui. Certes, il le lui a montré, à sa manière. Je ne suis pas expert, mais je suis certain que sa manière n'est pas la bonne. Il y a trop de non-dits. Savoir se taire a beaucoup de vertu. Mais savoir parler, c'est indispensable.

De mon côté, je n'ai rien construit. Cependant, j'ai toujours eu la prétention de croire que je pouvais réparer. Un peu comme avec ma fermette de Combe-Sourde. Je récupère le bien d'autrui et je tente de le remettre debout. J'ai souvent échoué, je le reconnais. Pourtant, j'ai continué de le croire. Je me devais de réparer les dégâts causés chez les Neyrat.

Pour Pierre. Pour Estelle. Pour les enfants.

Selon le juge, les autres couillons du SRPJ, et selon Marie au passage, mon ami avait été attiré par la jeune Émilie. Le samedi de sa disparition, il n'aurait pas été à Combe-Sourde comme il l'avait affirmé : il l'attendait le long de la voie ferrée, parvenant à la convaincre de monter à bord de sa voiture. Voiture que personne n'a aperçue, d'ailleurs. Quand il avait voulu passer à l'acte, elle l'avait repoussé. Ça avait dégénéré, et elle en était morte. Il avait ramené son corps dans la montagne pour le cacher. Il avait donc utilisé ses instruments de chirurgien pour la débiter en morceaux et les fourrer dans le congélateur.

Pourquoi la dépecer ? Parce que son passé refaisait surface : les membres qu'il avait été obligé de repêcher à Manipont après qu'on eut fait exploser les derniers prisonniers de la « Maison des horreurs » depuis le Pont-Neuf ; le corps mutilé de sa première épouse dans leur maison de Montfranc ; les accusations de meurtre alors ; l'inondation de 1964 avec le cimetière qui dégueulait ses morts…

Le raisonnement était plus que fragile. Dès qu'il s'agissait de Mathilde Hongre, l'autre « Ophélie », il devenait carrément invraisemblable. D'abord parce que cette pauvre femme vivait loin de chez nous, au bord de l'océan, dans les Landes. Ensuite parce qu'on ne voyait pas le lien qu'elle pouvait avoir avec Pierre, si ce n'était qu'il avait pu se rendre là-bas, à plusieurs reprises, pour l'observer et la suivre, avant de l'enlever. Il avait pris goût à opérer comme avec Émilie. L'histoire des bonnes femmes à l'hôpital, cette rumeur le montrant en train d'abuser d'elles, c'était de l'eau apportée au moulin de cette théorie. Une eau qui avait fini par déborder.

Pourquoi rendre les corps ? Peut-être dans un moment de lucidité ou de peur de se faire attraper. Combe-Sourde et ses gorges étaient son domaine autant que le mien. Il connaissait l'endroit comme sa poche, y compris les exutoires de la Véra, en amont. Un endroit idéal pour cacher ce que l'on souhaite sans que personne puisse le trouver. À moins que les orages ne s'en mêlent…

Il y avait bien un vieux congélateur dans la maison qu'il retape. On n'y a décelé aucune trace. Visiblement, il n'a pas servi depuis des lustres. Rien non plus dans la voiture. Ils ont utilisé des chiens pour repérer d'éventuels charniers dans les environs de l'ancien village, entre autres pour trouver les têtes et les mains. Ils ont creusé partout autour de la maison de Pierre. Sans aucun résultat, une fois encore. Ils n'ont jamais trouvé d'instruments chirurgicaux compromettants. Et la reconstitution des emplois du temps ne tient pas la route.

J'ai pu jeter un œil au procès-verbal du premier interrogatoire de Pierre. Je ne l'ai eu en main que quelques minutes. Il m'a paru révoltant. Ce n'est pas le préambule à la garde à vue que c'était censé être, c'est une opération de sape en bonne et due forme.

L'officier : Possédez-vous des outils de dissection, tels que ceux que vous avez utilisés tout au long de votre carrière ?

Pierre : Non, monsieur, je n'en ai conservé aucun.

L'officier : Dans ce cas, possédez-vous des ustensiles tranchants, servant à débiter du gibier, par exemple ?

Pierre : Pas le moins du monde.

L'officier : Possédez-vous un ou plusieurs congélateurs, monsieur Neyrat ?

Pierre : Nous en avons un, assez récent, dans le sous-sol de notre maison de Fontmile. J'ai monté le vieux à Combe-Sourde. Au cas où. Mais je ne l'ai jamais branché. L'installation électrique ne m'inspire qu'une confiance limitée, dans cette vieille maison.

L'officier : Vous passez beaucoup de votre temps dans ce hameau. Vous arrive-t-il d'y dormir ?

Pierre : L'été, s'il fait trop chaud en ville. En tout, cela ne doit représenter que trois ou quatre nuits par an.

L'officier : Pourquoi pas davantage, vu votre attachement aux lieux ?

Pierre : Mon épouse me manque trop. Elle a bien essayé de venir me rejoindre là-haut. Mais la maison est très sonore, et elle en a été terrifiée. Alors, c'est moi qui redescends.

L'officier : Vous arrive-t-il d'aller ailleurs ? Ailleurs qu'à Fontmile ou qu'à Combe-Sourde ?

Pierre : Mon épouse parvient à me convaincre de l'emmener à la mer ou à la montagne. Quelques jours tout au plus. Depuis que les enfants ne sont plus à la maison, on ne part pas vraiment en vacances, si c'est le sens de votre question.

L'officier : Le sens de ma question est le suivant, monsieur Neyrat : vous arrive-t-il de partir seul en dehors des endroits que j'ai nommés ?

Pierre : Non, monsieur.

L'officier : Êtes-vous déjà allé dans les Landes ?

Pierre : Pas depuis longtemps.

L'officier : Répondez à la question, monsieur Neyrat.

Pierre : Oui, je suis déjà allé dans les Landes, en famille.

L'officier : Êtes-vous déjà allé dans la station balnéaire de Seignosse ?

Pierre : J'y suis passé.

L'officier : Avez-vous séjourné dans cet endroit ou à proximité de cet endroit au cours de l'été 1982 ?

Pierre : Non. Absolument pas.

L'officier : Où vous trouviez-vous le 28 septembre 1982 ?

Pierre : Je ne sais pas. Je ne m'en souviens pas. Ici ou à Combe-Sourde, je suppose.

L'officier : Connaissiez-vous Mme Mathilde Hongre ?

Pierre : Non, monsieur.

L'officier : Peut-être sous son nom de jeune fille, dans ce cas : Mathilde Pasquier ?

Pierre : Non.

L'officier : Ce nom ne vous dit rien ?

Pierre : Si. Je l'ai lu dans le journal. C'est celui de cette malheureuse qu'on a retrouvée dans la Vissalès. Celle à qui appartenait le bras que nous avons découvert, mon ami et moi.

L'officier : Connaissiez-vous Mlle Émilie Goulard ?

Pierre : Oui, je la connaissais. C'était l'amie de mon fils.

L'officier : Était-ce quelqu'un que vous voyiez souvent ?

Pierre : Elle venait régulièrement chez nous depuis de nombreuses années.

L'officier : La trouviez-vous séduisante, monsieur Neyrat ?

C'est ce que j'appelle une question dégueulasse. J'ai imaginé Pierre se crisper sur sa chaise, serrer les dents, même. Mais il a écouté mon conseil et ne s'est pas laissé submerger par la colère.

Pierre : Elle était séduisante. Mais je ne percevais en elle que la petite fille que j'ai vue grandir.

L'officier : Vous ne répondez pas vraiment à ma question, je le crains.

Pierre : J'étais incapable de la considérer de ce point de vue-là.

L'officier : A-t-elle eu des gestes, des attitudes ou des paroles qui auraient cherché à vous encourager à la considérer autrement ?

Pierre : Non, monsieur. C'était une jeune femme qui savait se tenir et qui était digne de confiance.

L'officier : Où vous trouviez-vous le jour de sa disparition ?

Pierre : À Combe-Sourde.

L'officier : Vous avez une bien meilleure mémoire pour cette date.

Pierre : Cela fait partie des journées qui ne s'oublient pas.

L'officier : Avez-vous dormi chez vous, à Fontmile, la nuit qui a précédé ce drame ?

Pierre : Non, monsieur. J'ai dormi à Combe-Sourde.

L'officier : Seul ?

Pierre : Oui. Seul.

L'officier : Pourtant, si j'en crois les relevés météo de cette époque, on était loin des grandes chaleurs estivales. C'était même une fin de mois d'août plutôt fraîche.

Pierre : J'avais d'autres raisons de rester là-haut.

L'officier : Lesquelles ?

Pierre : Ma fille aînée, Marie, séjournait chez nous pour quelques jours. Le quotidien avec elle est tout sauf facile. Et, avec ses enfants, c'était tout aussi compliqué. J'ai préféré éviter de trop... De trop les fréquenter.

Forcément, ensuite, quand Pierre a répondu qu'il était revenu chez lui le samedi en fin de journée, l'inspecteur lui a demandé si Marie et les petits étaient repartis. Comme ce n'était pas le cas, il a joué les faux étonnés. Il a alors laissé Pierre mariner dans ses pseudo-contradictions et lui a demandé ce qu'il avait fait après avoir appris qu'Émilie avait disparu.

Pierre : Je me suis lavé et changé.

L'officier : Étiez-vous sale à ce point ?

Pierre : Je redescends souvent de la montagne en piteux état. J'ai l'habitude de me laver et de me changer dès que je rentre à Fontmile.

L'officier : Vos vêtements étaient-ils déchirés, ce soir-là, monsieur Neyrat ?

Pierre : Oui, ils l'étaient.

L'officier : Pour quelles raisons ?

Pierre : Je bricole beaucoup, là-haut. Et puis je vais dans les bois. Les ronces et les branches basses y sont nombreuses.

L'officier : Donc, chaque fois, vous y laissez votre chemise, si je puis m'exprimer ainsi.

Pierre : Non, pas chaque fois. Cette fois-là, c'était le cas.

L'officier : Étiez-vous blessé ? Y avait-il sur votre corps des plaies ou des égratignures ?

Pierre : Oui. Pour les mêmes raisons.

L'officier : Vous blessez-vous souvent lors de vos séjours à Combe-Sourde ?

Pierre : Non, pas si souvent que cela. Mais ça arrive.

L'officier : Quelle était la nature de ces blessures ?

Pierre : Une ou deux écorchures, rien de bien grave.

L'officier : Où se situaient-elles ?

Pierre : Sur le bras, je crois. J'avoue que je n'y ai guère prêté attention.

L'officier : Avez-vous parlé à quelqu'un de ces vêtements abîmés ?

Pierre : Non, monsieur.

L'officier : Avez-vous jeté ces affaires ?

Pierre : Pas du tout.

L'officier : Personne ne s'est ému de les trouver dans un tel état ? Votre épouse, par exemple.

Pierre : Je ne pense pas qu'elle s'en soit rendu compte.

L'officier : Qui s'occupe de la lessive, chez vous ?

Pierre : Mon épouse.

L'officier : Avez-vous donné ces vêtements déchirés et tachés de sang à laver ?

Pierre : Ils n'étaient pas tachés de sang. Mais, effectivement, je les ai mis dans le panier à linge sale.

Là, il y a eu une césure. L'inspecteur a dû laisser passer un temps. Il a autorisé Pierre à sortir du filet où il l'avait acculé. Avant de lui réserver ses coups les plus sévères.

L'officier : Avez-vous déjà eu des attitudes déplacées envers des jeunes femmes ?

Pierre : Quand je travaillais à l'hôpital, certaines infirmières me trouvaient parfois trop sec. Il m'est arrivé d'en faire pleurer quelques-unes, par mes remontrances.

L'officier : Des attitudes sexuellement déplacées, monsieur Neyrat.

Pierre : Non. Jamais.

L'officier : Vis-à-vis de certaines patientes ?

Pierre : Non, monsieur.

L'officier : Avez-vous eu des attitudes déplacées envers votre fille cadette ?

J'étais planqué derrière le parking du commissariat en train de feuilleter le dossier, bien à l'abri derrière le mur. Celui qui me l'avait fourni devait se ronger les sangs plus loin, tentant de s'occuper pour ne pas attirer l'attention. J'avoue qu'à ce moment-là j'ai failli tout lâcher, tant j'étais révulsé par ce que je venais de lire. Y revenir m'a pris un certain temps.

Pierre : J'ignore de quoi vous voulez parler.

L'officier : Je parle du jour de Noël de l'année 1970. D'une porte qui s'entrouvre et par laquelle on découvre une jeune fille de quinze ans en pleurs, jupe relevée et chemisier défait, et son père assis juste à côté, avec des gestes qui ne sont pas ceux d'un père. Qui ne devraient pas être ceux d'un homme.

Pierre : Ce que vous dites est immonde.

L'officier : Que s'est-il passé ce soir-là, dans cette chambre ?

Pierre : J'ai jugé que ma fille n'était pas vêtue de manière convenable pour un repas de famille. Je lui ai demandé d'aller se changer. Elle s'est agacée, et j'ai dû me montrer plus insistant.

L'officier : Insistant, comment ?

Pierre : Je l'ai conduite jusqu'à sa chambre. Elle s'est énervée, a déchiré son chemisier sous la colère. Puis elle a fondu en larmes, en s'excusant.

L'officier : Tout cela parce qu'elle n'était pas vêtue comme il le fallait.

Pierre : Elle grandissait. Je ne voulais pas qu'elle... Qu'elle en dévoile trop.

L'officier : Et vous attendez la fin du repas pour réagir à cette tenue que vous avez jugée indécente ?

Pierre : Je ne sais plus à quel moment cela a eu lieu.

Valentine qui s'énerve, qui répond à son père, qui déchire ses vêtements de rage. Pierre qui la force à rejoindre sa chambre alors qu'elle en a toujours fait ce qu'elle a voulu, uniquement avec son joli sourire... Tout cela sonnait faux. Je n'ai pas cru que mon ami ait pu se rendre coupable de tels gestes. Dieu merci ! Je ne l'ai pas cru. Mais j'ai su qu'il avait menti.

L'officier : Au cours du printemps 1964, vous avez été appelé comme témoin lors du procès de Jean Rivière, à Lyon.

Pierre : C'est exact.

L'officier : À la barre, vous avez affirmé que cet homme et ses complices s'étaient rendus coupables de crimes atroces dans la ville de Manipont. Notamment en mutilant des prisonniers et en dispersant leurs membres dans le cours d'eau qui traverse cette ville, en août 1944.

Pierre : C'est la triste vérité.

L'officier : Et, à en croire votre déposition sous serment, vous avez participé aux recherches quand il a été question de repêcher ces corps éparpillés.

Pierre : Oui, monsieur.

L'officier : La coïncidence ne vous est-elle pas apparue troublante avec les événements qui nous occupent aujourd'hui ?

Pierre : Cela m'a rappelé de bien mauvais souvenirs.

L'officier : Savez-vous ce qu'est devenu cet homme, ce Jean Rivière ?

Pierre : Il a été condamné à mort puis gracié par le président de la République deux ans plus tard. Sa peine a été commuée en prison à perpétuité.

L'officier : Ignorez-vous qu'il a été libéré au mois d'octobre dernier ? Après presque vingt ans d'incarcération.

Pierre : Je l'ignorais, en effet.

L'officier : Vous avez contribué à faire condamner cet homme, pourtant. Vous avez été témoin de ce qu'il a fait dans votre ville. Mais vous ne vous êtes plus jamais soucié de lui ?

Pierre : Non. Il a disparu de ma vie, et c'est tant mieux.

L'officier : Quelques mois après ce fameux procès, Fontmile a été victime d'une terrible inondation. Les tombes du cimetière ont été éventrées, des cercueils ont été éparpillés, tout comme leur contenu. Un spectacle qui a de quoi marquer les esprits. Vous avez prêté main-forte aux secours afin de remettre les choses en place, n'est-ce pas ?

Pierre : Oui. Ils avaient besoin de volontaires.

L'officier : Cela vous a-t-il impressionné, monsieur Neyrat ?

Pierre : Oui. Cela aurait impressionné n'importe qui.

L'officier : Pourquoi, dans ce cas, avez-vous avoué à plusieurs personnes que cela vous laissait froid ?

Qu'une fois mort, un corps n'est constitué que de morceaux appelés à se défaire ?

Pierre : Je n'ai jamais dit une telle chose.

Il l'avait dit. En ma présence. Un peu plus tard, quand le fiancé de Marie lui avait posé des questions sur ces tristes journées qui l'avaient marqué. Serge et Marie, voilà qui étaient les personnes à qui il avait expliqué où trouver le cran de s'occuper de cadavres démembrés.

L'officier : Avez-vous déjà été suspecté de meurtre, monsieur Neyrat ?

Pierre : On a tenté de me faire endosser la mort de plusieurs personnes.

L'officier : « On » ? Qui était ce « on » ?

Pierre : La rumeur... Rien d'autre que la rumeur.

L'officier : Quand cette rumeur s'est-elle propagée ?

Pierre : À l'automne 1947.

L'officier : Pour quelle raison vous a-t-elle visé ?

Pierre : Personne n'a pris la peine de me l'expliquer. Ce que je peux dire, en revanche, c'est qu'aucun policier ou aucun juge ne m'a accusé de quoi que ce soit.

L'officier : Il était néanmoins question de trois militants communistes, décédés dans des circonstances mal élucidées, pour ne pas dire suspectes, entre janvier et mai 1946. Est-ce pour cette raison que vous avez quitté Manipont ? Parce que, là-bas, il y avait des personnes qui pensaient que vous étiez un assassin ?

Pierre : J'ai quitté cette ville parce que je n'y avais plus que de mauvais souvenirs.

L'officier : Comme le décès de votre première épouse... Le rapport de gendarmerie fait état d'un assassinat et d'une mort particulièrement violente, si violente qu'un bras avait même été arraché. Confirmez-vous cela ?

Pierre : Oui, monsieur.

L'officier : Vous a-t-on suspecté de cet assassinat ?

Pierre : La mère de mon épouse l'a fait.

L'officier : Vous l'a-t-elle dit ?

Pierre : Elle a eu l'occasion de le faire quand elle a tenté de me faire déchoir de mes droits parentaux.

L'officier : Pourquoi vous suspectait-elle ?

Pierre : Elle ne m'aimait pas beaucoup.

L'officier : Existait-il des raisons qui auraient expliqué que vous soyez fâché envers votre épouse ?

Pierre : Nous avions eu nos désaccords dans le passé.

L'officier : Des désaccords ?

Pierre : Marguerite m'a quitté. Pour un autre homme.

L'officier : Étiez-vous en colère contre votre épouse ?

Pierre : Non. Notre union était plus un arrangement qu'autre chose.

L'officier : C'est bien vous qui avez constaté sa mort, n'est-ce pas ?

Pierre : Oui.

Nos fameux vieux dossiers… Pierre a tenu bon. Il n'a pas flanché. Il a encaissé. Jusqu'au bout il a encaissé.

L'officier : Avez-vous tué Émilie Goulard, monsieur Neyrat ?

Pierre : Non.

L'officier : Avez-vous démembré son cadavre ?
Pierre : Non.
L'officier : Avez-vous tué Mathilde Hongre ?
Pierre : Non.
L'officier : Avez-vous démembré son cadavre ?
Pierre : Non, monsieur.
L'officier : Avez-vous été amené à jeter des membres découpés sur des corps humains dans les puits de la Véra ?
Pierre : Non, monsieur. Je n'ai rien fait de tout cela.

C'est après avoir lu ce procès-verbal que je me suis décidé. Je me suis mis en tête de prouver de manière irréfutable que Pierre n'avait pas tué ces deux femmes.

16

Pour la première fois depuis une éternité, j'ai quitté la vallée de Fontmile. J'ai mis le cap à l'ouest, jusqu'à ce que je trouve Seignosse et, par la même occasion, que je vienne buter contre l'océan.

Ophélie 1 s'appelait donc Mathilde Hongre. Elle était âgée de trente-deux ans au moment de sa disparition, à la fin du mois de septembre 1982. Elle était mariée et mère de deux petites filles. Un hebdomadaire a publié une photo d'elle, datant de son dernier été. On la voit avec ses enfants, sur la plage. Elle porte une robe courte, à bretelles fines et aux motifs très colorés. Elle dégage une classe et une beauté naturelles, que l'on ne remarque pas forcément au premier abord mais qui s'imposent profondément. Elle arbore un sourire empreint de franchise, même si ses yeux sont un brin mélancoliques. C'est une femme attirante.

Depuis la naissance de ses filles, elle bossait chez elle, comme traductrice. Au début de son mariage, elle avait suivi son époux en Californie. Ils y étaient restés quelques années avant de rentrer en France. Les Landes, c'était une opportunité qui ne se refusait pas. Parce que, durant son séjour américain, cette fille de l'intérieur des terres était tombée amoureuse de l'océan. Elle n'avait plus l'envie de s'en éloigner. Alors ils avaient acheté une maison à Seignosse. Ceux qui l'avaient connue parlaient d'une femme épanouie, d'une maman comblée, toujours souriante, pleine d'entrain et pétrie de gentillesse. Le terme « remarquable » est également souvent revenu dans les descriptions que l'on faisait d'elle.

Elle paraissait s'être bâti une existence sur mesure. Elle se levait tôt, prenait son petit déjeuner avec son mari avant que celui-ci ne parte pour Bayonne, accompagnait ses filles à l'école, le plus souvent à pied. Ensuite, elle avait son rendez-vous quotidien avec la mer. Elle prenait sa voiture et allait jusqu'à la plage. Si le temps le permettait, elle se baignait, avec ses palmes et sa combinaison quand il faisait trop froid. Elle aimait nager longtemps, dans les eaux vives au-delà de la barre des vagues. Sinon, elle marchait ou courait sur le rivage. Cela durait une bonne heure, parfois davantage. Après, elle rentrait chez elle et se mettait au travail jusqu'en milieu d'après-midi, s'accordant un déjeuner léger sur le coin de son bureau.

Cette histoire de traduction m'a foutu dedans, au début. Bien comme il faut. C'était le point commun avec Émilie, et je me suis dit qu'à un moment donné elles avaient eu le même interlocuteur. Un type dont elles auraient dû se tenir éloignées. Naturellement, j'ai commencé par fouiner du côté de la fac de Toulouse. Ce qui m'a fait perdre un temps considérable.

Mathilde revenait chercher ses filles à la sortie de l'école. Toujours ponctuelle. Toujours aussi souriante.

Avec son mari, ils sortaient peu, préférant passer leurs soirées à la maison, tous les deux. Le temps des vacances, ils faisaient le tour de leurs familles respectives, dans le Nord. En février, ils s'offraient une semaine aux sports d'hiver. Et, dès qu'elle en avait l'occasion, Mathilde emmenait sa petite troupe en Angleterre ou en Irlande.

François, lui, a retenu une anecdote : dans les Cornouailles, il y a un grand rocher qui surplombe la mer et qu'on appelle le Rocher de Logan. C'est là que cette femme avait rencontré celui qui allait devenir son époux. Du coup, elle ne cessait d'y retourner, depuis. C'était son pèlerinage à elle. Si bien qu'elle avait émis le souhait de voir ses cendres dispersées depuis cet éperon planté face à l'océan. Je ne sais pas si son époux a exaucé son vœu.

Pour Mathilde Hongre, la journée du 28 septembre 1982 a démarré comme toutes les autres. Avant de partir au travail, son mari l'a laissée devant un grand bol de thé. Un peu plus tard, l'institutrice chargée de la surveillance du portail de l'école primaire de la ville lui a parlé. De tout et de rien. Elle a affirmé l'avoir trouvée particulièrement en beauté avec son bronzage discret et sa nouvelle coiffure, plus courte. Mathilde était repassée chez elle. Elle avait enfilé une tenue de sport et emporté ses affaires de baignade. Puis elle s'était rendue à la plage, à quatre kilomètres de chez elle. Elle s'était garée à sa place habituelle, sur le parking désert situé au pied des dunes. Dans le coffre de sa voiture, on avait retrouvé sa combinaison, ses palmes, son maillot de bain et une grande serviette. Tout était soigneusement rangé. Et, surtout, propre et sec. C'était une belle journée, une de celles qui rendent les arrière-saisons si agréables. Une journée à communier avec l'océan. Pourtant, elle avait préféré ne pas se baigner tout de suite. Ou bien, et cette théorie avait ma préférence, elle n'en avait pas eu le temps, son agresseur l'attendant sur ce parking.

L'après-midi, elle n'était pas à la sortie de l'école. Elle n'a pas répondu au téléphone quand on s'en est inquiété. La voiture n'était pas garée dans l'allée, devant chez elle. Son mari, prévenu, était rentré en urgence de son bureau. La maison était vide, les vêtements de son épouse pliés avec soin sur le lit, son sac à main sagement posé sur la console de l'entrée. À la plage, on avait retrouvé la voiture, fermée à clé. Et rien d'autre.

Malgré les affaires non utilisées retrouvées dans le coffre, les gendarmes avaient songé à un accident de baignade. Les courants sont particulièrement traîtres, dans cette zone. Les baïnes peuvent emporter quelqu'un en un rien de temps, comme me l'a expliqué un CRS. Après tout, avec un temps pareil et aussi peu de monde au bord de l'eau, qu'elle ait eu envie de se baigner toute nue était une possibilité qu'il ne fallait pas écarter. D'autant plus que, en dehors de la saison estivale, il lui était déjà arrivé de s'aventurer du côté du périmètre réservé aux naturistes. On avait cherché le long de la plage, vers le nord comme vers le sud. Personne ne l'avait vue, et le corps n'a jamais été rendu par la mer. Elle fut donc portée disparue.

Cela déclencha un vif émoi dans la région, à la hauteur de la sympathie que cette jeune femme simple et avenante avait inspirée. Beaucoup des habitants crurent à la noyade. Certains, sous couvert d'anonymat, penchèrent pour des liens hasardeux avec les « culs nus ».

Son époux n'a jamais cru à une imprudence ni à un accident. Elle savait très bien quels coins éviter et avait appris à détecter les courants aux volutes qu'ils dessinaient à la surface en se déplaçant. Quant au reste, il s'est abstenu de faire le moindre commentaire. Lui, il redoutait qu'elle n'ait fait une mauvaise rencontre et qu'on ne finisse par retrouver son corps, enterré quelque part dans la longue enfilade de dunes. Ou bien qu'elle ne soit séquestrée quelque part. Tant qu'on ne trouvait rien, il refusait de quitter Seignosse. Au fond de lui, il espérait qu'elle soit encore en vie. Il fallait que Mathilde ait un endroit où revenir.

Quand il avait été admis, vingt mois après sa disparition, qu'elle était morte et que ses restes avaient été jetés dans une rivière, si loin de chez eux, dans une ville qu'ils ne connaissaient ni l'un ni l'autre, il avait accepté le verdict sans chercher à lutter. Il avait même parlé d'un certain soulagement. Il s'était alors résolu à s'en aller.

Je n'ai cessé d'arpenter cette petite ville, la découvrant quasiment déserte, la plupart des maisons et des appartements fermés pour la mortc-saison. J'ai mis mes pas dans ceux de cette pauvre femme, jusqu'à l'école, puis jusqu'à la plage. J'ai fait le tour de leur quartier pour trouver les angles desquels on pouvait voir son ancienne maison, aujourd'hui vide et mise en vente.

Selon moi, le Dépeceur l'avait épiée. Autant que possible. Il avait cherché à s'immiscer par procuration dans son intimité. Il s'était peut-être inventé une vie avec elle, ce qui revient à la désirer. Il avait fait ça au moment où son manège avait le moins de chance d'être repéré, quand il y avait encore du monde. Ensuite, il s'était lassé. Ou bien un imprévu avait tout gâché à ses yeux.

Il l'avait attendue. Il l'avait enlevée. Il l'avait tuée. Il n'avait pas pu soutenir son regard, même après la mort. Il lui avait tranché la tête comme un enfant l'aurait fait à une poupée dont il ne veut plus. Je n'ai jamais pensé qu'il ait pu la congeler avec le reste des corps, contrairement aux mains. J'étais certain qu'il s'en était défait dès le début. Ensuite, il l'avait découpée, avait rangé ses membres dans des sacs en plastique et avait mis le tout au fond d'un congélateur pendant environ dix-huit mois.

Je suis monté en haut des dunes. Le temps tournait à l'orage. L'océan était peint d'une couleur ardoise aussi peu engageante que le courroux qu'il paraissait exprimer avec force. J'ai marché le long de la plage à m'en foutre du sable plein les chaussures. Et je suis revenu le lendemain, sous la flotte. Et encore le surlendemain, cette fois sous un soleil radieux.

Ironie du sort, à une semaine près, je serais tombé sur François, qui a fait le même voyage que moi. La différence, c'est que, pour ma part, je venais y découvrir Ophélie 1, ses fréquentations, les accrocs à son existence si harmonieuse. Quand lui venait se convaincre de l'absence de son père en de tels lieux, deux ans plus tôt, quasiment jour pour jour.

Nous en avons parlé. Sa route l'a également amené à croiser celle de la belle Mathilde. Ce gosse est bourré d'empathie. Il a beau faire et beau dire, il aime les gens. Plus que moi, en tout cas. Mathilde lui a plu.

Il y a vu une sœur de calvaire d'Émilie. Mais aussi toute une histoire, avec ses creux et ses bosses. Il m'a avoué que le soir, dans sa chambre du même hôtel que moi, il avait recommencé à dessiner. Il a ajouté un épisode à une de ses BD. Il me l'a raconté. Or, j'avoue que les bandes dessinées, ce n'est pas mon truc. Et puis, il n'a jamais pris la peine de me les faire lire non plus, cet asticot. De ce que j'ai compris, il y avait un veuf éploré qui, tous les jours, tentait de retrouver son épouse, en ravivant ses souvenirs. Le truc qu'il a ajouté, c'était un gros rocher, perché au-dessus des flots. Là où ils s'étaient rencontrés pour la première fois. Il m'a aussi avoué que ses deux jours à Seignosse l'avaient soulagé. Il en était reconnaissant à Mathilde et s'est promis qu'un jour il irait s'asseoir tout en haut du Rocher de Logan.

17

J'avais donné ma parole à François de tout mettre en œuvre pour comprendre ce qui était arrivé à Émilie. La disparition de cette fille l'avait anéanti. Hélas ! à part m'assurer que le dossier était pris au sérieux par mes anciens collègues et que, surtout, on ne le refermait pas, je n'ai pas été fichu de faire grand-chose.

À l'époque, je me suis risqué à émettre l'idée qu'elle soit allée plus loin que l'ancienne voie ferrée. Tout le monde a admis qu'elle avait disparu le long de cette dernière. Un samedi d'août, en tout début d'après-midi, il n'y a pas foule dans les rues. Ne pas la voir ne signifiait pas qu'elle n'y était pas. Sa mauvaise rencontre, elle avait tout aussi bien pu la faire dans le quartier, beaucoup plus près de la maison de Pierre qu'on pouvait le penser, là où une voiture garée le long d'un trottoir attire moins l'attention. Là où les gens restent chez eux et s'occupent de leurs affaires, ne cherchant pas trop à savoir ce qui se passe au-delà de leur clôture.

Après, en ayant découvert Mathilde Hongre, je me suis donc penché sur l'UFR d'anglais de la fac de Toulouse. Mais, entre les vacances universitaires, les inscriptions et les sessions de rattrapage, j'ai été obligé de zigzaguer entre les obstacles et les écueils plus que revêches pour finalement faire chou blanc et ne trouver aucun lien entre les deux.

Tout ça pour dire que j'étais embarrassé face à François dès qu'il s'agissait de son amie. Parce que je n'avais pas tenu parole. Et que je n'avais pas pu empêcher que, cinq ans plus tard, cette sale histoire lui revienne en pleine poire et ne le refoute par terre.

Il a débarqué chez moi à l'improviste, un soir d'octobre. Je ne reçois jamais personne, alors, quand on a sonné en bas, j'ai hésité à répondre.

— C'est moi. C'est François.

L'écho métallique de l'Interphone m'a surpris. J'ai appuyé sur le bouton sans dire un mot et je suis resté là, comme un grand couillon, à contempler cette machine bizarre pour essayer de comprendre ce qu'elle venait de me faire. Puis il a frappé à ma porte, et il a bien fallu que je me ressaisisse.

Il n'était pas censé se trouver ici. Je l'ai fait entrer. Il s'est assis sur une des chaises de la cuisine. J'ai éteint mon poste de radio, le compagnon habituel de mes soirées.

— J'ai attendu en bas, dans ma voiture. Le temps de te laisser dîner. Tu nous as assez dit que, passé une certaine heure, il était hors de question qu'on vienne t'emmerder.

— Tu as mangé, au moins ?

Il a acquiescé.

— Personne ne sait que je suis en ville. Pas même Valentine.

— Si ta mère l'apprend, j'aime mieux te dire que je ne voudrais pas être à ta place.

— Je n'ai pas le cœur à aller chez moi. Pas plus que chez ma sœur.

— Mon grand, ça m'embête que tu parles comme ça. Même après mes heures de fermeture, je suis encore apte à te botter le cul.

— J'ai honte, Camus.

Alors, je me suis assis à mon tour, en face de lui. Ce gosse a parlé plus que je ne l'avais jamais entendu. Il m'a raconté comment il avait tout plaqué là-haut, à Paris. Comment, en pleine présentation d'un projet, il s'était retrouvé devant son tableau, un marqueur à la main, incapable de faire ou de dire quoi que ce soit. Il avait alors posé son stylo sur la table et avait quitté la pièce. Son patron l'avait rattrapé dans le couloir, mais il lui avait dit qu'il partait, que c'était fini. Dans son appartement, il avait regroupé les affaires qu'il jugeait indispensables. Il avait laissé le reste ainsi qu'un chèque pour les trois mois de loyer de son préavis. Il était monté dans sa voiture et avait roulé droit devant lui, au hasard. Enfin, pas vraiment. Il en avait pris conscience en dépassant Bordeaux.

Il s'était rendu à Seignosse. Il y avait cherché l'ombre de son père. Il ne l'avait pas trouvée. En revanche, il avait trouvé la mienne, par la grâce du patron de l'hôtel qui, même si j'avais menti sur mon coin d'origine, Fontmile attirant trop l'attention, avait repéré ma plaque d'immatriculation.

— Il m'a dit que, une semaine plus tôt, une sorte de géant avait séjourné chez lui. Un géant sympathique, mais un géant tout de même. Un type qu'on ne cherche pas à fâcher, selon lui. Et qui venait de par chez moi, poser des questions sur les environs, l'arrière-saison, le climat, l'océan, Mathilde Hongre…

Il ne m'a pas laissé le temps de m'expliquer. Déjà, il en était à ce qu'il avait appris, le Rocher de Logan et tout le toutim. Pour finir, il a voulu me dire ce qui l'empêchait d'aller voir ses parents.

— Marie m'a écrit une lettre. Je l'ai ici, dans ma poche. Je voudrais que tu la lises.

— Il n'en est pas question, fiston. Je me doute bien de ce qu'elle peut contenir. Et je préfère ne pas en savoir davantage.

— Elle explique en partie ce que j'ai à t'avouer.

— Tu n'as rien à m'avouer, mon garçon. On avoue une faute et, de ce que je sais ou de ce que tu me dis, tu n'en as commis aucune.

— J'ai cru que mon père était le Dépeceur. Et, trop souvent encore, je le crois.

— Je sais.

— Lui aussi, il le sait ?

J'ai hoché la tête.

— Je me demande pourquoi Marie aurait pris la peine de mentir à ce point. Je suis incapable de me tenir devant lui. Encore moins de lui parler.

— Pour ce qui est de se parler, ça ne changera pas grand-chose entre vous deux, si ? Ton père sait qui tu es. Ça lui suffit. Il sait aussi que, d'une certaine manière, tu t'es fait piéger. Marie n'a pas menti, je suis d'accord avec toi sur ce point. Elle se trompe, ce qui est pire. Parce qu'elle est certaine d'avoir raison.

Cette fois, il s'est tu, comme une source qui se tarit sous le cagnard.

— Qu'est-ce que tu veux m'entendre dire, mon grand ? Que ton père n'a pas bougé de Combe-Sourde le jour de la disparition de ton amie ou de celle de Mathilde Hongre ? Est-ce que tu me croirais pour autant ? Je vais te faire à mon tour une confession. Je ne me rappelle foutre rien de l'endroit où il se trouvait. Il aurait été chez lui ou à Pétaouchnock que je ne me serais rendu compte de rien. Quand on monte là-haut, à moins qu'on ne fasse la route ensemble ou qu'on n'aille à la pêche, on peut passer des jours sans se voir. Même s'il n'y a que deux cents mètres qui séparent nos deux bicoques. Tu veux être convaincu, ne plus jamais avoir à douter. Fais comme tu l'as fait dans les Landes, vois les choses avec tes propres yeux. Ils sont bien plus perçants que ceux de ta sœur. Elle, l'amertume lui colle une putain de paire d'œillères. Rentre chez toi, va. Ton père sera heureux de te voir. Il s'inquiète beaucoup pour toi. Que tu aies foutu le camp de ton boulot ravira ta mère, par-dessus le marché.

— Pas ce soir.

— Dans ce cas, il me faut t'inviter à dormir chez moi, n'est-ce pas ? Je ne vais pas te laisser finir à l'hôtel comme un étranger. J'ai un canapé-lit dans le bureau. Je ne comprends même pas pourquoi j'ai acheté ce bidule étant donné qu'il n'a jamais servi. Que Dieu me protège si Estelle l'apprend un jour ! Demain matin, de bonne heure, je t'emmène là-haut. Je vais te montrer deux ou trois trucs de ma montagne qui te remettront sur pied. Ensuite, tu pourras arrêter de faire le couillon.

Il a accepté.

C'était la première fois que quelqu'un dormait chez moi. Alors ça m'a fait un peu bizarre. Je n'ai pas trop su ce que j'étais censé faire. Dans le bureau, il y avait le tableau noir que j'avais acheté. Je n'ai pas eu le temps de le retourner. François a vu les colonnes bien tracées à la règle et le nom de ces filles que je collectais depuis plusieurs semaines.

— C'est quoi ? m'a-t-il demandé pendant que je tentais de trouver le mécanisme qui libérerait le lit pliant.

À quoi bon lui raconter des craques ?

— Ça, c'est le tableau de l'Ophélie manquante, lui ai-je répondu en me redressant.

— Une troisième Ophélie ?

— Ouais. Moi aussi, mon garçon, je tiens à prouver l'innocence de ton père pour que tous ces charognards arrêtent de vous faire chier. Et je me suis dit que le seul moyen à ma connaissance, c'était que le vrai coupable soit identifié. À défaut de le pister à partir de ce qu'il a déjà fait, j'ai la prétention de penser qu'on peut le suivre à la trace à cause de ce qu'il a failli faire. Un tel tueur émet un son bien distinct, un son qu'on ne peut étouffer très longtemps. Donc je tends l'oreille. Et ça, c'est ce que j'entends.

J'avais dressé mon propre portrait du tueur. C'était un homme. Assez robuste pour s'en prendre à ces femmes en quelques secondes et, plus tard, transporter leurs restes dans les chemins escarpés de la Véra. Il n'était pas très jeune. Il connaissait les failles à la source de la Vissalès. Ce qui n'en faisait pas pour autant un type du coin. Il y a quelques années, il y a eu plusieurs stages de spéléologie organisés là-haut. Avant que ce ne soit jugé trop dangereux. Il se déplaçait à sa guise, sans avoir de comptes à rendre à qui que ce soit. Célibataire ou exerçant un boulot qui le mettait régulièrement sur les routes. Il savait découper un corps humain, aucun doute là-dessus. D'une manière ou d'une autre, il avait récupéré les outils adaptés. Je ne pense pas que ses victimes soient restées longtemps en vie après leur enlèvement. Je crois qu'il les a tuées vite, peut-être même sur place, à l'arrière de sa voiture. Avant, il a passé du temps à les observer, fasciné par ce qu'elles étaient. Ce n'était pas que sexuel. C'était plus que cela. C'était plus que du désir. Hélas ! cela s'était tari un jour. Elles avaient cessé d'être indispensables à ses yeux. Il les avait punies pour cela. Il les avait empêchées de continuer à vivre sans lui. Une fois mortes, elles n'avaient plus rien d'humain. Les démembrer était pratique pour cacher les corps. Pour lui, ce n'était pas plus dur que de disloquer un objet ou un meuble. Il se peut qu'il les ait décapitées en premier. Afin de les désincarner davantage. Les têtes, je le vois s'en défaire immédiatement, ne surtout pas chercher à les conserver. Pour les mains, j'avoue que je n'en sais rien. Il les a jetées avec le reste, et des bestioles les auront bouffées, ou le courant les aura emportées loin de la vallée. Ou il a fait comme avec les têtes…

J'ai raconté tout cela à François. Il s'est approché du tableau. Il a lu tous les noms et tous les prénoms. Il a pris son temps.

— Continue…

— Pardonne-moi par avance de te parler de cette façon, mais je n'en connais pas d'autres. Le tact et moi, ça fait deux. Je suis parti d'un simple constat :

le Dépeceur a choisi de se débarrasser de ses victimes alors qu'il en conservait les membres découpés depuis plusieurs années. Les enquêteurs sont obsédés par sa méthode et le champ géographique des enlèvements. Ils cherchent une logique à tout cela. À mon humble avis, « où » et « comment » sont des questions annexes. Que sa mère l'ait obligé à bouffer son caca quand il était petit ou bien qu'il ait un compte à régler avec cette ville importe peu. La seule chose qui compte vraiment, c'est : pourquoi a-t-il pris la décision de vider son congélateur ? On peut penser à une panne d'électricité ou bien à un problème matériel qui aurait décongelé les restes. On peut aussi imaginer que conserver ce genre de trophées était devenu trop risqué pour lui, à cause de l'arrivée de nouveaux voisins, par exemple, ou de quelqu'un dans sa maison. Je ne crois pas au revirement des monstres qui auraient rencontré l'amour ou enterré leur mère abusive. Je ne crois pas qu'on puisse revenir de l'autre côté une fois qu'on y a basculé, contrairement à ce qu'a avancé un soi-disant expert en psychologie. Une troisième possibilité, ma préférée, est apparue, et c'est cette dernière que je tente de suivre. Notre gars a eu peur de se faire pincer. Il a commis une erreur, une imprudence, appelle cela comme tu veux, mais il a cru que les poulets allaient débarquer chez lui. Ce qui l'a obligé à faire le ménage.

— Cette fameuse erreur, ce serait d'avoir été repéré par sa future victime.

— Tu réfléchis aussi vite que ton paternel… Je penche cependant pour quelque chose de plus radical. Tu ne fais pas déplacer les flics parce que tu affirmes qu'un inconnu n'arrête pas de mater tes jolies fesses. En revanche, pour une tentative d'agression... Je crois qu'il a raté son coup. Qu'il y a quelque part une miraculée qui ne se doute sûrement pas de ce à quoi elle a échappé. Je dirais dans un maximum de trois semaines avant que, ton père et mézigue, on se mette à repêcher des bras en lieu et place des truites.

— Toutes ces filles sur ce tableau ont été victimes d'agression durant ce court laps de temps ?

— Oui. Ça donne une image terrifiante de notre pays, pas vrai ? Il ne fait pas bon être une jeune femme, crois-moi. Je téléphone dans les gendarmeries et les commissariats. Parfois on veut bien me répondre. Sinon, il me reste la rubrique des faits divers dans les journaux.

— Pourquoi plusieurs colonnes ?

— C'est en fonction de ce que j'ai pu vérifier ou pas. Les plus à gauche sont celles qui pourraient correspondre au profil. Plus on va vers la droite, moins c'est convaincant. Ou alors les informations sont incomplètes.

— C'est une immense meule de foin dans laquelle dénicher une épingle.

— J'en conviens. À moins d'un gros coup de chance, cela peut prendre un sacré bout de temps. Et puis, je ne soutiens pas mordicus que j'ai raison. Disons que ça me donne l'impression de ne pas être tout à fait inutile.

François s'est finalement détourné du tableau.

— Toi, tu n'as jamais douté de lui, n'est-ce pas ?

— Je suis trop vieux pour m'embarrasser de certaines questions, mon garçon. Je n'ai pas le temps de remettre en cause ce que je considère comme acquis.

18

Avec l'âge, l'obscurité me pèse. Je ne vois dans le jour qu'un intervalle entre deux nuits, et cet intervalle semble se réduire au fil des années. À Combe-Sourde, dans ma chère montagne, les heures sont plus longues. Je m'y sens moins vieux et moins usé. En quelque sorte, je monte y chercher du rab. C'est pour cela que je suis incapable d'y dormir.

J'ai déniché ce hameau en 1961. Il était déjà vide et oublié de tous, dans un coin perdu des Monts-Louvière. Il ne restait que quelques ruines mangées par les ronces et les fougères. Tout autour, une forêt ensauvagée rongeait les parcelles autrefois exploitées. Et, plus loin, il y avait les gorges de la Vissalès naissante qui cisaillaient la montagne et ajoutaient à une impression de bout du monde.

Je rêvais d'une île déserte, d'un endroit où m'isoler. Je suis tombé là-dessus et je me suis dit : « Je l'ai trouvé. » Les creux et les bosses couverts de milliers d'arbres tordus en guise d'océan.

Il n'y avait plus grand-chose d'encore debout. Par rapport au reste, la fermette que j'ai achetée pour une bouchée de pain était plutôt en bon état. C'est demeuré mon secret pendant quelque temps, juste assez pour redonner un semblant de vie à ce vaisseau fantôme. Ensuite, j'en ai parlé à Pierre, et je l'ai traîné jusque là-haut, par la petite route si difficile à débusquer. Je me souviens que, ce jour-là, j'étais excité comme un gosse le matin de Noël. Lui, il a commencé par se foutre de moi. Puis la lumière, le silence, l'abandon, tout cela a fini par lui faire le même effet.

Il s'est porté acquéreur d'une autre survivante, une maison plus trapue. Nous sommes devenus les deux seules âmes de Combe-Sourde. Les deux dernières. Et, après toutes ces années d'amitié, pour la première fois, nous sommes devenus voisins, même si deux cents mètres de friche et des buissons noirs séparent les deux îlots de notre archipel.

Il ne vient pas se mêler de mes tentatives désespérées de me faire un beau potager, et je ne vais pas me mêler de ses travaux de rénovation qui durent depuis vingt ans. On va en forêt chacun de notre côté. Je chasse, lui non. Je débusque les écrevisses dans le ruisseau, lui, il s'y refuse. Il est capable de marcher des heures et de grimper sur tout ce qui ressemble à un sommet, moi cela m'emmerde… L'été 1983 par exemple, quand je me suis effondré, j'ignorais que Pierre était chez lui. J'ai senti la nuit me tomber dessus en plein jour. Je l'ai vue m'envelopper d'un linceul aussi noir que l'ébène, avant que mes jambes ne me trahissent et que je ne disparaisse dans le vide. J'ai compris que je m'arrêtais là. L'une des dernières idées qui ont traversé ma caboche, ça a été de me demander à quel moment il allait me trouver. Pierre est un animal nocturne.

Il était sur place bien avant que je ne sorte de mon lit et avait entendu le moteur de ma voiture ahaner dans les virages serrés. Après, il m'a raconté que c'était le son qui l'avait alerté. Les échos de ma fermette qui ne sonnaient plus pareil à ses oreilles. Je pense qu'il veut dire par là qu'il ne m'entendait plus pester, égrainer mon chapelet de noms d'oiseaux alors que je me débattais avec mes tomates et mes salades. Ou encore que, avec ma carcasse d'éléphant, je ne peux pas faire un geste sans provoquer le chaos. Toujours est-il que j'ai rouvert les yeux et qu'il était penché sur moi à me ramener dans la cour des vivants, tenant mes jambes perchées à m'en déboîter les hanches. Il n'avait plus foutu les pieds chez moi depuis au moins six mois. C'est aussi ça qui nous plaît tant, là-haut. On a chacun notre monde tout en percevant des bribes de celui de l'autre, sans jamais empiéter sur lui.

J'y ai conduit François. Il s'est inquiété d'y croiser son père. Je lui ai expliqué que ce ne serait pas le cas, d'autant plus que Pierre m'avait dit la veille qu'il ne remonterait pas avant deux ou trois jours, le temps pour lui de régler quelques affaires en ville. Par « affaires », il voulait dire le remboursement des dégâts qui avaient été occasionnés au moment de la fouille par mes anciens collègues, leurs chiens-loups et leurs maudites pelleteuses. Du moins, c'est ce qu'il disait parce que, moi, je savais bien que quelque chose était déréglé et que même Combe-Sourde ne parvenait plus à le soulager. Je m'inquiétais. J'ai vraiment eu la trouille qu'il fasse une connerie.

Plusieurs fois par an, surtout en été, il invitait sa famille à le rejoindre. C'était une journée de fête, pour lui : il préparait tout. Estelle et les enfants arrivaient vers l'heure du déjeuner. Elle devait s'arrêter plusieurs fois le long du trajet parce que Valentine avait le mal des transports et que la montée était pour elle un calvaire. Lui, ce grand couillon, il les guettait depuis le bord du chemin.

Je sais qu'Estelle n'a jamais compris ce que nous trouvions à un tel endroit. Pour elle, il ressemblait à un brouillon. Le côté rugueux, presque agressif, lui déplaisait. Et encore, elle n'avait pas vu Combe-Sourde sous le brouillard, quand celui-ci s'accroche durant des jours et des jours, finissant par laisser croire que, au-delà de son rideau, plus rien n'existe. Néanmoins, quand elle venait avec les petits, elle ne montrait rien de ses réserves. Eux, ils se goinfraient de grillades et de framboises. Ils couraient partout. Pierre les emmenait tous en forêt. Ils y pénétraient alors comme on pénètre dans une église, silencieux et concentrés. Ils descendaient parfois se baigner dans la rivière. Je les entendais chanter à l'aller et au retour, Valentine donnant le *la* et refusant de céder sa place en tête de cortège.

Et puis les enfants ont grandi, et ils ne sont plus venus. Estelle non plus, car cela lui rappelait trop les jours où ils étaient tous ensemble, ce qui lui faisait mal. Ainsi, François n'était pas revenu dans notre paradis depuis des années. Ça datait d'avant même la disparition d'Émilie. Il s'est rappelé leurs périples en voiture, quand c'était le jour de Combe-Sourde et que Valentine en était malade rien qu'à y penser. Il savait que le nom de la montagne, les Monts-Louvière, datait du temps où les loups pullulaient sur ses versants. Marie était parvenue à lui faire croire que ces fameux loups n'avaient pas disparu, ainsi qu'on le leur avait dit, mais qu'ils étaient encore là, tapis dans les bois, en meutes. Aussi, quand sa mère était obligée de se garer sur le bas-côté, pour que Valentine vomisse tout ce qu'elle pouvait, il redoutait qu'elles ne se fassent attaquer. Alors il sortait à son tour, trouvait un bâton et se dressait face à la forêt, tâchant de faire un rempart entre sa mère, ses sœurs et les loups qui ne tarderaient pas à surgir. Marie s'était moquée de lui, affirmant qu'il ne ferait pas long feu avec son bout de bois ridicule en cas d'attaque. Il lui avait rétorqué qu'il le savait très bien mais que, au moins, il mourrait en premier et n'aurait pas à affronter leurs morts à elles.

Il me racontait ça, un brin mélancolique et raillant sa naïveté de petit garçon. Moi, je l'écoutais, et j'étais bouleversé par son grand cœur et sa belle âme chevaleresque. À l'image de son père.

Un peu plus tard, alors que je tentais de réchauffer ma maisonnette en activant le feu dans la cheminée, il m'a avoué qu'il avait souvent perçu ce hameau comme un rival. C'était lui qui happait régulièrement Pierre, lui faisant même penser que ce dernier ne les aimait plus, qu'il ne cherchait qu'à les fuir.

Dehors, il faisait gris et déjà presque froid. L'humidité suintait de partout. Pourtant, je l'ai emmené dans tous les coins préférés de son père, quitte à ce qu'on se gèle les noix. La seule exception, ça a été la rivière. Depuis le printemps, nous n'y étions plus retournés.

Nous avons achevé notre parcours par l'étang dissimulé au fond de la forêt. C'est un endroit que je trouve franchement sordide. Il y règne un silence moite inhabituel. Tout y est figé. Le soleil n'y pénètre qu'avec mille difficultés. Ça me fait penser à un cimetière oublié, un endroit à fantômes. Pierre, lui, adore venir ici. Surtout les nuits où la lune est grosse. Je n'ai jamais cherché à comprendre pourquoi.

— Les policiers ne sont pas allés jusque-là. Personne ne vient plus, de toute manière. À part ton père.

François s'était montré très attentif à tout. Au bord de l'eau noire et figée, son attention a eu l'air de se transformer en fascination. Les chiens ne font pas des chats !

— Tu vois, fiston, si Pierre avait à se débarrasser de quelque chose de compromettant, c'est ici qu'il le fourrerait. Direct dans la flotte.

Il s'est retourné vers moi, le regard accusateur.

— Si le cœur t'en dit, ai-je ajouté, en lui montrant l'eau morte.

Je m'en suis voulu de l'avoir brusqué de la sorte. C'est cet endroit qui me fichait la chair de poule.

— Ce que je veux dire, fiston, c'est qu'il n'y aurait pas besoin de s'emmerder à crapahuter jusqu'aux failles de la Véra…

Nous sommes revenus chez moi pour déjeuner. J'ai fait griller des côtelettes d'agneau. Avec des patates sous la braise et un bon corbières, ça nous a redonné le sourire et réchauffé la couenne. Bien que le petit ait mangé du bout des lèvres et n'ait bu que de l'eau.

— J'adorais vous écouter, Papa et toi, raconter vos aventures. Enfin, c'était surtout toi qui parlais et Papa qui se contentait de corriger deux ou trois détails.

C'était systématiquement en fin de repas. Je trouvais ça drôle. Même s'il s'agissait de Combe-Sourde.

— Il est possible qu'on en ait un peu rajouté.

— La fois où vous avez failli être bloqués par la tempête de neige, par exemple.

— Nom de Dieu ! Pour ce coup-là, on n'a pas exagéré. On a vraiment été à deux doigts de se retrouver coincés sur la route, avec nos deux voitures, sans plus pouvoir avancer ou reculer. C'étaient nos premières années ici.

— Jamais je ne vous ai entendus parler d'avant. D'avant Combe-Sourde et Fontmile. Je connais certaines choses sur l'enfance de mon père, sur le fait qu'il a grandi dans une école, quelque part dans les Alpes, ou bien qu'il a été interne au lycée de Manipont. Puis plus rien jusqu'à la naissance de Valentine. Un trou noir. Je ne sais même pas comment ni où mes parents se sont rencontrés.

— Tu le leur as demandé ?

— Non.

— De quoi tu te plains, alors ? Moi non plus, je ne le sais pas, et pourtant, j'étais aux premières loges. Un jour, Pierre s'est pointé, et Estelle était dans sa vie. Je n'ai pas voulu en savoir davantage. Ça les regarde. Tu sais comment Valentine a rencontré son toubib, elle ?

— Oui. Il lui a fait une cour effrénée pendant trois ans, sans qu'elle daigne le remarquer. Au moment où elle était sur le point de rejoindre Paris, il lui a écrit un mot : « *J'ai adoré passer tout mon temps avec toi. J'aurais voulu que ça ne s'arrête jamais.* » Et elle, elle lui a renvoyé sa carte, en y ajoutant : « *Chiche !* »

— Ma question était stupide. Cette petite est un vrai moulin à paroles. Tu crois qu'elle cause autant, en salle d'opération ? Moi, je la vois bien faire ça tout en trifouillant dans les os et les ligaments. Elle a bien fait de choisir de rafistoler les jarrets, car elle est capable de faire marcher n'importe qui. Sur la tête, s'il le faut. Je te jure, à Lourdes, on lui vouerait un culte.

On en a souri de concert.

— Pourquoi n'es-tu pas allé chez elle, hier soir ?

Il s'est rembruni et n'a pas voulu me répondre. Alors je n'ai pas insisté.

— Un jour, j'ai fait comme toi. C'était quelques années après la fin de la guerre. J'ai voulu tout plaquer, prendre ma voiture et voir où cela allait m'emmener. En fait, ce n'était pas tout à fait comme toi. Je n'ai pas eu les couilles de démissionner de mon boulot. Je me suis contenté de prendre des congés. Et puis, à part ton père et ta sœur, je n'avais aucune attache. Va savoir pourquoi, j'ai atterri à Fontmile. Je suis arrivé par le fond de la vallée, tu vois. Je me suis garé avant de basculer de l'autre côté. J'ai découvert cet endroit qui s'étirait devant moi, avec cette montagne aussi massive et dodue qu'une mère italienne… Des montagnes, Dieu sait que j'en ai eu sous le nez, matin, midi et soir, jusqu'à en avoir soupé. Mais là, c'était différent. J'ai eu l'impression de revenir à la maison après des années d'errance. Ça ne s'explique pas, ces choses-là. Il m'a fallu neuf mois pour obtenir ma mutation.

— Tu n'étais pas effrayé de devoir tout recommencer de zéro ?

— Le plus effrayant, mon grand, c'est de moisir là où on n'a pas à être. Et puis, je ne repartais pas vraiment de zéro. Ton père allait s'installer à son tour. À l'époque, je vivais dans le quartier de l'ancienne filature. C'était avant qu'elle brûle. Je les ai invités à passer un week-end, lui et Marie. Mon plan, c'était de le convaincre de tenter sa chance. Parce que, là-bas, de là où nous venions, on pourrissait sur pied. En fait, c'est comme si j'avais simplement emporté ce qui comptait le plus pour moi et que je l'avais replanté dans une terre plus fertile. Je ne pense pas avoir eu tort. Parce qu'ensuite, il y a eu ta mère, puis Valentine, et enfin toi. J'ose en être fier. J'ai offert une famille à mon meilleur ami et, par la même occasion, je m'en suis offert une.

— Tu n'as jamais… ? Enfin, par rapport à une femme…

— Je te flanque à ce point la trouille, grand dadais, que tu n'oses même pas me poser des questions toutes simples ? Comment on dit ça, dans *Cyrano* ? « Au moins, une robe aura passé dans ma vie… », quelque chose comme ça. Moi, mon grand amour, c'est cette montagne. Je me répète, mais c'est ici qu'il faudra me mettre, le moment venu. Je veux être certain que vous m'obéirez et qu'il ne vous viendra pas à l'idée de me fourrer dans un cimetière à la noix. Brûlé, puis dispersé en plein vent. Comme ce que tu m'as raconté au sujet de Mathilde Hongre.

Je ne sais pas s'il avait envie que nous parlions d'Émilie. J'avoue que, à mon tour, j'ai eu peur de sa réaction si, par malheur, j'avais mal compris ses intentions et que je lui avais posé les mauvaises questions.

— Je vais me rendre là-bas, a-t-il soudain lancé, alors qu'on bataillait avec la vaisselle. À Manipont.

Ça m'en a fait froid dans le dos. Je me suis raidi.

— Il n'y a rien à y trouver. Tu en reviendras aussi couillon qu'avant ton départ.

— C'est toi-même qui m'as conseillé de voir les choses avec mes propres yeux.

— Je ne pensais pas à cette cuvette à chiottes, fiston. Surtout pas à ça.

— Le passé de Papa fait partie des choses qui jouent contre lui.

— Qu'est-ce que tu en sais ? Parce que ton andouille de sœur a pété de travers ? Ou parce que les cons parlent dans votre dos ? Ton père a une formule toute prête dans ce genre de circonstances : « Un jardinier ne discute pas avec les brouettes, il les pousse. » J'en ai également une, mais bien plus grossière, dans laquelle il est question de mon cul. Sois raisonnable, mon grand. Parle avec ton père, ce sera bien mieux que toutes ces conneries.

— J'ai besoin de faire comme avec l'étang, ce matin.

Je n'ai rien fait pour cacher mon agacement. J'ai failli en casser l'assiette que je tenais. Pour autant, ça n'a pas eu l'air de l'impressionner.

— Un monstre m'a privé de la femme de ma vie, Camus. Aujourd'hui, il est sur le point de prendre aussi le peu qu'il me reste. En retour, je crois m'être montré particulièrement raisonnable, tu ne penses pas ? J'ai subi les choses en baissant la tête. Il est temps que ça change.

J'en ai eu le sifflet coupé. Comme il avait dû couper le sifflet de sa sœur en lui répondant au sujet de l'attaque des loups.

Pour la première fois, j'ai trahi mon ami. J'ai jugé que le prix du pont à construire entre lui et son fils était à ce prix. Non seulement je n'ai pas empêché François d'aller fouiner dans le passé mais, en plus, je l'y ai accompagné.

19

Je m'étais juré de ne jamais revenir à Manipont. Dès que j'ai aperçu les sommets au pied desquels la ville se déployait, semblables à des mâchoires hérissées de dents pointues, prêtes à se refermer, j'ai regretté de ne pas avoir tenu ma promesse. Mais voilà, durant des années, Marie m'avait accablé de questions au sujet de ce fichu passé. Pierre refusait de lui répondre. Par loyauté à son égard, j'ai également gardé le silence. Ce silence s'est retourné contre nous. Si j'avais répondu à Marie, j'aurais évité qu'on ne lui raconte n'importe quoi ou bien qu'elle-même ne se raconte n'importe quoi. Si je l'avais accompagnée quand elle est venue sur place, j'aurais pu éviter qu'elle ne s'égare.

Certes, tout au long de la route, j'ai maudit François, qui conduisait, stoïque. Cependant, en dépit de ma mauvaise humeur assumée, j'étais presque soulagé de pouvoir me rattraper.

Les premières neiges étaient déjà accrochées bas au-dessus de la ville. Des neiges grises, des neiges sales, dégoulinant d'une eau glacée et charbonneuse.

Les rues en suintaient. La rivière en était noircie et débordante de rage.

— Pute borgne ! Si on m'avait dit qu'un jour je refoutrais les pieds dans ce bled ! Cette saleté de ville est restée la même que dans mes souvenirs, à pisser des larmes. La première fois que j'y suis venu, c'est ce que je me suis dit : qu'elle chialait sans pouvoir s'arrêter.

Le petit ne disait rien. Il attendait son heure. Nous sommes allés manger dans une brasserie plutôt potable, qui donnait sur la place Jean-Jaurès. Et puis, comme si la bouffe l'avait réveillé, il a commencé avec ses questions. Je ne vais pas jouer les oies blanches. Je me doutais bien, en acceptant de le suivre, que j'allais devoir y passer et, surtout, y répondre. Mais je ne m'attendais pas à ce qu'il commence par moi.

— Comment es-tu devenu policier ? m'a-t-il envoyé dans les gencives, sans crier gare.

J'ai été à deux doigts d'en déglutir de travers.

— Si je te dis que c'est par accident, tu me croiras ? Pourtant, c'est la stricte vérité. Quand j'étais plus jeune, je bossais à l'usine, du côté de Chambéry ou d'Albertville, selon ce que je trouvais. Vu que j'étais plus grand et plus épais que la moyenne, un gars que j'ai rencontré s'est mis en tête de m'intégrer à son équipe de rugby. Il se foutait bien que je n'entende rien aux règles du jeu et que je ne sache quoi faire du ballon. Lui, ce qu'il voulait, c'était que je tienne la mêlée. Et que j'ouvre la boîte à gifles au moment opportun. Alors j'ai accepté d'essayer. Enfin, disons plutôt que je me suis posé sur le terrain, tentant de comprendre quelque chose à toutes ces gesticulations. Je sais que c'est difficile à croire mais, à cette époque, j'étais aussi doux et placide qu'un agneau. En gros, j'étais loin d'être à la hauteur de ce qu'on attendait de moi. Plutôt que de renoncer, le gars a décidé de m'aiguillonner. Tu vois, comme on le fait avec une vache. Sauf qu'à la place de me piquer l'arrière-train pour que j'avance, lui, il m'a pincé les couilles à chaque mêlée. J'ai cru que ça venait de ceux d'en face. Si bien que, au bout de la troisième fois, je me suis énervé. J'ai éparpillé nos adversaires. Au sens propre, vu qu'il y en a deux qui se sont enfermés dans le cabanon qui nous servait de vestiaire. Pour la police, ça a été un peu la même chose. On m'a dit que ça pouvait le faire, que je pouvais rendre des services. Je me suis laissé convaincre. Ensuite, les événements m'ont obligé à assumer le costume. Jusqu'en 1943, cette vallée a été occupée par les Italiens. Je ne dis pas que tout était rose, mais on se foutait la paix mutuellement. Du coup, on n'avait pas à obéir à certains ordres, et la plupart des flics du coin n'ont pas été compromis. Même si on était tous le cul posé entre deux rives, la raie bien ouverte aux courants d'air et au changement de vent, surtout quand les Boches ont repris la main. À la Libération, quand il a fallu reconstituer une police, on m'a demandé de rester, et j'ai eu une promotion. J'ai accepté. Moi, en fait, ce dont je rêvais, c'était de devenir berger.

J'ai eu peur qu'il ne veuille en savoir davantage sur mon compte, qu'il ne remonte plus loin, avant que je ne surgisse de nulle part. Alors je me suis empressé de lui couper l'herbe sous le pied :

— Bon, allez, trêve de balivernes, mon garçon ! Autant que ça aille vite. Qu'est-ce que tu sais de ce que ton père a vécu dans cette satanée ville ?

— Je sais qu'il est allé au lycée puis à la faculté de médecine. Il finissait ses études quand la guerre a éclaté. Il a été mobilisé en tant que médecin jusqu'à l'armistice de juin 1940. Ensuite, il a rejoint l'hôpital de la ville où il a obtenu un poste en chirurgie. Il s'est marié avec une dénommée Marguerite. Et Marie est née, en mai 1943. À la Libération, il a hérité de quelques responsabilités, le temps qu'on organise des élections. Après, une fois les choses rétablies, il a repris son boulot. Mais la mère de Marie est morte à l'automne 1944. D'une mort particulièrement violente, qu'on a apparentée à un assassinat. Ça s'est passé dans le village où mon père avait grandi.

— Montfranc, c'est le nom du village… C'est à une trentaine de kilomètres, vers le nord-est. C'est là-bas que je t'enverrai demain. Ensuite ?

— Je sais aussi que, en 1964, il a reparlé de ce qui s'était passé durant l'Occupation à Manipont, lors du procès de Jean Rivière. Il y a raconté pourquoi et comment, dans le cours d'eau à côté duquel nous nous sommes garés, il a été amené à repêcher des corps démembrés en août 1944, des prisonniers que l'on avait fait exploser au moment de les jeter d'un pont.

J'ai hoché la tête, histoire de me donner un semblant de contenance, vu que je ne la ramenais pas trop. Surtout vis-à-vis de Pierre, que je m'apprêtais à trahir.

— Tu en sais déjà pas mal… On va s'y prendre comme à Combe-Sourde, je vais te montrer deux ou trois trucs, mettre un peu d'ordre dans tout ça. Et puis tu te feras ta propre idée.

Pas mal de choses avaient changé. À plusieurs moments, j'ai même hésité à retrouver mon chemin.

Au final, une cuvette reste une cuvette. Même aussi grande que celle de Manipont, le tour en est vite terminé.

On a commencé par la maison où Pierre avait vécu, toujours debout au fond de son impasse pavée. Il n'a jamais daigné trouver autre chose. Son appartement, au premier étage, manquait de clarté, c'est ce qui m'avait marqué. Surtout la chambre de la petite qui donnait sur un minuscule puits de lumière. Et puis, je le trouvais biscornu, à croire que celui qui l'avait construit avait une dent contre les angles droits. Il avait embauché une femme, une Espagnole qui vivait dans un gourbi à deux pas de chez lui. Comment s'appelait-elle, cette femme ? Bon sang, j'ai eu du mal à m'en souvenir. Je me rappelais un prénom qui ne sonnait pas du tout espagnol. Depuis, la mémoire m'est revenue : Francesca. Avec un vieux chignon gris et un menton en pointe. Elle faisait son ménage, lui mettait son dîner au chaud et s'occupait de Marie durant la journée. C'était sans nul doute une brave femme. Néanmoins, elle n'appréciait que très modérément ma présence. Et elle me le faisait comprendre.

L'hôpital et l'école de médecine avaient été déplacés. De leurs anciens bâtiments, il ne restait pas grand-chose, si ce n'était un dernier morceau en attente de sa démolition derrière des grilles rouillées.

Le lycée était toujours aussi austère, ratatiné dans les vieux quartiers. Ses murs étaient si épais qu'ils faisaient penser à ceux d'une prison.

Partout, j'ai laissé François s'approcher tout seul, me tenant le plus en arrière possible, le temps qu'il fallait. J'ai fait comme au bord de l'étang. J'ai serré les miches en espérant qu'on n'allait pas s'y attarder des plombes.

Je n'ai pas fait exprès de retourner vers la voiture en passant par l'avenue de Verdun. Il faut croire qu'elle m'a attiré sans que je m'en rende compte. Autrefois, elle portait le nom de cette saloperie de maréchal Pétain. La plus belle voie de Manipont. Là où les maisons de maître avaient poussé comme les champignons à Combe-Sourde. On a marché, d'un bon pas. Je me suis malgré tout arrêté quand on s'est retrouvés en face de ce qui avait été la « Maison des horreurs ». Elle avait été détruite et remplacée par un petit square sans doute confit de crottes de chien. « *Square de la Libération* », disait une pancarte. J'en ai ricané.

De mon temps, la maison était toujours debout et me glaçait le sang chaque fois que je passais devant. Elle glaçait le sang de tout le monde, dans cette ville. Si bien qu'on en avait fait une sorte de légende, une légende noire, mais une légende quand même. On aurait dû la détruire bien plus tôt.

Il a bien fallu que j'explique à François où nous étions.

— Il y avait une grande et belle demeure à cet endroit. À l'automne 1943, la Milice s'y est installée.

— Avec Jean Rivière à sa tête.

— Il vaudrait mieux dire ce salopard de Jean Rivière. Ou ce fils de pute de Jean Rivière… Ils étaient huit, diligentés par le commandement de Lyon. Après le laxisme italien, ils avaient ordre de mettre la ville sous coupe réglée. Rivière était d'ici. Alors, c'est à lui qu'on a confié la mission, avec droit de vie ou de mort sur tout ce qui bougeait dans les environs. Ça n'a duré que dix mois, mais dix mois d'enfer. Il a choisi cette maison parce qu'elle le faisait rêver, quand il était gosse. Il s'est arrangé pour en virer les propriétaires. La « Maison des horreurs », voilà comment elle a été surnommée, cette foutue baraque.

Un jour, j'y suis entré. Nous étions trois flics, convoqués par cette ordure qui trouvait que le commissariat ne faisait pas son boulot. Il voulait nous avertir, à sa façon. Il nous a reçus dans son bureau, une belle pièce qui donnait sur le parc à l'arrière, avec des beaux meubles et tout ce qu'il faut. Ça faisait riche. Et respectable. Pendant qu'il nous sermonnait, on entendait des hurlements qui montaient de la cave. Des hurlements insupportables, à vous en vriller l'âme. Et l'autre salaud qui nous souriait, le plus calmement du monde, expliquant que nous allions partir sur de nouvelles bases, germes d'un travail en commun qui ne tarderait pas à porter ses fruits. Comme si ça ne suffisait pas, il nous a fait faire le tour du propriétaire. Il n'était pas question de refuser. Par chance, il nous a dispensés du sous-sol. Enfin, je ne sais pas si c'était vraiment une chance, car notre imagination a fait le chemin, elle, et ce qu'elle a suspecté en bas de l'escalier était peut-être bien pire. En revanche, nous avons eu droit à ce qu'il appelait les « Chambres du fond ». Lui et ses hommes s'arrangeaient pour retenir des femmes prisonnières. Il y avait des juives. Des femmes suspectées de soutenir la Résistance ou bien de se livrer au marché noir. D'autres qui avaient été prises en otage, juste parce qu'elles avaient un physique avantageux. Il suffisait que ces pauvres filles soient consommables. On les casait dans ces chambres. Rivière et ses hommes venaient à tour de rôle s'y satisfaire quand bon leur semblait. Moyennant certaines sommes, ils permettaient à certains de leurs amis et de leurs complices de profiter de leur bordel. Ils organisaient également des « spectacles ». Des saloperies qu'on n'ose même pas croire quand on vous les raconte.

Rivière s'est régalé de nos mines défaites. Au moment où il nous montrait tout cela, il faisait mine de rien référence à nos familles, à nos femmes, à nos filles et même à nos mères. Le message était clair. Y compris pour moi qui n'avais rien de tout cela.

J'ai parlé à François. J'ai parlé des caves et des chambres. De la torture. Des opérations de représailles à chaque tentative de la Résistance. Des assassinats en pleine rue et des pendus aux réverbères. J'ai voulu qu'il sache que nous nous étions tous débinés quand le diable en personne avait élu domicile chez nous. On s'était contentés de se serrer un peu plus pour lui faire de la place.

Bien sûr, tout ça nous a conduits jusqu'au Pont-Neuf.

— C'est d'ici qu'ils ont balancé six prisonniers à la flotte, six juifs qui leur restaient sur les bras au moment où ils devaient prendre la poudre d'escampette. Je suis persuadé qu'ils se les sont gardés sous le coude exprès. Uniquement pour nous gratifier d'une dernière signature en bas de la page qu'ils venaient d'écrire. Ils n'avaient qu'une poignée d'heures avant de quitter la ville et d'aller se planquer dans les jupes allemandes. Ils ont pris tous les explosifs qui traînaient. Ils en ont fabriqué des ceintures qu'ils ont attachées autour des ventres de ces pauvres bougres. Leur jeu, c'était de déclencher l'explosion avant que leurs victimes ne touchent l'eau. On entendait les détonations dans toute la ville… Même depuis le commissariat où nous sommes restés sagement assis.

J'ai tapé du plat de ma main la balustrade de granit, histoire d'en chasser les fantômes et les relents de ma lâcheté.

François a tout écouté et tout regardé. Il a fait très peu de commentaires et, à ma grande surprise, a posé très peu de questions.

Il nous avait dégotté deux chambres dans un hôtel plutôt cossu. Je suis parti m'y enfermer, prétextant avoir besoin de me reposer, quand j'avais surtout besoin de quitter cet endroit. Je l'ai laissé dans ces rues. Je ne l'ai revu que le soir, quand nous sommes allés dîner.

C'est à ce moment-là qu'il a insisté pour que nous reparlions de Jean Rivière.

20

— Ton père a été obsédé par cet homme. Il en avait fait une affaire personnelle.

Il avait appris que les Allemands s'étaient défaits de Rivière en lui offrant un aller simple pour Mauthausen. Derrière les barbelés de ce camp, on perdait sa trace. Pierre n'était pas le seul à penser qu'il avait pu survivre. En revanche, il était persuadé qu'il était revenu en France quand tout le monde le croyait à l'autre bout du monde. Il avait bien cerné le bonhomme. Mieux que ne l'aurait fait le meilleur des flics.

— Le son bien distinct qui émane d'un homme qui se cache, c'est de ton père que je tiens ça. Avec le temps, il s'est détaché de cette obsession. Ta mère y a été pour beaucoup, dans le bon sens du terme. C'est le jour où il l'a rencontrée qu'il en a fini avec la guerre. Moi, j'ai repris le flambeau, sans le lui dire. Je ne l'ai pas fait pour lui ou pour un quelconque sens du devoir. Je l'ai d'abord fait pour moi, pour me sentir moins lâche. J'ai inauguré ma technique du tableau noir, comme avec ma fameuse Ophélie 3 : j'ai écrit des noms, des centaines de noms, et j'ai écouté le bruit qu'ils faisaient, avant de les effacer ou de les changer de colonne.

Douze ans. Douze longues années à tourner en rond. C'était une quête insensée. Si la chance ne s'en était pas mêlée, j'y serais sans doute encore.

— Jean Rivière était devenu Jacques Melloux. Dès l'été 1945, il revenait en France alors qu'on le condamnait à mort par contumace. On a appris qu'il avait séjourné à Nice puis à Toulon. Mais il y avait trop de passage, trop de mouvement pour lui. Il risquait d'être reconnu. Il s'est dégotté un trou perdu, au fin fond de la Lozère. Il y a épousé une fille du coin, une fille-mère qui, par ce mariage, a retrouvé la dignité que les habitants du village lui avaient retirée. Il s'est retrouvé beau-père d'une petite fille et épicier de campagne. Il avait sa boutique et faisait des tournées quotidiennes au volant d'un TUB Citroën. C'est dans cette vie-là qu'il a tenté de se faire oublier. Une vie presque exemplaire. Mais changer d'identité ne suffit pas à changer le bonhomme. Sa belle-fille a grandi. Plutôt bien, si tu vois ce que je veux dire. Elle a affirmé sous serment qu'il avait tenté d'abuser d'elle, à plusieurs reprises. J'ai toujours pensé qu'elle mentait. Rivière était du genre à faire plus que tenter… Toujours est-il qu'une nuit, passant outre la terreur que lui inspirait le mari de sa mère, elle a eu l'audace de se barrer de chez elle. Elle devait avoir quinze ou seize ans, dans ces eaux-là. Les gendarmes l'ont cueillie sur la route alors qu'elle essayait de rejoindre Montpellier. Comme ils n'ont pas cru un traître mot de ce qu'elle disait, elle leur a balancé que ce beau-père qu'elle accusait de sévices était un ancien nazi. Quand ses parents ont débarqué à la gendarmerie, on a posé deux ou trois questions à Rivière. Et ce chien galeux ne s'est pas démonté : il a retroussé sa manche et a exhibé son tatouage de déporté. De quoi clouer le bec à n'importe qui. On a donc renvoyé cette pauvre petite en enfer.

J'ai observé une pause, le temps de me rafraîchir le gosier et de me dire que je parlais trop, grand couillon que j'étais. Seulement voilà, toutes ces histoires, je les avais gardées pour moi pendant des années et des années. Maintenant que les vannes étaient ouvertes, elles s'échappaient. La pression était trop forte pour que je parvienne à refermer mon clapet.

L'écho des déclarations de la belle-fille de Jacques Melloux a mis du temps à faire son chemin, mais il est parvenu jusqu'à Fontmile. Sur mon tableau, le nom a commencé par apparaître avant de changer de colonne pour se retrouver tout à gauche. Le bruit correspondait… Il me restait donc à me rendre sur place. Le village en question était encore plus paumé que j'avais pu l'imaginer. Je n'y étais pas depuis une heure que j'ai vu Jean Rivière surgir à quelques mètres de moi.

— Nom de Dieu ! J'étais comme celui qui ne croit pas aux fantômes et qui, pourtant, en découvre un au pied de son lit. Tu veux que je t'avoue quelque chose, fiston ? Eh bien, j'ai eu la trouille. Près de vingt ans après, ce nabot me foutait encore les jetons à me faire pisser dans mon froc.

On fait quoi d'un fantôme, quand on en attrape un ? La prescription pour ses crimes était imminente. Et puis, à l'époque, mieux valait ne pas remuer toute cette merde. Les lois d'amnistie avaient effacé les ardoises. Officiellement, nous étions un pays de résistants, seulement trahi par une poignée de traîtres qui bouffaient déjà les pissenlits par la racine. Faire ressurgir un certain passé n'était pas dans l'air du temps. S'il n'y avait eu que moi, j'aurais coincé Rivière quelque part sur les routes des plateaux. Et je lui aurais réglé son compte. Mais il n'y avait pas que moi. À mes yeux, l'honneur de le faire tomber revenait à Pierre.

— J'ai débarqué à l'hôpital un matin de février 1963. Pour que je passe la porte d'un tel endroit, il fallait vraiment que ça me pousse au train. D'ailleurs, quand il m'a aperçu, Pierre a cru qu'il était arrivé malheur chez vous. Je lui ai demandé de me rejoindre sur le parking, dès qu'il en aurait l'occasion. On s'est retrouvés tous les deux, je l'ai regardé en face et je lui ai simplement dit : « Je l'ai trouvé. » Il m'a dévisagé. Il a compris de qui il s'agissait sans que j'aie besoin de répéter ou de donner des détails. À sa tête des mauvais jours, j'ai compris qu'il m'en voulait d'avoir ainsi extirpé Rivière des limbes… Au début, il répétait que ce n'était pas à nous de régler ça. Puis il a vite changé d'avis. « Je veux y aller, m'a-t-il annoncé. Je veux le voir. » Nous sommes donc repartis là-bas ensemble. Le paysage était pelé et bruni par l'hiver. Le fameux village paraissait avoir poussé au milieu d'un brasier dont il avait été le seul à survivre. L'épicerie de Melloux trônait au bord de l'unique route. Elle n'avait rien de remarquable, avec sa devanture grise et ses peintures écaillées. Même la pompe à essence qui se tassait sur le petit trottoir semblait hors d'âge. Nous nous sommes garés derrière l'église pour observer les allées et venues des clients. Ton père n'a pas dit un mot. Jusqu'à ce qu'on voie le diable sortir de sa boutique.

Il portait un grand tablier bleu qui lui descendait en dessous des genoux et une casquette vissée sur le crâne. Accoutré de la sorte, il faisait encore plus rase-motte. Il s'est dirigé vers le bâtiment voisin dont il a ouvert la double porte, révélant son camion. Avant de s'occuper de son ravitaillement, il a pris le temps de se rouler une tige, tout en jetant un œil sur le ciel et l'évolution des nuages. C'est ça qui a fait réagir ton père. Qui a réveillé sa colère. Il ne supportait pas que ce sale type se comporte aussi banalement, qu'il ait droit à des gestes aussi simples. Rivière n'avait pas le droit d'être ordinaire. « On y va maintenant », qu'il m'a soufflé. J'avais emporté mon calibre. Il était dans ma poche, bien au chaud. Pierre m'aurait demandé de lui coller un pruneau entre les deux oreilles que je l'aurais fait sans hésiter. Bon, peut-être pas au vu et au su de tout le monde, mais je l'aurais fait. J'ai dû faire un geste vers l'arme, instinctivement. Il s'en est aperçu. Il s'aperçoit toujours de tout. Il a aussitôt rectifié. « On contemple le spectacle, et on n'en perd pas une miette. »

J'entendais encore la voix de Pierre résonner, une voix aussi dure que l'acier et coupante que le verre. Il est sorti en premier. Il s'est avancé le long de la route, restant sur le trottoir d'en face. Il ne se pressait pas le moins du monde. Plus loin, Rivière avait eu le temps de téter son clope jusqu'au moignon, de se débarrasser du mégot d'une pichenette et de se mettre à ses cageots. Je tremblais comme une feuille. Et ce n'était pas à cause du froid. Pierre m'impressionnait par son calme. Il marchait, les mains dans les poches de son grand manteau noir, tête nue. Même de dos, il en imposait.

— On s'est arrêtés pile en face du garage. Rivière a mis du temps à se rendre compte de notre présence. Il a fini par se retourner. Il s'est avancé de deux ou trois pas, davantage curieux que méfiant. Pendant un bref instant, j'ai vu, sous ses traits, celui qu'il avait été vingt ans plus tôt. Tu sais, ton père m'a raconté ce truc avec les membres amputés qui font souffrir leurs anciens propriétaires. Une douleur fantôme. Eh bien, là, c'était pareil. Sauf que ce n'était pas qu'un membre, c'était tout un homme.

J'ai alors réalisé à quel point j'avais été maladroit. Je me suis plus ou moins excusé, marmonnant dans les plis de mon menton que j'étais désolé. Le petit n'a pas eu l'air d'en prendre ombrage.

— Il a reconnu Pierre en premier. Il s'est liquéfié. Il ressemblait à une statue de cire qu'on aurait approchée trop près du feu ; tu vois ce que je veux dire ? C'est là que j'ai compris de quel spectacle parlait ton père. Je te jure que nous n'en avons pas perdu une miette. Nous avons vu la terreur s'emparer de lui, le pétrifier puis le rabougrir. Il a cru qu'on allait lui faire la peau. À sa place, je l'aurais cru également. Pour un peu, il nous aurait suppliés en chialant. Il a cependant retrouvé un dernier sursaut d'énergie pour faire quelques pas en arrière. Il s'est pris les pieds dans son fourbi et il est parti à la renverse, s'écroulant dans ses patates et ses boîtes de conserve. Il a dû s'y reprendre à deux fois pour se relever, achevant le ridicule. Ce con n'a rien trouvé de mieux que de vouloir s'enfermer dans son hangar. Il s'est précipité sur les portes, mais il était si paniqué que ses mains refusaient de lui obéir. Un petit homme pitoyable et terrorisé, voilà ce que nous avions sous les yeux. Enfin, après plusieurs tentatives, il est parvenu à faire coulisser les deux panneaux. Nous avons entendu le cliquetis du verrou, immédiatement suivi par le fracas d'une nouvelle chute. Ton père s'est retourné vers moi, l'air satisfait. « Voilà, on en a fini. » Et on est repartis chez nous.

François a respecté le moment de silence qui a suivi.

— Il avait raison, mille fois raison. On en avait fini. Rivière s'est livré de lui-même aux gendarmes. Il est allé demander leur protection, affirmant que ses jours étaient en danger parce qu'on le prenait pour quelqu'un d'autre. Il s'est trahi en parlant de cet « autre ». Alors, c'est vrai, il y a eu son procès. Ton père a dû aller témoigner. Mais ce n'était plus important, pour lui. La suite ne le regardait pas. Pas plus qu'elle ne me regardait.

— Il a été libéré l'an dernier.

— Ouais. Ils l'ont fait sortir plus tôt que prévu de peur que quelqu'un ne l'attende. Je ne vais pas te faire croire que je ne me suis pas renseigné. Par acquit de conscience. Rivière s'est empressé de s'installer en Allemagne.

À force de palabrer, la salle du restaurant était vide. Les serveurs n'avaient qu'une hâte, qu'on lève le camp pour tout ranger. Alors on les a contentés. On est sortis faire quelques pas dans les rues poisseuses, poursuivant jusqu'à notre hôtel. Le froid s'infiltrait partout sous les vêtements. Ça, c'est une chose que j'avais oubliée, le froid mordant et vicieux de Manipont, et ses hivers à rallonge qui ne s'arrêtent que pour laisser place à d'autres hivers.

— Si j'avais en face de moi l'homme qui s'en est pris à Émilie, je ne saurais pas que lui faire.

La voix de François a résonné étrangement.

— C'est que tu vaux mieux que moi, mon grand. Et que, comme ton père, tu as compris ce qu'était la vraie force. Ce matin-là de l'hiver 1963, dans ce village, nous avons tué Jean Rivière. Nous l'avons fait sans arme ni violence. Simplement en le regardant. Les fantômes ne supportent pas qu'on les perce à jour. Cela leur ôte toute raison d'exister.

Il a soupiré.

— Je me suis retrouvé orphelin, ai-je continué. Rivière coincé, j'ai effacé et rangé mon tableau. Et je me suis retrouvé comme un couillon, à ne plus savoir que faire. Ton père a compris. Il m'a pris entre quatre yeux. C'était à Combe-Sourde, un matin, alors qu'on s'apprêtait à courir après les champignons. « Ne le laisse pas te voler le temps qui t'est imparti, qu'il m'a dit. Autorise-toi à vivre. » Je te donne à mon tour le même conseil, petit. Je n'en ai jamais connu de meilleur.

21

Avant d'y accompagner François, je n'étais allé à Montfranc que trois ou quatre fois, tout au plus. Depuis Manipont, il faut emprunter une route qui serpente au pied des montagnes, sur une vingtaine de kilomètres, avant d'attaquer pour de bon la pente en douze lacets bien serrés, et de se perdre ensuite sur un vaste replat qu'on ne soupçonne absolument pas d'en bas. Le village se serre au milieu de cet amphithéâtre naturel, ouvert au sud. D'épaisses forêts de sapins dessinent les frontières de son territoire qui vient s'échouer au pied d'à-pics vertigineux.

La neige était déjà épaisse et ressemblait à de la vraie poudreuse, pas à cette bouillie encrassée qu'on apercevait depuis la ville que nous venions de quitter. Les maisons s'enroulaient autour de venelles dans un plan en colimaçon. Certaines, plus hardies, s'écartaient quelque peu et osaient même des angles droits. L'église, trapue, toisait l'ensemble depuis une petite butte contre laquelle on débouchait en montant de la vallée. Des activités passées, il ne restait plus grand-chose, à l'exception d'une grosse scierie et d'une auberge-épicerie tenue par une vieille aux doigts si noueux qu'elle peinait à se saisir de quoi que ce soit. C'est là que nous avons commencé par boire un café, profitant du feu bienvenu. La femme nous regardait avec méfiance, depuis son comptoir. Plus loin, une porte ouverte laissait deviner une cuisine d'où s'échappaient déjà des odeurs qui me faisaient saliver.

François était impatient, aussi ne l'ai-je pas trop fait mariner. La croûte glacée de la neige cassait sous nos pas. Quelques panaches de fumée s'envolaient au-dessus des toits. Sans ça, on aurait pu croire l'endroit totalement déserté.

Pierre a grandi ici. Ses parents y sont enterrés. Au début, quand nous nous sommes rencontrés, il me décrivait ce village comme une sorte de paradis terrestre. Lui aussi avait failli me faire saliver. Le jour où il me l'avait fait visiter, je l'avais pourtant senti déçu. Non parce que je n'y avais pas trouvé mon compte, mais parce que lui n'y trouvait plus vraiment le sien. Revenir d'où on est parti n'est pas toujours une très bonne idée. Depuis quarante ans, à ma connaissance, il n'y avait plus remis les pieds.

J'ai retrouvé l'ancienne école sans trop de mal. Elle faisait partie de ces bâtiments rebelles qui s'étaient émancipés des ruelles. J'ai laissé François avancer tout seul. Je l'ai attendu au croisement, plus bas, collé à une croix du petit Jésus, bien à l'abri dans une niche percée dans une haie de houx si épaisse qu'elle en ressemblait à un mur. Il m'a fait un peu de place pour que je puisse m'abriter du vent.

L'école n'en était plus une depuis belle lurette. Ceux qui l'avaient achetée devaient n'y venir que quelques jours par an, tout au plus. Néanmoins, ils l'entretenaient correctement. Ils avaient conservé le haut mur qui séparait les deux espaces de récréation, un de chaque côté du bâtiment, avec les latrines adossées de part et d'autre.

Pierre m'avait raconté cette séparation mystérieuse entre les garçons et les filles et, par conséquent, entre son père et sa mère. Les deux salles de classe se tournaient également le dos, avec leurs plafonds trop hauts et leurs fenêtres trop minces, les poêles à bois ayant un mal de chien à maintenir une température vivable l'hiver. Ils habitaient dans l'appartement à l'étage, plus petit et plus chaud. Sa chambre donnait sur la cour des filles…

François est resté près d'une demi-heure à observer la maison sous toutes les coutures. Au lieu de s'aventurer dans les champs voisins, il aurait pu franchir le portail à peine fermé. Personne n'était là pour l'en empêcher. Mais il s'y est refusé. Aller plus loin sans son père lui apparaissait sacrilège.

Alors nous avons repris notre promenade silencieuse. Celle-ci nous a conduits jusqu'au petit cimetière attenant à l'église. Malgré la neige, nous n'avons pas eu de mal à dénicher la tombe des Neyrat. Le grand-père de François était mort en 1936. Sa grand-mère en 1941. Je n'ai connu ni l'un ni l'autre. Pierre continuait de parler de ses parents, de temps à autre. Certains souvenirs enfouis lui revenaient en mémoire. La vieillesse rabote pas mal de choses, et elle met au jour ce qu'on croyait oublié.

— Marguerite n'est pas enterrée ici ?

— Non. Sa mère a tenu à la reprendre.

— Où se situe la maison où ils habitaient, celle où elle est morte ?

— Elle n'existe plus.

Il m'a dévisagé, mécontent. Pourtant, je ne lui mentais pas. Sur le coup, il n'a pas insisté.

— C'est un bel endroit. Mon père devait s'y sentir à son aise. Chaque fois qu'il nous parlait de son enfance, c'était toujours le village et ses environs qui avaient le rôle principal.

Je me l'étais imaginé très différent. En fait, il ressemblait davantage à Combe-Sourde.

— Je n'avais jamais mis les pieds ici avant que je ne fasse la connaissance de ton père.

Nous sommes sortis du cimetière. Je commençais sérieusement à me mouiller les arpions. J'ai proposé au petit de le laisser vadrouiller autant qu'il le souhaitait pendant que je tiendrais compagnie à la vieille de l'auberge. Il a acquiescé mais, avant de me libérer de mes obligations de chaperon, il m'a demandé comment Pierre et moi nous nous étions rencontrés. On était à deux pas de la piste qui, depuis l'esplanade devant l'église, franchissait un premier morceau de forêt en direction des dernières pâtures avant les falaises. Cette maudite piste qui, rien qu'à la regarder, me vrillait le ventre. Les branches chargées de neige formaient une voûte qui ployait dangereusement tandis que les arbres gémissaient tous ensemble sous le poids de ce fardeau.

— On s'est rencontrés grâce à un bois semblable à celui-ci. Le bois de Washington, que ça s'appelait à l'époque. Je n'ai jamais su pourquoi on lui avait donné un tel nom. Il se situait sur le versant est de Manipont. On était quelques jours à peine après la libération de la ville. J'habitais une petite maison dans le quartier Saint-Christophe. J'avais pour voisins une famille dont le père avait plus ou moins facilité certaines choses à l'occupant et à ses complices. Plutôt plus que moins. Au petit matin, une voiture peinte au blason des FTP est venue le cueillir. Ils ont laissé son épouse et ses gosses sur le trottoir, à les regarder l'enlever. Je savais comment c'était censé se terminer : dans le bois de Washington, le prisonnier creusant sa propre tombe avant de recevoir une balle dans la nuque. Ce n'était pas le premier à subir un tel châtiment, depuis plusieurs semaines. Ma voisine m'a supplié d'intervenir. Ton père venait d'être officiellement installé à la tête des autorités de transition. Je ne le connaissais que de nom mais, entre flics, il se disait qu'il avait les épaules. Alors je me suis dépêché d'aller le trouver. Je lui ai expliqué la situation. Je lui ai bien dit que le type en question s'était réellement comporté en saligaud. Il n'a pourtant pas hésité une seconde. Il m'a demandé de le conduire jusqu'à ce fameux bois, séance tenante. Nous sommes hélas ! arrivés trop tard. Nous avons entendu claquer la détonation alors que nous marchions sur un chemin qui avait un air de famille avec celui-ci, la neige en moins. Il ne s'est pas dégonflé pour autant. Il a filé tout droit en direction du coup de feu. Les types étaient en train de combler la fosse quand ils l'ont vu débarquer dans leur clairière. Ils n'étaient pas du genre à apprécier qu'on vienne les déranger ni qu'on mette le nez dans leurs affaires. Ils l'ont immédiatement mis en joue. Par chance, l'un d'eux a reconnu le toubib qui l'avait rafistolé en urgence quelques mois plus tôt. Il est parvenu à calmer ses camarades. Ton père leur a parlé, de justice, de droit, de méthodes qui abaissent un peuple… Il est parvenu à les faire décamper. Après, j'ai voulu récupérer le cadavre de mon voisin, histoire de le rendre à sa famille. Moi, je n'ai jamais su où mes parents sont enterrés, alors… C'est terrible de ne pas savoir où sont tes morts. J'ai sauté dans la tombe à moitié comblée et j'ai commencé à la dégager, à mains nues. Ton père, avec son beau costume et ses belles chaussures, m'a rejoint. Je lui ai dit que je pouvais m'en arranger tout seul. Il ne m'a pas écouté. Nous avons sorti le corps. Nous l'avons porté jusqu'à la voiture qui n'était pas tout près. Et nous l'avons ramené chez lui, tout délateur qu'il avait pu être. Tu vois, ce que ton père a fait, ça te pose un homme… Le lendemain, il m'a fait convoquer à la mairie. Il m'a dit avoir besoin d'une brigade de gars sûrs. Il m'a demandé d'en prendre la tête et de m'occuper du recrutement. Nos ordres étaient d'arrêter toute personne qui risquait le même sort que mon voisin, de les enfermer dans les cellules du commissariat et de faire en sorte que personne n'ait l'idée de venir les lyncher. Le temps que les tribunaux statuent. J'ai eu la faiblesse d'accepter. Bien entendu, il ne s'est pas passé longtemps avant qu'on ne nous accuse de protéger les collabos. Un soir, une véritable troupe armée a débarqué au commissariat, forçant l'entrée et exigeant de ton père qu'il leur ouvre les portes de la prison. Face à eux, nous n'étions que quatre. Deux jeunes flics, ton serviteur et Pierre. Ils nous ont menacés. « Ceux qui protègent les pourritures seront traités comme elles. » Enfin, un truc dans ce style… Pierre s'est dressé entre eux et le minuscule barrage que nous formions devant l'escalier qui descendait vers le sous-sol. Il y a ce film qu'il adore où un shérif défend sa prison, seulement secondé par un jeunot, un boiteux et un soûlaud. Putain ! Il en parle tout le temps. C'est quoi le titre, déjà ?

— *Rio Bravo*. Papa t'écorcherait vif de ne pas t'en souvenir.

— Ouais, c'est ça : *Rio Bravo*. Lui, il était comme John Wayne. Un John Wayne désarmé et en cravate. Il leur a répliqué que toute personne qui passerait outre à la loi serait poursuivie jusqu'à ce qu'elle ait l'occasion de voir ce qu'était la vraie justice, pas celle des lâches qui, à dix contre un, ont la prétention d'être à la fois juges et bourreaux. Ça, je m'en souviens très bien. Il a ajouté que l'empressement avec lequel certains éliminaient ou souhaitaient éliminer les suspects ressemblait fort à une manière de les faire taire à jamais, de peur qu'ils n'aient à livrer les noms de leurs complices qui, entre-temps, étaient peut-être devenus leurs accusateurs. Nom de Dieu ! Il était en train de les pousser à bout. Avec les deux autres, on s'est regardés, fatalistes. On s'est dit que, ce coup-ci, ça y était, qu'on allait tous y passer. Ton père n'a pas bougé d'un pouce. Les autres lui beuglaient qu'ils le pendraient, qu'il parlerait moins bien avec ses couilles enfoncées au fond de la gorge, qu'ils lui donnaient une minute pour se soumettre ou mourir. « Vous êtes entrés ici comme des sauvages. Je vous donne l'occasion d'en ressortir comme des hommes. Vous avez raison. Vous allez devoir nous tuer tous les quatre parce que je ne vous livrerai aucun prisonnier. Ni ce soir, ni demain, ni jamais. » Sacré Pierre ! J'étais mort de trouille deux secondes avant et là, sans crier gare, la peur s'en est allée. Je me suis senti plus fort que je ne l'avais jamais été. J'aurais pu mourir, ce soir-là. Mais j'étais prêt à le faire. Pour avoir l'honneur de tomber à ses côtés. Ils sont tous repartis, ces abrutis. Tous, jusqu'au dernier, la queue entre les jambes. Après, je me suis porté à la hauteur de ton père pour lui dire toute mon admiration. « Camus, ça fait maintenant plusieurs jours que vous insistez pour que je boive un verre avec vous. Cette fois, je crois que je vais accepter votre invitation. Néanmoins, j'aurai besoin de votre aide car je crains que, d'une seconde à l'autre, mes jambes ne refusent de me porter. » Voilà comment ça s'est passé, fiston. Un mort à la tête à moitié arrachée, de la boue sous nos ongles et sur nos fringues, et un coup de gnole avalé sur le coin de table au rez-de-chaussée du commissariat de Manipont, après avoir sauvé la peau d'une bande de salopards enfermés en dessous. Voilà comment nous sommes devenus amis. Il est possible que j'embellisse un peu les choses. Mais ton père s'est comporté en homme. Et ça faisait un bail que je n'en avais pas croisé un.

— Les accusations de meurtre, c'était pour lui faire payer ce genre d'affront ?

— C'est plus compliqué que cela. En acceptant ce type de responsabilités, ton père s'est retrouvé le cul posé dans un panier de crabes. Parce que ça impliquait un volet politique. Les communistes visaient la mairie. Pierre était un concurrent qu'ils redoutaient. Il faut reconnaître qu'il ne leur a pas rendu la vie facile. Mais il y avait des raisons. Certains ne voulaient pas déposer les armes, criant haut et fort qu'ils n'avaient d'ordre à recevoir que de Staline. D'autres ont cru que le moment était venu pour leur fameux Grand Soir. Putain ! C'était le chaos. Dans des coins comme ici, des bandes armées faisaient régner la terreur, pillant les fermes et s'en prenant aux habitants. Lui, il s'est échiné à rétablir l'ordre. Pour cela, il lui a fallu affronter les Rouges. Après, il a négocié avec eux. Quelques-uns ont refusé d'obéir et le Parti, à cette époque, n'aimait pas trop qu'on lui désobéisse. Trois types ont connu quelques déboires. Du genre qu'après, tu ne fais plus chier le monde. Malheureusement, ton père s'était fait des ennemis puissants. Rancuniers. Ils ont tenté de lui faire porter le chapeau. Pierre, même redevenu chirurgien, avait encore trop de poids en ville. Il fallait le faire tomber de son piédestal.

Je redoutais la question suivante. À ma grande surprise, elle n'est pas venue. François s'est contenté de hocher la tête puis de me dire qu'il me rejoindrait à l'auberge pour le déjeuner.

22

— Je me serais bien vu tenir un truc comme ça, un bistro de village, doté d'une bonne cave et d'une table bien garnie. Ça m'a traversé l'esprit un paquet de fois.

— Je croyais que tu voulais devenir berger.

— Aussi.

La vieille ne s'était pas déridée. Pourtant, j'avais particulièrement fait honneur à son ragoût et à sa charcuterie. J'ai insisté pour régler la note. L'addition était faite depuis longtemps dans la caboche de cette femme. J'ai posé mes billets sur la table ; elle les a ramassés plus vite qu'il ne fallait pour le dire.

— Vous pouvez garder la monnaie, madame.

Et voilà que cette bique s'est rebiffée, presque mauvaise.

— Il n'en est pas question. Ici, on paye ce qu'on doit, pas un sou de plus, pas un sou de moins.

Elle a aligné les pièces de monnaie devant moi tout en me fusillant du regard.

— Mon garçon, je vais m'enquérir de la situation des toilettes. Je crains fort de finir au fond du jardin ou dans une courette à devoir me contenter d'une page d'un vieux journal râpeux. Ensuite, il sera peut-être temps de lever le camp. Mieux vaut être en bas avant que le verglas ne fasse des siennes.

François n'a pas protesté. J'aurais dû me méfier. Cette tête de mule a attendu que je me sois éclipsé pour se lever à son tour et s'approcher du comptoir. Il a dit qu'il était venu ici pour se rendre sur la tombe de ses grands-parents. Il avait bien compris que cette femme avait toujours vécu dans ce patelin. Qu'elle avait sans nul doute connu son père. Que sa grand-mère avait peut-être été son institutrice. Quand je suis revenu de mon aventure personnelle, qui s'est effectivement achevée au fond du jardin, je les ai entendus discuter tous les deux. La femme racontait comment son père suspectait le « petit Neyrat » de vouloir lui piquer des bonbons, comment il le surveillait du coin de l'œil, affirmant qu'il ne fallait pas faire confiance à un gamin qui passait sa vie dans une école. Si je m'étais montré à ce moment précis, le silence serait revenu. Or, je n'ai pas bougé. Et j'ai laissé les choses se dire.

— Quand est-il mort ? a demandé la vieille.

— Il n'est pas mort, lui a répondu François.

— Ah bon ? C'est pourtant ce qui se disait… Il est toujours docteur, dans ce cas.

— Plus maintenant. Il a pris sa retraite.

— À vous voir, je comprends qu'il s'est remarié.

Sa curiosité était piquée. Ce petit malin en avait joué pour parvenir à ses fins. Valentine avait été un bon professeur.

— Et qu'est devenue sa fille ?

On y était.

— Elle va bien.

— Cette pauvre petite est une miraculée. La Sainte Vierge a dû se pencher sur son berceau. Mon pauvre époux faisait partie de ceux qui sont montés à la maison de la colline, la nuit où sa mère a été assassinée. Il racontait souvent comment cette enfant dormait paisiblement dans son petit lit à barreaux alors que, en bas, c'était l'enfer. Il paraît qu'elle ne s'est même pas réveillée quand on l'a sortie de là. Il affirmait qu'une force l'avait plongée dans un sommeil profond, afin qu'elle ne voie rien et n'entende rien. Il valait mieux pour elle. La mère a eu des torts, à ce qu'on disait. Moi, je ne l'ai connue que quand elle était plus jeune. Elle a vécu quelque temps ici, au moment où son père a repris la forge. C'était une fille prétentieuse qui prenait tout le monde de haut. Quoi qu'elle ait fait, elle ne méritait pas de finir ainsi.

Je n'avais pas besoin de voir la scène pour savoir que cette bonne femme fixait François pour découvrir comment il réagissait.

— Je suis contente d'apprendre que cette petite s'en est sortie. Je pensais qu'elle en perdrait l'esprit. On a beau ne rien voir et ne rien entendre, un tel drame laisse des traces. Dans le village, on a dit que le Mal avait fait siens les murs de la maison. Qu'il y était entré et qu'il n'en sortirait plus. Vous pensez bien que personne n'en a voulu, après. Votre père l'aurait donnée que personne ne l'aurait prise. On aurait mieux fait de la brûler plutôt que de la laisser pourrir. La voir, même en ruine, perchée sur sa butte, ça glaçait le sang de tout le monde.

J'ai fait mon entrée. Dès qu'elle m'a aperçu, elle a reculé, comme si une main invisible venait de l'attraper par le colback. François, accoudé, ne s'est même pas retourné, assumant crânement de m'avoir roulé dans la farine.

Nous sommes sortis. Nous avons marché jusqu'à la voiture. Il a enfin rompu le silence :

— Cela s'est vraiment passé comme elle l'a raconté ?

— Tu veux dire avec la maison hantée et la Sainte Vierge ?

— Camus…

— Tu n'aurais pas dû faire ça, mon garçon. Aller tailler la bavette avec une langue de vipère ! Les vipères, tu leur écrases la gueule et tu les fais rôtir. Tu ne les laisses surtout pas te faire la conversation. Parce qu'elles ont tôt fait de te mordre et de t'injecter leur venin.

— C'est exactement ce que Marie m'a fait, non ? Je suis venu chercher l'antidote. Alors, autant en finir, tu ne penses pas ?

— Tu sais très bien à quel point tu es précieux à mes yeux, fiston. Mais tu as le don de me foutre dans des situations qui me donnent envie de te frictionner les oreilles.

— Où se trouve-t-elle, cette fameuse colline ?

J'ai indiqué la piste enneigée près de l'église.

— Tu vas au bout. Tu tomberas sur une enfilade de mamelons imberbes. Au sommet de celui le plus à gauche, tes grands-parents s'étaient arrangé une maison pour leurs vieux jours… Il ne doit plus en rester grand-chose. Je te préviens, petit, il est hors de question que je t'accompagne.

Il est parti tout seul. Je l'ai suivi des yeux jusqu'à ce qu'il disparaisse dans la forêt. Je visualisais tout :

il y avait le petit chemin qui bordait la lisière. Puis il escaladait la colline, bordée par des barrières en bois de sapin. Pierre, quand il rêvait de s'installer ici, d'abandonner l'hôpital pour devenir simple médecin de campagne, voulait les peindre en blanc. En haut, il y avait la maison. Pas très grande mais vraiment chaleureuse. La cuisine donnait sur l'arrière, aussi claire et chaleureuse qu'un matin d'été ; le salon, avec sa cheminée en pierre et ses tentures rouges ; la chambre et même, luxe suprême, une salle d'eau ; l'escalier dans le fond et les deux chambres du haut, qui se dressaient sous les toits. Partout du bois et la chaleur du feu. Il y avait un vaste porche, tourné vers le sud. On pouvait s'y asseoir et regarder le soleil se lever ou se coucher, les nuages se former au-dessus de la vallée, les orages galoper. Par-dessus les arbres, on devinait les toits du village. La vue était magnifique, portant aussi loin que cela était possible. Pierre se voyait s'y poser, le soir, après le repas. Il imaginait la petite jouer dans le champ l'été, le dévaler en luge l'hiver, se rendre à pied dans la même école que ses parents. Ce n'était plus tout à fait ce qu'il avait idéalisé. Toutefois, selon lui, il y avait encore de quoi s'en accommoder.

François était capable de se figurer tout cela, et bien davantage encore. Il n'allait sans doute trouver qu'une petite pyramide de débris recouverte de neige, au sommet d'un champ immaculé. Il prendrait le temps de tout voir et tout entendre. Ensuite, il allait redescendre et me poser les questions pour lesquelles je m'étais préparé depuis ce fameux soir où il avait débarqué chez moi.

Marguerite, je ne l'avais pas vraiment connue. Je ne l'ai vue que deux fois en tout, et je ne crois même pas avoir entendu le son de sa voix. Je ne sais pas pourquoi Pierre s'est amouraché d'elle ni pourquoi il l'a épousée. De cela, il ne m'a rien dit. Ce que je sais, en revanche, c'est qu'elle lui en a fait voir de toutes les couleurs. Il était le cocu le plus célèbre de Manipont.

Elle a fricoté avec des personnes peu recommandables durant l'Occupation. Elle a voulu saisir des occasions qui lui faisaient miroiter une vie meilleure, sans trop se laisser emmerder par sa conscience. D'autres avant elle l'ont fait. Mais elle était l'épouse de Pierre Neyrat, ce qui en faisait une prise de choix. Après la Libération, cette idiote est revenue en ville. Bien entendu, elle s'est fait choper par ceux et celles qui entendaient régler les comptes. Elle a passé un sale quart d'heure. On lui a réservé un traitement spécial, bien davantage que de lui tondre le crâne et de la faire défiler dans les rues. Il existait en ville des prisons clandestines où on s'occupait de ce genre de prisonniers.

Pierre est parvenu à la sortir des griffes des épurateurs autoproclamés. Certains l'ont mal pris. Ils lui ont fait comprendre que ce n'était que partie remise. Alors il a décidé de l'installer ici, à Montfranc. Il pensait qu'elle et Marie seraient à l'abri.

Un soir, ils sont arrivés à travers champs. Ils sont entrés dans la maison par la porte de la cuisine… Quand Pierre est rentré de l'hôpital, il a découvert le carnage. Il m'a téléphoné depuis la mairie. Je suis monté. J'en ai vu, des saloperies, dans ma vie, mais là, c'était vraiment terrible. Une vraie sauvagerie. Je n'avais pas à en dire plus.

Pierre avait demandé au maire de ne pas donner l'alerte tout de suite. Je l'ai trouvé assis sur les marches de son porche. Il en voulait aux habitants du village, aucun n'ayant eu le cran de monter jusque-là. Je lui ai alors fait remarquer que le vent était au sud et qu'il avait éloigné des autres maisons le bruit des détonations.

— Je veux retrouver ceux qui ont fait ça, a-t-il murmuré. Je veux les retrouver tous.

— Pense à ta fille. Qu'est-ce qu'elle va devenir pendant que tu croupiras en prison à attendre qu'on te coupe la tête ?

— C'est moi qu'ils visent.

— Non, mon ami. Tu te trompes. C'était elle qu'ils voulaient.

De ma lampe électrique, j'ai éclairé la porte d'entrée. Il n'avait pas encore remarqué la vieille planche qui y avait été sommairement clouée. Peint à la main, d'une écriture qui avait bavé, on pouvait lire : « *Justice du peuple.* »

– 3 –

Le dernier bal

23

Le 14 octobre 1984

François et Valentine, mes chers enfants,

J'ai longuement hésité avant de vous écrire cette lettre. Ce soir, je me décide enfin.

J'ai toujours pensé que, tôt ou tard, j'aurais à répondre de mes fautes. Je ne me les pardonne pas et je ne vois pas pourquoi d'autres le feraient à ma place. La rédemption est une chimère : balayer des débris pour faire place nette n'a jamais permis de reconstruire un mur. J'ai toujours craint que mon châtiment ne soit d'être privé de ceux que j'aime. Plus j'ai eu à perdre, plus j'ai eu peur.

Je sais qu'on me trouve froid et parfois indifférent au sort des autres. Ce n'est pas vraiment de l'indifférence. C'est simplement que me soucier des miens accapare tout mon temps. Cette inquiétude constante est épuisante. J'ai trouvé une parade pour m'en soulager quelque peu : m'éloigner, me retirer de la scène. D'une certaine manière, je fuis. Je ne fuis pas une vie qui me déplaît, au contraire. Je fuis le fait d'avoir trop à perdre. Mon refuge a été mon travail, puis Combe-Sourde. J'ai déplacé cette peur, je l'ai emportée dans la montagne, comme on envoyait les tuberculeux soigner leur mal en altitude. Je l'ai confinée là-haut, promettant de venir la voir tout le temps si elle acceptait de ne plus redescendre.

Estelle, votre mère, a très tôt compris que j'étais fait ainsi. Elle ne m'a jamais condamné ou forcé à renoncer à certaines mauvaises habitudes. Sans doute parce que, à un moment donné, je lui ai parlé. Je lui ai raconté d'où je venais, de quelle obscurité elle m'avait sauvé.

Je ne l'ai jamais fait avec vous. Parce que je n'ai pas osé. Parce que je ne sais pas comment l'aborder.

Un de mes collègues me répétait souvent : « Je te connais comme si je t'avais fait. » Il n'y a rien de plus faux. Ma mère m'a fait et ne m'a jamais connu, pas plus que je ne l'ai connue.

Je ne perçois de vous deux que ce que vous voulez bien me montrer, et vous pouvez en dire autant de moi. Je suis persuadé que c'est mieux ainsi. Connaître revient à juger. Je me contente de ce que vous me donnez. Et, jusqu'ici, je n'y ai trouvé que des motifs de satisfaction.

En retour, je vous ai offert bien moins que ce que vous méritez. J'ai laissé votre mère se débrouiller avec ça. Elle est bien plus douée que je ne le suis pour chasser les ombres. Mais ce silence est devenu en fin de compte mon ennemi, notre ennemi à tous. Je suis disposé, aujourd'hui, à le rompre. Camus a une maxime bien à lui pour qualifier ce que je m'apprête à faire : « À voyager, autant le faire plus léger. » Cependant, mon but n'est pas de me décharger sur vous. Mon fardeau s'éteindra en même temps que moi, personne n'aura à le reprendre. Si je me décide à parler, c'est parce que, par ma faute, vous souffrez. Et cela, je ne le tolère pas.

Le matin où nous avons trouvé le bras de cette pauvre femme, dans la rivière, j'y ai vu un signe funeste. Cette eau ne charriait pas que des cadavres jetés au fin fond d'une grotte cachée. Elle exhumait mon passé. J'ai compris que le moment était venu pour moi d'être puni. Je n'ai pensé qu'à cela, à la forme qu'allait prendre le couperet.

Aussi, quand j'ai appris de la bouche de Camus que j'allais être arrêté, je n'ai pas été bouleversé. Cela va sans doute vous paraître bizarre, mais j'étais presque soulagé. Après des semaines à anticiper le pire, à le craindre, il prenait corps, enfin. Je n'avais plus à l'imaginer.

Je me suis toujours promis que, le jour venu, je ne me laisserais pas faire. Il était hors de question que j'assiste à la destruction de tout ce qui m'avait été accordé. Un mort ne voit plus rien…

Avant que l'on me jette à l'arrière de cette voiture, menotté, votre mère m'a souri et m'a adressé un geste de la main. Vous ne pouvez pas savoir ce que cela a représenté pour moi. J'étais disposé à lâcher prise, à me laisser choir. Et voilà qu'elle se saisissait de moi, qu'elle me tenait à bout de bras.

Ce n'était pas la première fois. Quand je me suis installé à Fontmile, grâce à votre oncle Camus, je n'attendais rien d'autre de cette ville qu'un endroit où élever tranquillement votre sœur. Il n'était pas question d'un quelconque nouveau départ. Seulement du temps, le temps que Marie grandisse le mieux possible et qu'elle prenne son envol. Je me voyais suspendu au bord d'une falaise, les doigts crispés. Il me fallait tenir, juste tenir. Me lancer dans l'aventure de l'hôpital n'était en aucun cas une ambition personnelle ni le souci d'accorder un meilleur service de santé à mes semblables. Cela me permettait de patienter. Tout était une question de temps.

Mon nouveau statut m'imposait alors de participer à quelques mondanités. De forcer ma nature pour me montrer causant, affable, concerné par ce que disaient et pensaient les élus et les décideurs dont le soutien nous était indispensable. Ces soirées, je les vivais comme un calvaire. Je n'avais qu'une hâte, celle de rentrer chez moi le plus rapidement possible. En m'efforçant de ne pas le montrer. Mais, un soir, je me suis retrouvé dans une belle et grande demeure, une de celles que l'on trouve en bordure du parc Saint-Jean. Elle m'en a rappelé une autre, similaire en de nombreux points, à Manipont. Et une soirée mondaine qui y avait été organisée, faisant fi de l'impudeur que cela représentait alors, durant l'Occupation. Une soirée qui m'avait laissé de vilains souvenirs.

Ceux-ci sont revenus me hanter tandis que je jouais mon rôle dans l'enfilade de salons, un verre à la main. J'ai été obligé, à plusieurs reprises, de m'isoler quelques instants, histoire de me débarrasser de cette sensation d'étouffement qui ne me laissait aucun répit. J'ai fini par m'échouer sur une large terrasse, mal éclairée et donc oubliée de tous. Il faisait frais. Je me suis accoudé à la balustrade, j'ai tenté de respirer et j'ai contemplé la nuit. C'est une vieille complice dont j'ai toujours apprécié la présence.

Je suis né sur cette terrasse, mes enfants. Contrairement à ce que j'avais cru, je n'y étais pas seul. Dans un angle plongé dans l'obscurité, il y avait une jeune femme qui fumait en cachette. Sa voix s'est élevée dans mon dos, me faisant sursauter.

— Vous aussi, vous trouvez qu'on s'amuse tellement à l'intérieur que vous en avez le souffle coupé ? Pour ma part, la dernière fois que j'ai vu des gens aussi radieux, c'est le jour où mon petit chien s'est fait écraser sous mes yeux.

Malgré l'absence d'éclairage et la masse sombre du bâtiment, je suis parvenu à distinguer sa silhouette. Un peu comme si celle-ci était nimbée d'un halo. Elle était assise sur un banc, les jambes étirées devant elle, les pieds nus, ses chaussures posées à côté d'elle. Elle a ri de mon embarras et de ma surprise. Si sa voix était une musique irrésistible, son rire était une symphonie à lui seul. Je la devinais jeune, trop jeune pour moi. J'aurais dû me sentir vieux, trop vieux. Or, cela ne fut pas le cas.

— Si vous le souhaitez, je peux vous aider à vous enfuir à travers tous ces beaux jardins. En un rien de temps, on sera dans les bois.

— Vous aidez souvent les gens à s'exfiltrer de ce genre de corvées ?

— Il y a de quoi en faire un métier d'avenir. Il faut que j'y réfléchisse. Néanmoins, je dois vous avouer que vous serez mon premier client.

— Qu'est-ce qui vous fait croire que vous avez les compétences pour une mission aussi délicate ?

— J'ai été élevée chez les bonnes sœurs, mon cher. On y apprend énormément de choses, comme ne pas croire en Dieu, utiliser les jurons les plus indécents qui soient ou trouver tous les moyens possibles pour s'échapper.

Elle s'est tue. Il ne restait plus que l'odeur de son tabac.

— Indécents comment, les jurons ?

— Comme « Pute borgne » ou « Que le cul me pèle ».

— Je vois. C'est une chance dans la vie que de pouvoir bénéficier d'un tel apprentissage.

— À qui le dites-vous !

Elle a porté sa cigarette à sa bouche. À l'épais nuage de fumée qui s'est immédiatement formé, j'ai compris que le tabac n'était pas vraiment dans ses habitudes. Plutôt un moyen d'atténuer son ennui ou d'embêter le monde.

— Comment vous appelez-vous ? ai-je risqué.

— Moi, je sais comment vous vous appelez. Vous êtes le docteur Neyrat, celui de cet hôpital flambant neuf.

— Nous sommes-nous déjà rencontrés ?

— Je vous ai déjà vu. Vous ressemblez à un ours évadé d'un zoo, ça ne passe pas inaperçu. Pour les bois, ne tardez pas trop à prendre votre décision, parce que j'entends d'ici les dresseurs qui s'inquiètent de votre absence.

— Je crois que je vais renoncer à fuir, mademoiselle. Il n'y a plus de raison que je le fasse, désormais.

— Seriez-vous en train de m'adresser un compliment ?

— Vous ne voulez toujours pas me dire votre nom ?

— Absolument pas. À vous de me retrouver au milieu de tous ces gens si enjoués et si passionnants. Je suis curieuse de savoir si votre intérêt résistera à la lumière. Je vous donne deux indices : j'ai une énorme verrue sur le nez et une bosse dans le dos.

— Carabosse ! Enfin, je te tiens !

Cela ne l'a pas fait rire.

— À plus tard, cher petit ours. Du moins, peut-être…

Je me suis plié à son jeu. J'ai quitté la terrasse en premier. J'ai arboré un sourire imbécile durant un certain temps. Bon sang ! Qu'est-ce que je me sentais bien ! Je crois bien n'avoir jamais été aussi bien de toute ma vie. J'ai savouré ce sentiment délicieux. Je me suis montré souriant, plus qu'aimable, provoquant le ravissement des autres convives. J'étais reconnaissant à la Terre entière de m'offrir un tel cadeau.

La panique n'est survenue qu'après, quand je ne l'ai trouvée nulle part. Moi qui faisais d'ordinaire partie de ceux qui s'éclipsaient dès que possible, voilà que je redoutais la fin de cette soirée. Hélas ! le moment de clore les débats est arrivé trop vite, et il a bien fallu que j'admette mon échec. La mort dans l'âme, et dans ce cas de figure, ce n'était pas qu'une expression, je suis allé récupérer mon manteau. Au vestiaire, j'ai tendu machinalement mon ticket, cherchant une dernière fois du regard parmi les convives qui restaient.

— Vous avez un manteau de croque-mort. Ce n'est pas de très bon augure pour les patients. Que le cul me pèle si je vous laisse m'opérer un jour !

Je me suis retourné d'un bond vers la fille chargée du vestiaire. Il y avait bien de la lumière, de la lumière partout. Dans son regard, dans son sourire complice, sur ses joues… Partout ! Respirer, le faire réellement pour la première fois, découvrir un horizon, cela fait une sacrée impression. Moi, j'avais envie de courir, de hurler, de tout faire et de tout voir.

J'en ai oublié ma fichue falaise et le vide qui m'aspirait. Je n'ai plus pensé qu'à elle et à ce prénom prédestiné : Estelle.

Un jour sans la voir, et je me désespérais. Elle vivait encore chez vos grands-parents, aussi indocile qu'il est possible de l'être. Les pauvres, ils étaient épuisés. Malgré mes dix ans de trop, ils m'ont accueilli tel un sauveur.

Elle rêvait de peindre et de dessiner. Les œuvres qu'elle a accepté de me montrer étaient à son image : une fenêtre ouverte sur des étendues si vastes et si engageantes qu'on ne pouvait que s'y ruer, sans craindre de se perdre. Et, disséminées çà et là, d'autres fenêtres à ouvrir sur d'autres étendues. À l'infini.

Au jardin public, elle prenait Marie par la main et l'accompagnait jusqu'au manège où elle ne voulait jamais monter toute seule. Ensuite, elles allaient s'asseoir toutes les deux au bord du bassin et observaient les poissons rouges. Estelle leur avait trouvé à tous un prénom et leur avait inventé une vie. Elle leur faisait raconter leurs histoires en prenant toutes les voix. Je voyais ma fille rire aux éclats. Jusque-là, seul Camus savait la faire rire. Mais jamais autant.

Estelle avait beau ne pas croire en Dieu, elle tenait malgré tout à se marier à l'église. Elle disait que ce serait la seule fois de sa vie où elle entendrait les cloches sonner rien que pour elle. Le jour de notre mariage, elle a mis à mal tout le protocole. Elle a fait entrer son père dans la nef et m'a obligé à quitter ma place devant l'autel pour la rejoindre sur le parvis. Nous y sommes demeurés tous les deux un bon moment, si bien que certains à l'intérieur ont cru que le mariage était annulé. Elle levait les yeux vers le ciel et écoutait les carillons en souriant aux anges.

— Tant que je n'entre pas, est-ce que tu crois qu'ils seront obligés de continuer à sonner ?

Voilà quelques bribes de notre premier matin. Vous êtes nés tous les deux de cette aurore. La lumière n'a jamais cessé de briller depuis. Il m'est arrivé de ne plus m'en rendre compte. J'ai conservé mes heures moroses. Je les ai enfouies à l'hôpital ou à Combe-Sourde. Mais elles étaient désormais entourées d'un halo qui les détachait de l'obscurité.

Mon arrestation a été l'occasion d'ouvrir de nouveau les yeux, de retrouver cette terrasse mal éclairée dans une nuit d'automne.

Je ne vais pas vous mentir. Il y a eu des moments où la tentation de renoncer a été forte. Le plus difficile à vivre a été après ma libération. Tout était déréglé et abîmé. Partout où je portais le regard, il y avait des dégâts. Sans compter les lettres de menaces, les coups de téléphone malveillants, les patients qui refusaient d'être soignés par toi, Valentine, votre mère qui devait affronter les insultes dès qu'elle mettait le nez dehors…

Valentine, au cours de cette sombre période, tu m'as surpris dans mon bureau, en train de vider mes placards. Tu as eu raison de t'inquiéter. Je t'ai répondu que j'en profitais pour faire du tri, que cela faisait des années que je devais m'y mettre. Tu ne m'as pas cru. Tu as fondu en larmes, depuis cette porte que vous avez tous eu tant de mal à franchir. J'aurais dû te prendre dans mes bras pour te consoler, te promettre que tout irait bien. Je n'ai pas osé le faire alors que j'en mourais d'envie. Et je n'ai pas voulu te duper. Mon intention, c'était bien de disparaître de vos vies ; tu l'avais deviné. Par ma faute, vous étiez malmenés. Sans moi, cela pouvait s'arrêter.

Mais tes larmes ont tout emporté. Je n'ai pas pu me résoudre à ne pas profiter de vous encore un peu.

François, mon fils, tu m'as vu dans la chambre de ta sœur ce fameux jour de Noël alors qu'elle était à moitié déshabillée. Tu as vu mes vêtements déchirés, le soir de la disparition d'Émilie, et les blessures sur mes bras et sur mon dos. Tu as affirmé que ce n'était pas vrai. Tu as menti pour me protéger. Le doute était permis. Les faits sont contre moi, les apparences aussi. J'en suis le seul responsable. Cent fois, mille fois j'ai voulu te parler, venir vers toi, monter à Paris, même, uniquement pour renouer le fil, passer du temps avec toi, t'encourager à quitter ce travail qui te mine, t'écouter aussi. Une fois encore, je me suis contenté de m'écarter. Le jour de mon retour à la maison, quand je t'ai découvert dans le reflet du miroir de la salle de bains, derrière la fenêtre du couloir, ma colère ne t'était pas destinée. Elle était adressée à moi, contre moi. Pour ne pas être fichu de sortir de cette salle de bains, de te rejoindre et de tout te raconter. Pour t'avoir placé dans une situation intenable, en laissant Marie t'entraîner dans son opération de démolition.

Comprendre qu'elle m'avait dénoncé n'était rien. Elle me dénonce et me condamne depuis tant et tant de temps que rien ne me surprendra plus venant d'elle. J'étais pourtant disposé à tout lui pardonner. Quand Estelle est entrée dans nos vies à tous les deux, j'ai cru qu'elle partageait le nouvel horizon qui nous tombait du ciel. Hélas ! cela n'a pas été le cas. Je n'ai pas voulu le voir, au début. Vos naissances n'y sont pour rien. Le mal était déjà fait. Dans cette harmonie que nous construisions, il fallait que chacun accepte de s'oublier un peu. Elle ne s'y est pas résolue. Le jour où nous avons emménagé dans notre nouvelle maison, tous les trois, elle est venue me voir et m'a dit regretter l'ancienne. Je lui ai répondu que celle-ci était bien plus belle et bien plus vaste, qu'il y avait un jardin, que le quartier était agréable. Elle a répliqué que ce n'était pas notre maison pour autant. Qu'on n'avait qu'à la laisser à Estelle tandis que nous repartirions tous les deux *d'où nous venions*… Ces mots étaient lourds de sens, surtout dans la bouche d'une enfant de dix ans. Si j'avais su les entendre…

Je suis au courant de ce qui s'est passé ces jours-ci, de ce que tu as fait, François. Convaincre Camus de t'accompagner là-bas est un exploit que même Valentine n'est pas certaine de pouvoir égaler un jour. Il n'a pas su me le cacher, rongé par le remords. Il s'est cru déloyal alors qu'il ne m'a jamais autant aidé qu'en te permettant de lever le voile sur certaines choses.

Je souhaite que tu racontes tout ce que tu as appris à ta sœur. Votre mère est au courant depuis bien longtemps. Je vous l'ai dit, elle a un don pour chasser les ombres.

Ce n'est pas rien dans la vie d'un homme que de ne pas se sentir seul.

24

Je suis heureux que vous ayez tant pris de votre mère. Mais je le suis également que vous me ressembliez, à certains moments. Vous aimez la nuit tous les deux. Elle ne vous fait pas peur. Chaque fois que je vous entendais sortir par les fenêtres de vos chambres pour vous aventurer dans le jardin plongé dans le noir, je souriais tout seul. Et puis, vous aussi adorez la neige.

Enfants, vous la guettiez. La pelouse n'en était pas recouverte d'un tapis blanc que vous ne pouviez rester à l'intérieur. L'un de mes plus grands plaisirs était de vous réveiller au petit matin pour vous chuchoter dans le creux de l'oreille que vos vœux avaient été exaucés durant la nuit. Vous aviez des réactions similaires, entre le rêve et la réalité, le sommeil et l'émerveillement.

Il a beaucoup neigé l'hiver dernier. Fin janvier, il y a eu une matinée où notre ville s'est même retrouvée paralysée. J'ai beaucoup pensé à vous, ce matin-là. Valentine, tu as dû le sentir parce que tu t'es dépêchée de venir à la maison. Le jour où on nous a montré à la télévision des images de Paris sous la neige, Estelle s'est inquiétée de toi, François. Elle t'a téléphoné et tu lui as répondu que la neige sans Valentine, ce n'était pas vraiment de la neige. Nous partageons tous ce constat. Aussi étais-je ravi que ta sœur ait bravé la tempête pour nous rejoindre.

Quand l'averse s'est calmée, je t'ai proposé d'aller marcher dans le quartier. Je t'ai dit que j'en profiterais pour fumer ma pipe. Mais je souhaitais surtout être avec toi.

Nous avons commencé par avancer en silence. La couche était épaisse, l'une des plus épaisses que j'aie connues depuis que je vis à Fontmile. J'ai fumé tranquillement. Nous marchions au beau milieu des rues. Puis, une fois que j'avais rangé ma pipe, tu m'as dit que ton frère collait de la neige partout dans ses dessins et qu'il affirmait que c'était plutôt compliqué à dessiner.

— Il n'y a pas de westerns qui se passent sous la neige, si ?

J'ai bondi.

— Je n'en crois pas mes oreilles ! Tu n'as donc rien appris ! Il y a de la neige dans *La Prisonnière du désert*, et pas qu'un peu. Je pourrai t'en citer cinq ou six autres dans la foulée si tu m'accordes dix secondes de réflexion.

Tu as éclaté de rire.

— Chaque hiver, avec François, on plaçait deux galets sur le rebord du muret. Tous les soirs, en rentrant de l'école, on les décalait vers l'autre bout de la clôture. Dès qu'il neigeait, on les replaçait au départ. J'étais persuadée qu'ils y étaient pour quelque chose. Ceux qui n'étaient pas assez efficaces et qui atteignaient le pylône sans flocon, on les bazardait. Mais les autres, les bons, je les conservais précieusement dans une boîte et je les ressortais l'année d'après. C'étaient nos cailloux à neige.

Je me suis risqué à raconter que, quand j'étais gamin, on s'écrivait des messages dans la neige. Cela a eu l'air de te toucher, ma fille. Et moi, ça m'a plu de te dire ce genre de choses. Je me suis alors rendu compte que la neige était le vrai début de mon histoire, le ventre qui m'avait porté.

Comme vous le savez déjà, mes parents étaient tous deux instituteurs. En 1923, ils ont pris leurs postes à l'école communale de Montfranc. J'avais six ans et, des années précédentes, je n'ai rien gardé en mémoire. Le village était loin de tout, perché dans les contreforts alpins. Il pouvait mener ainsi sa propre vie, avoir sa propre respiration, au milieu d'un paysage exceptionnel sur lequel il veillait avec un soin jaloux. L'école était grande. Nous logions au premier étage. En bas, il y avait les deux salles de classe, avec deux entrées distinctes, une pour les filles, une pour les garçons. Et deux cours herbeuses, séparées par un haut mur qui ajoutait au mystère de ce qui pouvait bien se passer de l'autre côté. Les plus hardis tentaient de l'escalader en cachette. Mais malheur à ceux qui se faisaient pincer !

Les filles, nous ne les croisions que le matin et le soir, avant et après la cloche. Enfin, ceux qui habitaient ailleurs les croisaient parce que, moi, coincé dans cette école qui était également ma maison, je me contentais de les regarder de loin.

C'est sans doute de là que me vient cette habitude de regarder les choses en me disant qu'elles ne sont pas faites pour moi. J'aurais dû passer moins de temps à dévorer *Le Grand Meaulnes*. Mais ce bouquin me touchait énormément. Si bien que j'avais l'impression qu'il n'avait été écrit que pour moi. L'aventure, à mes yeux, commençait de l'autre côté du portail. Quand j'ai obtenu l'autorisation de le franchir, je me suis pris pour un explorateur, arpentant la montagne dans tous les sens comme si c'était la forêt d'Amazonie et que j'y cherchais sans relâche une cité disparue.

L'aventure a pris une autre tournure lorsque Marguerite Jussié est entrée dans ma vie. J'avais dix ans. Si elle avait plus ou moins le même âge que moi, je l'ai toujours vue plus grande et plus mûre que je ne l'étais. Y compris quand nous étions adultes. Son père était le nouveau forgeron du village. Sa mère faisait de la couture. On racontait qu'elle avait travaillé en ville, dans une boutique de vêtements de luxe. C'était faux, mais elle entretenait l'illusion en habillant sa fille aînée de jolies robes colorées qui, paraît-il, étaient ce qui se faisait ailleurs, dans le vrai monde. Marguerite était jolie. Je la préférais vêtue plus simplement, les cheveux détachés, comme quand nous allions pêcher ensemble ou ramasser des myrtilles. Elle affichait alors un côté sauvage qui lui allait bien mieux.

Tous les garçons la dévoraient des yeux. Ils ne parlaient que d'elle. J'avais beau ne pas dire grand-chose, je dois avouer qu'elle m'obsédait tout autant que mes camarades. J'étais presque disposé à tenter ma chance en haut du mur uniquement pour pouvoir l'observer quelques secondes. J'ai fait pire que cela. Un jour, prétextant une fausse fièvre, j'ai gardé le lit toute la journée. Je me suis ennuyé à mourir car, dans ces circonstances, mon père m'interdisait tout loisir, à commencer par les livres. Il arguait que, si je n'étais pas apte à suivre son cours, je n'étais apte à rien d'autre. La fenêtre de ma chambre donnait sur la cour des filles. J'ai accepté une journée dans cette prison rien que pour apercevoir Marguerite Jussié, vingt minutes le matin et vingt minutes l'après-midi. Et encore, quand elle ne sortait pas de mon champ de vision.

Elle a remarqué l'intérêt que je lui portais. J'ignore ce qui me distinguait des autres garçons. Je crois que mon statut particulier, celui de résident permanent de cette école, l'intriguait au plus haut point. En tout cas, je n'ai pas été très discret le soir quand, ayant obtenu grâce à mes excellents résultats scolaires l'autorisation de faire un bout de chemin avec mes copains alors qu'ils rentraient chez eux, j'en ai profité pour la suivre. Je me tenais pourtant à une distance raisonnable. Je l'épiais jusqu'à ce qu'elle passe l'angle de la forge de son père. Je n'osais pas aller plus loin, me contentant ensuite de baver devant les bocaux de bonbons de l'épicerie ou de caresser les chevaux de trait qui rentraient des champs.

Elle m'a encouragé à persévérer. Elle me jetait de petits regards par-dessus son épaule et ralentissait même son allure afin que le trajet dure un peu plus longtemps.

Un soir, je l'ai vue se pencher sur le bord du chemin et y déposer quelque chose. Il s'agissait d'une pierre plate, parfaitement polie et d'un gris uni presque argenté. Des pierres semblables, on ne pouvait en trouver que dans le lit du ruisseau. Je l'ai emportée, espérant qu'elle était pour moi ; je l'ai considérée comme un trésor, la preuve formelle de l'existence passée de ma fameuse cité disparue, celle qui regorgeait de richesses. Plusieurs soirs de suite, je l'ai serrée dans le creux de ma main au moment de m'endormir.

Je me suis dépêché de trouver à mon tour un présent à lui offrir. J'ai opté pour un galet d'un noir parfait, d'une forme biscornue qui le rendait unique en son genre. Je l'ai déposé au même endroit, le matin, avant l'arrivée des autres élèves. Après la classe, je me suis aperçu avec ravissement que Marguerite le faisait tourner entre ses doigts tandis qu'elle repartait chez elle.

Nous nous sommes laissé plusieurs cadeaux au bord de ce chemin, sans jamais nous adresser la parole.

Et puis la neige est arrivée, remettant en cause notre rituel. J'ai failli l'en maudire. Le lendemain soir, j'ai suivi ma bien-aimée, comme d'habitude. Elle s'est arrêtée à l'endroit exact. Mais, au lieu de me réserver un nouveau caillou, un de ses rubans ou un éclat de métal dérobé dans l'atelier de son père, je l'ai vue se saisir d'une petite branche morte et tracer quelque chose dans la neige. Elle a pris tout son temps. Ensuite, sans me regarder, elle s'est précipitée vers le village, me semant au passage.

Son message était court et, aux yeux de l'enfant que j'étais, on ne pouvait guère espérer meilleure prose. J'en ai appris chaque mot par cœur, tandis que les flocons les effaçaient inexorablement : « Il est ce qui me manque. »

Cette phrase avait bien plus de sens que celui que je lui ai alors prêté et qui m'a bouleversé. À elle seule, elle résume l'existence de Marguerite.

Je n'ai pas su comment lui répondre. Nous étions à la veille d'un jour sans école, aussi avais-je un peu de temps devant moi pour réfléchir. En fait, elle ne m'a pas laissé ce temps-là. Le lendemain, je jouais tout seul dans la cour de l'école quand elle est apparue de l'autre côté du portail.

— Pierre Neyrat, quand vas-tu te décider à me parler ? m'a-t-elle lancé, les deux mains sur les hanches et la mine renfrognée. Puisque tu n'écris pas, j'espère au moins que tu sais causer.

J'en suis resté pantois, tenant piteusement les morceaux de bois que je tentais en vain d'assembler pour en faire un traîneau destiné à mon expédition polaire. J'ai mesuré du coin de l'œil la distance qui me séparait de notre porte, tenté de fuir, de m'enfermer et de ne plus jamais ressortir. J'ai oublié pas mal de choses de cette période. Mais pas ce sentiment, cette envie de prendre mes jambes à mon cou et de m'éloigner de son emprise.

Je n'ai pas fui. J'ai baissé les yeux en haussant les épaules. Elle s'est mise à rire. Sans doute se moquait-elle de moi, mais je ne l'ai pas perçu ainsi. J'y ai débusqué une hardiesse que je ne m'étais jamais suspectée.

Mes parents ne virent pas d'un très bon œil notre relation. Surtout ma mère, qui la tenait pour une fille peu fréquentable. Il n'était pas question qu'elle pénètre dans l'enceinte de l'école pour jouer avec moi. Cependant, à force de nous voir échanger par-dessus le portail ou à travers les mailles du grillage du fond, ils ont consenti à me laisser sortir plus souvent que d'ordinaire.

La montagne et la forêt sont devenues nos terrains de jeux. Nous y étions loin des autres, et elles n'appartenaient qu'à nous. Marguerite les idéalisait toutefois moins que je ne le faisais. Elle, elle ne cessait de parler de la ville. Elle insistait pour que je lui raconte les histoires tirées des livres que je dévorais. Elle m'écoutait alors sans m'interrompre, assise sur un rocher ou allongée à plat ventre dans l'herbe, le regard fixé sur l'horizon. Quand j'avais terminé, elle me souriait, ses bras et ses jambes serrés contre elle, et ponctuait tout cela d'une sentence rituelle :

— Tout ce qu'il y a à faire, Pierre ! C'est incroyable tout ce qu'il y a à faire !

Nos moments ensemble étaient plus que chastes. Nous évitions de nous frôler ou d'échanger des œillades trop insistantes. Néanmoins, j'ai eu droit à trois baisers. Le dernier, à ma grande satisfaction, m'est apparu franchement indécent. Juste avant que je quitte Montfranc pour le lycée de Manipont où le concours des bourses m'avait envoyé. Elle m'en voulait de partir sans elle. Si bien que, le jour de mon départ, elle ne s'est pas montrée. Je l'ai guettée en vain, jusqu'à ce que l'autocar démarre.

J'ai pensé à elle toutes les heures de mon exil forcé. Plus d'une fois, je me suis imaginé faire le mur au milieu de la nuit, repartir chez moi pour l'enlever. Alors que je n'avais même pas l'audace de mettre un pied hors de mon lit par crainte du surveillant.

Mes retours épisodiques à Montfranc ont été plus que douloureux. À l'évidence, Marguerite m'oubliait. De notre ancienne complicité ne restaient que des souvenirs et des lettres sans réponse. Jamais elle ne m'a attendu. Jamais plus elle n'est réapparue sous mes fenêtres ni n'a ouvert la sienne. Quand nous nous croisions par accident, elle se contentait d'un hochement de tête si fugace que j'étais bien le seul à le distinguer. J'en ai été ravagé. Je n'ai trouvé mon salut que dans mes études que j'ai affrontées tel un ennemi à abattre, la cause de tous mes maux.

Deux ans après mon départ, Marguerite a disparu. Elle a quitté le village du jour au lendemain. Sa famille n'osait dire où elle était passée. Ma mère pensait qu'elle n'en savait tout bonnement rien. Les rumeurs en faisaient une scandaleuse, les moins sévères la transformant en mannequin-cabine à Lyon ou à Paris, les plus acides en protégée de vieux messieurs fortunés ou en apprentie comédienne courant les cabarets mal famés et passant de bras en bras sans vergogne, et moyennant finance.

J'entendais tout cela. Je ne lui en voulais plus de m'avoir trahi. De nous deux, c'était bien moi qui l'avais abandonnée et non l'inverse. On avait beau me dresser un portrait à charge de son existence dévoyée, elle demeurait la jeune fille douce et gentille, aimant la liberté par-dessus tout, rcsscmblant à un papillon. Faisant ce qu'un papillon doit faire, papillonner.

25

De vous trois, c'est François qui me ressemble le plus. Ou, du moins, c'est ainsi que je le perçois. Je ne vais pas me chercher de fausses excuses.

Ainsi, le soir où j'ai appris la disparition d'Émilie, je n'ai pas pu m'empêcher de faire un parallèle avec celle de Marguerite. J'ai eu de la peine pour toi. Je pensais savoir ce que tu pouvais ressentir. Je n'ai pas pris la réelle mesure de la situation. Je l'ai pensée envolée, elle aussi. Bien entendu, j'ai envisagé d'autres scénarios, y compris les plus terribles. Or, au fond de moi, je n'y croyais pas vraiment. Je n'en ai pris conscience qu'avec l'absence de bruit. Marguerite, même disparue, faisait du bruit, un bruit lointain dont je percevais les échos. La jeune Émilie n'en a fait aucun. Alors, j'ai su que je m'étais fourvoyé. Tout comme toi, mon fils, tu as fini par le comprendre.

Il m'est arrivé de mal la juger, j'en fais la confession. Surtout les derniers temps. J'ai décelé en elle ce sentiment de se sentir trop à l'étroit. Cela faisait pendant à Marguerite. Je me suis montré injuste de les associer. Tout comme Marie s'est montrée injuste en faisant d'elle une intrigante qui se jouait de nous, de toi, pour se faire une place. Émilie ne s'est jouée de personne. Sinon, elle aurait mieux dissimulé ses doutes. Marguerite, elle, s'est bel et bien jouée de moi. Je l'ai même encouragée à le faire.

Mes années de lycée et de faculté de médecine me laissent le souvenir d'un long tunnel, marqué par la maladie et la mort de mon père ainsi que par une profonde et immense solitude. Je n'en ai émergé qu'au moment où notre monde était sur le point de sombrer. La guerre était presque sur nous. C'est alors que j'ai retrouvé Marguerite.

C'était à Manipont. Je ne sais plus quel condisciple était parvenu à me traîner dans un bal ni pourquoi j'ai accepté. Je l'y ai reconnue immédiatement. Cela faisait une dizaine d'années que nos routes étaient séparées. Je n'ai jamais réellement su de quoi avait été faite la sienne. Je ne lui ai même jamais posé la question, de peur qu'elle ne me mente pas. Quoi qu'il en soit, elle y avait acquis une beauté plus affirmée mais qui, à mes yeux, avait perdu son éclat. Elle était très élégante, plutôt éloignée du mauvais genre qu'on lui avait trop souvent prêté. Elle accompagnait un type qui parlait fort et qui passait d'un groupe à l'autre, faisant peu de cas de sa présence. Le hasard les a fait asseoir en face de moi. Je n'ai pas pu détacher mes yeux d'elle et, quand elle a levé les siens sur ma petite personne, il ne s'est rien passé, le vide absolu. Elle ne m'avait pas reconnu.

Je me suis dit que c'était un signe du destin. Le livre que je dédiais à Marguerite en était à son ultime page.

J'avais désormais le droit de le refermer et de m'en défaire.

Ce bal a été mon dernier. Ce devait également être le dernier avant longtemps pour beaucoup de monde. Je m'en suis éclipsé, rasant les murs pour que personne ne puisse bloquer ma retraite. Une fois dehors, j'ai fait quelques pas dans la nuit. Je n'étais pas triste. Je n'étais pas soulagé. J'étais un peu tout cela, toujours à naviguer entre deux eaux, ce qui a toujours été un de mes plus grands torts, peut-être le plus grand.

La nuit. J'ignore pourquoi je l'aime autant. On m'a pourtant toujours dit de m'en méfier. Enfant, j'adorais rouvrir mes volets en cachette pour la voir depuis mon lit. Plus grand, je m'y suis promené, toujours de manière clandestine, le plus souvent sans lampe, me contentant de laisser les sons me guider. Adulte, j'ai découvert son autre visage, moins amène, dans la ville. Je la préfère nue. J'ai retrouvé cette sensation à Combe-Sourde. Quand on dit que j'y passe la nuit, ce n'est pas juste une expression, c'est la réalité. J'y reste pour elle. Pour la traverser de part en part.

Ce que je veux vous dire, c'est que marcher dans les rues après le bal était comme retrouver une amie. J'ai abouti dans un petit square désert, tout près de la rivière. Un réverbère solitaire l'éclairait péniblement. Je me suis assis sur un banc, à la frontière entre sa lueur fatiguée et les ténèbres complices.

Cette guerre, j'allais la faire. Comme mon père avait fait la précédente. Qu'elle m'emporte et ne me rende jamais m'était égal. Au-delà, il n'y avait rien pour moi. Au moins, elle représentait quelque chose de différent. Et peut-être le moyen de recommencer.

Soudain, surgissant de l'obscurité, une voix restée familière m'a interpellé :

— Pierre Neyrat ! Tu n'es toujours pas décidé à m'adresser la parole. Si tu ne parles pas, j'espère au moins que tu sais marcher.

Que dire ? J'ai été heureux qu'elle me rejoigne, voilà tout.

Pour ce qui est de marcher, nous l'avons fait, longtemps, jusqu'au petit matin. En revanche, si nous avons échangé trois mots chacun, ce fut le maximum. Il en a été de même les autres fois où nous nous sommes retrouvés. Nous nous promenions et nous parlions peu. Je ne savais pas trop ce qu'elle attendait de moi. Elle vivait dans une pension tout près du couvent, ce genre de pension où l'on case les filles perdues et que l'on associe souvent à Marie-Madeleine. Sa logeuse était une vieille bigote qu'elle surnommait « Pet de bique ». Elle ne disait pas de quoi elle vivait ni depuis combien de temps elle était ici.

Sans trop réfléchir, à la fin de notre cinquième errance dans les rues de Manipont, je lui ai demandé de m'épouser. J'avais cette idée en tête depuis nos retrouvailles. La solitude me pesait plus que je ne voulais me l'avouer. Et le temps qui passait me renvoyait aux décombres de mes rêves passés. Marguerite était un repère, le jalon de mes dernières bonnes années.

Sur le coup, je l'ai vue chanceler, bousculée par la panique qui venait de s'emparer d'elle. Maladroitement, j'ai cherché à justifier ma requête : la tempête était imminente, et il n'était guère aisé de l'affronter seul.

Je n'étais pas dupe. Je savais bien qu'elle n'était pas amoureuse de moi. Je me suis présenté comme elle voulait me voir, comme un pont, solide, jeté au-dessus du précipice. Avec la possibilité de trouver une route en face.

Elle a accepté, au grand dam de ma mère qui a refusé d'assister à nos noces et a refusé de me revoir jusqu'à sa mort, moins de deux ans plus tard. Nous nous sommes mariés en comité restreint, sans famille, avec très peu d'amis. C'était le début du mois d'août. Marguerite a emménagé dans l'appartement que je louais. J'ai poursuivi mes gardes à l'hôpital. Et, comme prévu, l'orage a éclaté.

Ce fut un drôle de mariage. Lorsque j'ai été mobilisé, l'affaire était déjà entendue. Il était clair que notre union n'était qu'un arrangement. Le goût sucré de nos jeunes années m'était passé. Il n'en restait que quelques traces, à peine perceptibles. Marguerite essayait tant bien que mal de revêtir son costume d'épouse. J'ai essayé en retour de ne pas voir à quel point nous étions mal assortis.

J'ai épousé un souvenir. Elle a épousé un avenir confortable en même temps qu'une issue de secours.

Les quelques fois où je suis revenu en permission, je l'ai fait sans envie et sans plaisir. Des combats qui ont eu lieu au printemps suivant, je n'ai pas vu grand-chose. J'étais cantonné dans un hôpital de campagne qui s'est révélé, comme le reste de notre armée, inutile et au mauvais endroit. Je n'ai entendu que les rumeurs de la guerre. Comme celles, terribles, qui disaient qu'à Lyon les Allemands jetaient sous les chenilles de leurs chars les soldats africains de nos unités en déroute.

La défaite m'a ramené à la maison. Elle m'a ramené à mon propre échec, à mon épouse mélancolique, à l'hôpital, à la grisaille de ma vie immobile. J'étais disposé à subir. Sans héroïsme ni passion. Pour me punir plus qu'autre chose. Me punir d'avoir laissé passer ma chance quand elle m'avait tendu les bras.

L'Occupation a d'abord été italienne, ce qui nous a évité l'administration allemande et celle de Vichy. Nous avons même vu des juifs venir se réfugier dans la vallée, sans chercher à se cacher outre mesure.

Les Italiens, justement, avaient pour habitude d'organiser des soirées, rassemblant ceux qu'ils jugeaient représenter les élites de la ville. Le but était d'instaurer une sorte d'accord tacite, un arrangement similaire à mon mariage avec Marguerite. Ils étaient là sans avoir envie d'y être. Ils fermaient les yeux sur certaines choses, et on ne leur créait pas d'ennuis. On m'avait recommandé d'accepter leur invitation. L'hôpital ne pouvait pas tourner sans leur aide. Alors je m'y suis rendu, Marguerite à mon bras.

Ces soirées se déroulaient dans cette fameuse demeure qui ressemblait tant à celle de Fontmile, le soir où j'ai rencontré votre mère. J'ai tenté d'y faire bonne figure. Au bout d'un moment, je n'ai plus vu mon épouse. Je l'ai cherchée dans les salons et sur les terrasses sans la trouver. À l'étage se situaient les chambres. En désespoir de cause, j'y suis monté. Je m'attendais à la surprendre dans un lit. Je savais bien qu'elle avait recommencé à papillonner, surtout durant mes absences de soldat. Toutefois, cela restait des bruits lointains, un peu semblables à ceux de la guerre.

Elle n'était pas dans l'une de ces chambres. Il n'y avait même personne. Je me suis retrouvé dans un couloir fait de portes verrouillées à double tour par le propriétaire des lieux.

L'endroit était nettement plus calme qu'en bas, feutré et plongé dans la pénombre, simplement éclairé par une fenêtre. Je me suis approché de celle-ci. Elle donnait sur un côté du parc peu aménagé, qui n'était pas censé être fréquenté. J'ai contemplé la nuit. Soudain, j'ai aperçu deux ombres se détacher d'un grand fourré. J'ai reconnu celle de Marguerite, accompagnée de ce qui ressemblait à un officier italien. Elle a rajusté la robe qu'elle s'était cousue. L'homme a voulu lui voler un dernier baiser. Ses mains l'ont parcourue, glissant sous le tissu. Elle l'a rappelé à la raison. Je l'ai presque entendue depuis mon perchoir lui dire qu'elle devait y aller, que son absence finirait par être remarquée.

Elle a filé. Lui s'est attardé un moment encore, allumant une cigarette en regardant les étoiles, visiblement satisfait de sa soirée.

Je n'ai rien dit. Je n'ai rien fait. Je suis redescendu et je me suis posé sur une des chaises du plus grand salon, celui où l'orchestre jouait. Marguerite est apparue. Elle m'a cherché du regard et, quand elle m'a trouvé, elle m'a souri. Non pour se moquer de moi mais par gentillesse, presque par regret.

Ce sourire, je le lui ai rendu.

Nous n'en avons jamais parlé.

26

J'ai subi la guerre. Elle m'a frôlé.

Je ne vais pas jouer les faux modestes. J'ai effectivement fréquenté la Résistance pendant quelque temps, mais celle-ci m'est tombée dessus par hasard. Jamais je n'ai cherché à la rejoindre. Il m'est arrivé de soigner quelques jeunes du maquis, d'en cacher quelques-uns dans les salles les plus reculées de l'hôpital grâce à la complicité des religieuses qui m'assistaient dans mon service.

Une nuit, on est venu me chercher pour me conduire dans la montagne où un gars s'était fait emporter la moitié de la main en manipulant une grenade. Rien de bien héroïque, étant donné que je ne risquais pas grand-chose. On ne se débarrasse pas d'un des derniers chirurgiens de la ville dans laquelle on est censé vivre.

Les choses se sont cependant envenimées après l'été 1943. Les Italiens ont été contraints de laisser leur place. Les Allemands ont voulu reprendre la situation en main. Ils n'étaient pas assez nombreux pour surveiller tout le pays. Alors, un peu partout, ils s'appuyaient sur un recrutement local, des groupuscules qu'ils confiaient à des petits chefs qui se croyaient exempts de tout contrôle. Une antenne de la Milice a ainsi été ouverte à Manipont et confiée à un ancien habitant de la ville : Jean Rivière.

Avant de croiser sa route, pour mon plus grand malheur, je ne savais rien de lui. J'ai ensuite appris qu'il était l'unique fils d'une pauvre femme qui sortait tout droit du foyer Marie-Madeleine, et avec qui il avait vécu dans un vilain galetas d'une des sordides venelles de la vieille ville. Il avait d'abord joué les petits voyous à l'abri des impasses, des portes cochères et des cercles de jeux. Puis, à force d'en fréquenter des plus grands que lui, il s'était mis à nourrir quelques ambitions, ce qui l'avait conduit à se rapprocher de Lyon, où les opportunités étaient plus nombreuses. D'une certaine manière, il avait réussi dans sa branche tout en restant un sous-fifre.

L'opportunisme n'était pas son seul moteur, la haine y était pour beaucoup. Il connaissait notre ville par cœur. Il détestait suffisamment la vie de misère qu'elle lui avait offerte. Cela faisait de lui la recrue idéale. Avec les hommes qu'il a enrôlés, tous de la même trempe que lui, il avait pour mission d'y faire le ménage.

Ils ont assassiné, torturé, mutilé, violé, pillé. Ils ont fait régner la terreur, et Rivière s'en délectait. Lui, l'enfant des mauvais quartiers, le moins que rien, prenait enfin sa revanche. Il n'a fait preuve d'aucune pitié. Aucune. Il avait même nourri le projet de tout raser avant de partir, de ne rien laisser de vivant derrière lui. S'il a renoncé, c'est parce qu'il n'en avait plus le temps ni les moyens matériels.

Marguerite est tombée entre ses griffes. Non pas comme une de leurs otages, celles qui finissaient dans les chambres de la maison qu'ils avaient investie. Mais comme compagne consentante. Ces deux-là se connaissaient, je ne l'ai appris que plus tard. Ils s'étaient croisés à plusieurs reprises à Lyon. Une partie de moi a voulu croire qu'il l'utilisait pour m'atteindre, pour être renseigné sur mes agissements et mes fréquentations. Être avec lui, c'était avant tout ne pas se positionner contre lui.

Une autre partie craignait qu'elle ne l'ait suivi par amour. Quelques semaines après qu'il eut placé Manipont sous sa coupe, Marguerite nous a quittés pour vivre avec lui. Rivière l'a installée dans la plus belle suite du plus bel hôtel de la ville où tout un étage n'était réservé qu'à son bon plaisir. Elle s'est affichée à ses côtés quand il s'est piqué d'organiser certaines mondanités, obligeant les notables de la vallée à le considérer avec respect, en égal. Elle n'est pas allée plus loin que cela, jouer les poupées de porcelaine que l'on exhibe comme un trophée. Mais beaucoup, et moi le premier, savaient qu'elle ne pouvait guère ignorer qui était son amant ni comment il occupait ses journées.

Quant à moi, on m'a conseillé la prudence. On m'a fait comprendre que, aux yeux de ce monstre, j'étais non seulement un suspect mais surtout un gêneur. Marguerite et moi avions eu un enfant, une petite fille. Officiellement, nous étions toujours mariés.

L'hiver 1944 a été la période la plus délicate. Le froid intense a fait redescendre les réfractaires au STO, qui n'en pouvaient plus de se geler les fesses dans la montagne. Ils se sont montrés plus impatients, plus désordonnés, aussi. Beaucoup l'ont payé très cher. Rivière a demandé et obtenu des renforts. Il ne se passait pas une journée sans qu'il y ait de nouvelles exactions.

Ayant pris au sérieux les menaces qui pesaient sur votre sœur et sur moi, j'avais déjà quitté la ville pour me réfugier dans la montagne. On m'a aidé à me cacher, dans une ferme. Je n'ai jamais eu de fusil ou une quelconque arme entre les mains. Je n'ai attaqué personne. Je me suis contenté de soigner, de guider quelques parachutages et de parler aux hommes qui venaient se refaire une santé, parfois juste pour dormir au chaud. On me trouvait plutôt doué : j'excellais à mettre de l'huile dans les rouages quand ceux-ci étaient grippés. Quand il a fallu trouver quelqu'un pour gérer Manipont et ses environs immédiats, on a pensé à moi. Avant tout parce que je n'étais pas politisé. Peut-être même parce qu'on me trouvait inoffensif.

À plusieurs reprises, on m'a posé les mêmes questions : pourquoi rien n'avait-il été tenté contre Rivière ? Pourquoi la maison dont il avait fait à la fois son siège, sa prison et son lupanar n'avait-elle pas été attaquée ? Pourquoi le grand hôtel où il dégustait son prestige nouvellement acquis n'avait-il pas sauté pendant qu'il y dormait ? Pourquoi lui avais-je laissé ma femme ?

La réponse n'a rien de glorieux, mes enfants : nous avions tous peur des représailles. Elles avaient été disproportionnées chaque fois que quelqu'un avait tenté de s'en prendre à lui ou à l'un de ses supposés amis. Et puis, les hommes tels que lui semblent être protégés par une bonne étoile. Deux fois, des initiatives isolées ont organisé son assassinat. Deux fois, il en a réchappé sans la moindre égratignure. « Comme par miracle », disaient certains. Mieux vaut ne pas rater sa cible quand on vise le diable…

Combien de victimes, entre l'automne 1943 et le mois d'août 1944 ? Je n'en sais rien. Quelques survivants qui avaient eu la malchance de passer par les caves de Rivière évoquaient des séances de torture dépassant de loin toutes les horreurs possibles et imaginables. Même la Gestapo allemande ne franchissait pas cette ligne. Il y a également eu des femmes utilisées comme objets sexuels, contraintes d'accepter toutes les humiliations, toutes les outrances. Celles qui n'étaient pas juives, pour peu qu'elles aient donné satisfaction, gagnaient le droit de revenir vers ceux à qui elles avaient été arrachées uniquement parce qu'elles étaient avenantes ou que leur famille méritait de recevoir un avertissement. Elles ont pu retrouver leurs pères, leurs fiancés, leurs maris, leurs enfants. Mais toute la ville savait ce qu'elles avaient dû faire pour avoir ce droit.

Vous connaissez déjà l'histoire du pont, les derniers prisonniers juifs jetés dans l'eau, harnachés avec des ceintures d'explosifs. C'était l'ultime message qu'il nous a adressé avant de s'enfuir : rien n'arrête jamais le diable, y compris quand il disparaît. Il vous poursuit sans cesse et vous laisse les ténèbres en héritage. Il n'en est que plus dangereux.

À la Libération, j'ai donc été désigné représentant officiel du haut-commissariat du département pour Manipont et ses environs immédiats. Mon rôle est resté le même : faire en sorte que les choses coulissent le mieux possible, que l'autorité du Gouvernement provisoire soit reconnue et exercée sans délai. Ma nomination a été contestée. Il se disait haut et fort que je n'avais pas la légitimité, au regard du comportement de mon épouse, que je n'avais pas su ni empêcher ni réprimer.

Il m'a fallu convaincre. Repêcher les derniers morts de Rivière a constitué ma première véritable action concrète. Je considérais que ma place était dans cette eau, avec les autres, à remonter les deux rives en quête de nouveaux restes à ramasser. Durant de nombreuses années, j'ai souvent revu ces images, ces morceaux de corps disloqués, pulvérisés, ce boyau long comme un serpent d'Afrique qui est venu s'enrouler autour de ma botte, dansant dans le courant. Il y avait aussi une odeur épouvantable qui me revenait en permanence aux narines.

Je n'ai pas fait cela par calcul. Je l'ai fait par devoir. Et cela m'a valu d'être un peu mieux assis sur le siège que l'on m'avait confié.

J'avais récupéré mon logement mais je n'avais pas de temps à consacrer à l'hôpital. Ma vie d'avant n'était plus. Mon vœu avait finalement été exaucé : tout avait été emporté par la guerre.

Marguerite n'avait pas attendu la débâcle allemande pour disparaître. Elle s'était volatilisée au printemps, trahissant son amant qui avait alors promis que tous les hommes de la ville lui passeraient dessus, de gré ou de force, dès qu'il la retrouverait. Certains la disaient en Suisse. D'autres en Italie, où je l'imaginais ayant retrouvé les bras salvateurs de son bel officier.

Elle n'a jamais cherché à reprendre contact avec sa fille, encore moins avec moi.

Dans mon esprit, elle était devenue irréelle comme si, depuis le soir du dernier bal, je l'avais inventée de toutes pièces. Comme si jamais elle n'était venue me rejoindre sous ce lampadaire fatigué. Sans l'existence de Marie, je m'en serais convaincu.

27

Les lendemains de guerre portent encore la guerre en eux. Et, par bien des côtés, elle empire. Les semaines qui ont suivi la Libération ont été affreuses. De partout me revenaient des récits alarmants et des rumeurs atroces.

Dans plusieurs villes, on torturait dans des maisons qui, quelques semaines plus tôt, avaient le même usage pour la Gestapo ou la Milice. On enlevait, on enfermait dans des prisons clandestines, on exécutait sans autre forme de procès. On lynchait. On obligeait les enfants à creuser les tombes de leurs propres parents avant de les abattre sous leurs yeux. On disait vouloir purger le pays de ses traîtres. Des résistants de la dernière heure se portaient volontaires pour tondre les femmes, les obliger à boire leur urine, leur couper les tétons, les faire défiler dans les rues, une croix gammée peinte ou gravée sur le front. Des faux maquisards faisaient régner la peur dans certaines campagnes, formant des petites troupes armées qui rançonnaient les paysans, accusés d'avoir pratiqué le marché noir. On attachait des collaborateurs notoires sur des places publiques, afin que toute personne en ayant envie puisse venir les frapper, leur cracher au visage ou leur pisser dessus. À force de bruit et de sauvagerie, certains parvenaient à détourner l'attention de leur propre passé, aussi peu recommandable. Des militants communistes enragés refusaient de déposer les armes et s'en prenaient à tous ceux et à toutes celles qui représentaient l'ordre à abolir. Des curés ont été victimes des pires supplices uniquement parce qu'ils étaient curés, des nobles ou des patrons parce qu'ils étaient nobles ou patrons. Le préfet qui a été amené à gérer le département à l'automne 1944 m'a raconté ce qui s'était passé en septembre, dans la région de Limoges, où le manoir d'un de ses amis, un dénommé de La Boissière, a été attaqué par des pseudo-résistants parmi lesquels figuraient plusieurs réfugiés espagnols. Cet homme est parvenu à mettre son épouse et leurs deux filles à l'abri avant de leur faire face. Lui avait été un vrai résistant, un de ceux qui comptent. Il a cru que cela suffirait à les faire reculer. Ils lui ont broyé les mains et les bourses. Ils lui ont brûlé la plante des pieds. Ils lui ont découpé les oreilles et le nez. Ils lui ont transpercé le corps à l'aide de baïonnettes chauffées à blanc. Et tout cela simplement parce qu'il était bien né. Comme il refusait de mourir, ses tortionnaires l'ont immergé dans une baignoire remplie d'essence et y ont mis le feu avant de s'en aller comme ils étaient venus, certains d'avoir accompli leur devoir. Vous le raconter me remplit encore d'effroi.

Manipont n'a malheureusement pas échappé à pareilles outrances, même si on n'y a pas connu le climat d'insurrection qui a pu régner ailleurs. Les réverbères du Pont-Neuf ont eu à supporter des pendus, anciens miliciens ou complices des forces d'Occupation. Dans les bois environnants, on multipliait les exécutions sommaires. Il y a eu dans les rues que j'étais censé sécuriser des femmes tondues qui ont été exhibées à la vindicte de la foule. Parmi elles se trouvaient d'anciennes otages de Rivière, à qui on reprochait le simple fait de continuer à vivre.

Jamais je ne me suis senti si inutile ni si dépassé par les événements. Je m'en suis ouvert aux autorités qui m'ont conseillé de faire le dos rond, le temps que ça se tasse. Ce n'était sûrement pas l'idée que je me faisais de la victoire.

J'ai alors pris l'initiative de créer une brigade censée rétablir l'ordre, composée de quelques policiers fiables. Le premier d'entre eux était Camus. On a pu mettre certaines personnes à l'abri. Innocents ou coupables, il ne nous appartenait pas de le dire.

Me dresser contre cette rage m'a valu quelques ennuis. Le commissariat où j'avais établi mes quartiers a été la cible de deux attentats. Attentats sans victimes mais avec de nombreux dégâts. J'ai reçu quelques amabilités dans ma boîte aux lettres. Vous voyez, déjà en ce temps, on aimait bien m'écrire. Sauf que ce n'était pas pour m'accuser d'être un tueur de jeune femme mais un complice des collabos, un agent caché des nazis. On m'a ouvertement menacé. Un matin, sur mon paillasson, j'ai même trouvé une douille de carabine entourée d'un ruban jaune que j'ai reconnu comme appartenant à votre sœur.

J'avais hérité de ma mère une maison à Montfranc, une ancienne fermette que mes parents avaient passé des années à préparer pour leurs vieux jours. J'ai hésité à tout laisser tomber et à m'installer là-bas, avec Marie. J'avais un métier, une enfant à élever, un lieu où revenir. Quand on possède tout cela, on ne perd pas son temps à s'occuper de politique ou de justice ou de je ne sais quoi du même acabit. Je me suis confié à Camus qui, en quelques semaines, était devenu le frère que je n'avais jamais eu.

— Ne vous laissez pas impressionner, Pierre, m'a-t-il encouragé. S'ils sentent que vous flanchez, rien ne pourra plus les arrêter.

Je n'avais pas le sentiment d'arrêter grand-chose. Cependant, je suis resté. Fatigué et inquiet, ne craignant pas pour ma propre vie mais pour celle de votre sœur, alors que je ne cessais de l'exposer davantage.

C'est durant cette courte période que j'ai vraiment eu l'impression de vivre une guerre. Voilà pourquoi on m'a collé une breloque au revers du veston. Ce que je n'aurais jamais dû accepter.

Voilà aussi pourquoi j'ai si peu de foi en l'âme humaine.

28

Marguerite a eu le tort de revenir, moins de deux mois après la Libération. J'imagine qu'elle n'avait nulle part où aller, seule, sans le sou et au bout du rouleau. Or, même dans ces conditions, il y a des endroits qu'il faut éviter. À moins de chercher à souffrir, ce qui était peut-être le cas. À peine avait-elle mis un pied à Manipont que les représailles lui sont tombées dessus.

Il existait une dernière prison clandestine en ville, située dans les caves d'un ancien hôtel. Nous ignorions encore son existence. Un des prisonniers est parvenu à s'en échapper. Il s'est précipité au commissariat implorer notre protection. En échange de celle-ci, il acceptait de donner les noms de ceux et de celles qui, comme lui, avaient obéi avec trop de zèle aux consignes de Vichy, voire à celles des Allemands. Nous avons préféré obtenir de lui l'adresse de cette fameuse prison. En baissant les yeux, il m'a informé que Marguerite comptait parmi les prisonniers.

Nous avons débarqué là-bas, et ils étaient une douzaine à hurler depuis les fenêtres qu'ils sauraient se défendre. Finalement, ils ont cédé au bout de trois heures de longues palabres, sans que personne ait à tirer le moindre coup de feu.

Ils avaient réservé un traitement de faveur à Marguerite. Elle avait été entièrement rasée, obligée de rester nue. Son dos et ses fesses étaient profondément marqués par les coups qui lui avaient été assenés à l'aide d'une large lanière de cuir. En guise de repas, sa gamelle était remplie de crachats et d'excréments. Dans un coin de cette petite pièce où nous l'avons trouvée, il y avait encore la batterie à manivelle, reliée à l'électrode avec laquelle on l'avait torturée.

Elle était couchée à même le sol, sans la moindre couverture. Quand je me suis penché sur elle, elle ne m'a pas reconnu. Elle avait maigri. Ses yeux étaient si éteints qu'ils avaient viré au gris. Pourtant, j'y ai revu la petite fille qui m'écrivait des messages dans la neige.

J'ai voulu être le seul à la porter. Camus m'a trouvé un drap avec lequel la couvrir. Nous sommes sortis. Dehors, il y avait tout un attroupement. Les policiers ont fendu la foule. Il y a eu des cris et des insultes. On la traitait de putain. On me traitait de complice, de traître et d'eunuque.

Je l'ai installée chez nous. Marguerite n'avait tué personne. Elle n'avait jamais mis les pieds dans la maison des gestapistes ni assisté à leurs horribles mises en scène. Ses fautes se bornaient à avoir été la compagne officielle de Rivière et, avant lui, d'un officier italien.

Mon devoir était de sauver la mère de ma fille. Je lui ai donc proposé que nous nous remettions ensemble, afin de lui offrir une certaine protection. Elle m'a demandé si je l'aimais toujours et je lui ai répondu la vérité : ce n'était plus le cas depuis longtemps. Je pense que, si j'avais dit autre chose, elle n'aurait pas accepté. Rester avec moi dans ces conditions, accepter cette vie, était la punition qu'elle estimait mériter.

Il était bien entendu hors de question qu'elle demeure à Manipont. La petite maison de Montfranc s'est imposée d'elle-même. Elle se situait un peu à l'écart du village, au sommet d'une colline, jouissant d'un environnement des plus paisibles dans un berceau de forêts et d'à-pics spectaculaires. De quoi laisser l'oubli œuvrer. Camus nous a accompagnés pour installer Marguerite du mieux possible.

Elle regardait Marie comme une étrangère. On sentait son dégoût. Elle redoutait par-dessus tout qu'elle ne l'approche. J'ai donc gardé votre sœur avec moi, en ville, le temps de régler mes dernières affaires. Mon exploit de l'hôtel m'a valu de perdre mes fonctions officielles, sous prétexte que le préfet pouvait assurer seul la transition. J'ai donc repris mon service à l'hôpital. Je montais au village toutes les fins de semaine, emmenant Marie. Je dormais dans le salon, tâchais d'améliorer le quotidien de mon épouse et de faire en sorte que nous nous réhabituions les uns aux autres.

Marguerite vivait en recluse. Elle ne voulait pas se montrer, ne s'aventurait qu'à peine dans les sentiers qui avaient pourtant été les décors complices de nos échanges. Elle s'aimait mieux enfermée. La maison, c'était sa prison. Une prison sans barreaux ni gardiens. Une prison où j'étais disposé à me laisser enfermer à mon tour.

Elle est parvenue à y redonner un semblant de vie, cousant elle-même les rideaux, arrangeant les vieux meubles pour les rendre moins austères. Quand je me suis rendu compte qu'elle avait passé la semaine à aménager la chambre de Marie, j'ai compris que le moment était venu de lui rendre sa fille. Et, pour moi, de m'installer ici.

Cela a duré une dizaine de jours, tout au plus. J'avalais une heure de voiture le matin à l'aube et une autre heure le soir, parfois au cœur de la nuit. Par chance, la neige était en retard, et les routes restaient praticables.

Le 18 novembre 1944, j'ai quitté Manipont au moment où les cloches de la cathédrale sonnaient vingt-trois heures. J'ai roulé jusqu'à Monftranc. C'était une nuit dégagée, avec la lune qui brillait haut, annonciatrice d'une forte gelée blanche. Je me suis garé au bord du cimetière où reposaient mes parents, finissant le trajet à pied, à travers le petit morceau de forêt puis notre champ où l'herbe craquait sous mes pas, déjà figée par la glace. Je passais toujours par la porte de derrière, celle de la cuisine. Mon dîner m'attendait dans le garde-manger. Mon couvert était mis. La braise couvait dans le poêle. Il faisait bon. J'aimais bien ces moments où je mangeais tout seul, en silence, parfois même sans allumer la lampe. Je me disais que, tôt ou tard, cette existence-là aurait forcément du bon.

Mais, ce soir-là, dès que j'ai pénétré à l'intérieur, je n'ai pas trouvé les agréables parfums habituels. Au lieu de cela flottait une odeur âcre, nauséabonde. L'odeur de la poudre. Je n'ai pas eu à beaucoup m'avancer pour découvrir les premières douilles vides sur le sol. La porte de la chambre de Marguerite était ouverte. La lueur de la lune suffisait à me révéler le plancher couvert de cartouches. Je ne me suis pas approché. La seule chose qui m'importait était de grimper l'escalier et d'aller voir Marie. Je ne sais pas où j'ai trouvé la force de le faire. Je savais ce que j'allais découvrir à l'étage. Je n'avais pas le moindre espoir qu'il en soit autrement.

Elle était dans son lit à barreaux, celui qui avait été le mien en son temps. Elle dormait paisiblement. Ici, pas d'odeur de poudre, pas de cartouche, rien qui puisse augurer de la sauvagerie des hommes. J'ai vérifié à plusieurs reprises qu'elle était indemne, en évitant de la réveiller. Il m'a fallu du temps pour accepter de quitter cette petite chambre sous les toits, de la laisser dormir.

En bas, je n'ai touché à rien. Ils s'étaient alignés au pied du lit dans lequel Marguerite dormait. Elle avait dû se réveiller. Elle les avait vus, debout devant elle, les gueules de leurs canons pointés. Elle avait cherché à ramener le drap sous son menton. Elle avait peut-être pleuré, imploré la grâce pour notre fille. Ils avaient tiré. Tiré, rechargé, puis tiré encore. J'ai compté en tout vingt-huit douilles. Le corps était déchiqueté. Seule une partie du visage avait été épargnée. Le thorax, l'abdomen, les jambes, tout était en charpie. Le bras droit en avait même été arraché.

Je suis sorti. Je suis descendu jusqu'à la maison du maire. J'ai utilisé son téléphone pour prévenir Camus. Je ne me souviens même plus de ce que j'ai pu lui dire. J'avais besoin qu'il vienne. J'ai insisté pour que rien ne soit entrepris avant qu'il n'arrive. Le maire m'a proposé son aide. J'ai refusé. Je suis remonté chez moi et je me suis assis sur les marches du perron.

J'ai attendu mon ami en fumant toutes les cigarettes qui me restaient en poche.

J'ai entendu le moteur de sa voiture dans la montée, jusqu'à ce qu'il se gare. J'ai ensuite vu le faisceau de sa lampe de poche surgir des arbres et monter vers moi.

— La petite ? a-t-il demandé d'emblée.

— Elle dort.

Je suis resté là pendant qu'il allait voir. Quand il est revenu, je lui ai dit que je voulais retrouver les coupables, que je voulais leurs têtes. Quelle que soit la méthode à employer.

Camus m'a montré le panneau que je n'avais pas encore remarqué, cloué sur la porte d'entrée. Le panneau que les épurateurs accrochaient à la poitrine des traîtres qu'ils avaient pendus ou abattus durant une grande partie de l'été.

Je ne me rappelle pas grand-chose des jours qui ont suivi. J'ai regagné Manipont avec Marie. Nous avons retrouvé notre appartement. Partout, on me regardait tel un animal de foire. J'étais le sacrifié, la victime expiatoire des années noires. On me plaignait. On disait que je ne méritais sûrement pas cela.

Aux yeux de beaucoup, je suis même redevenu un homme bien.

29

Marie est-elle réellement ma fille ? En toute franchise, je n'en sais rien. Il y a des chances pour que cela ne soit pas le cas. Au sens biologique du terme. Parce que, pour le reste, je peux vous répondre par l'affirmative. Cent fois, mille fois, oui. Y compris aujourd'hui.

Votre mère n'a jamais utilisé cet argument contre elle, et je sais qu'elle ne le fera jamais. Pourtant, Marie est au courant. En reprenant contact avec la famille de Marguerite, elle a eu tôt fait de l'entendre. À sa manière, elle me l'a dit. Je crois qu'elle ne sait rien faire sans blesser les autres.

Au Noël dernier, avant de claquer la porte de notre maison, elle m'a lancé au visage que je ne l'avais jamais considérée comme sa fille et que, désormais, c'était à son tour de ne plus vouloir l'être.

Le plus grand mal qu'elle m'ait jamais fait, ça a été ce jour-là. Tout le reste ne serait rien si cela ne vous avait pas atteints. Je ne sais pas faire autrement que d'être son père.

En me dénonçant, elle m'a permis de me réaliser. J'ai voulu cloisonner ma vie, et j'ai eu tort. J'en ai pris conscience et, par la même occasion, tout a recouvré un sens. Pour preuve, il est deux heures du matin et, pour la troisième soirée consécutive, je suis installé à mon bureau pour vous écrire, mes enfants. J'ignore encore si j'aurai le courage de vous transmettre ces quelques pages ou si je vais les enterrer au fond d'un tiroir à attendre que mon temps soit passé. Mais vous parler ainsi me fait du bien. Et je n'ai plus peur, ni de ce qui a été ni de ce qui m'attend. Je suis debout, plus que je ne l'ai jamais été.

J'ajouterai un dernier point à cette longue lettre, au sujet de Combe-Sourde. Je vois déjà vos têtes : « Encore Combe-Sourde ! » Je ne peux pas vous en vouloir. Ce que je vais vous dire, personne ne le sait, ni Camus ni votre mère, bien que je croie qu'elle l'ait deviné.

Après avoir pris ma retraite, j'ai connu des moments compliqués. Ce fichu temps qui file était une douleur inacceptable. Ce qui était à venir ne me disait rien qui vaille. La hantise de perdre l'un de vous ne me laissait pas tranquille. J'ai voulu être comme toi, François, face aux loups que Marie t'avait inventés, ceux de la montagne : me mettre en avant pour partir le premier.

Cette idée m'est bientôt apparue comme la seule qui vaille. Une nuit, je me suis relevé, incapable de trouver le sommeil. Le mois d'août tirait à sa fin. Je suis sorti m'asseoir sur le banc du jardin. Jamais ces pensées morbides n'avaient été aussi prégnantes. Elles étaient si concrètes que je sentais le souffle de la mort sur ma nuque. J'avais lu le récit d'une femme qui, inconsolable depuis la mort de l'homme qu'elle aimait, avait voulu se tuer en traversant les voies de l'autoroute, les yeux fermés. Deux allers-retours, en enjambant les deux fois la barrière centrale, le tout sans la moindre égratignure. Ensuite, considérant qu'il fallait y voir un signe, elle avait choisi de vivre.

Je me suis dit que cette solution était la bonne : confier mon destin à une autre main que la mienne. Encore bouleversé, je suis monté à Combe-Sourde. La journée n'avait pas suffi à chasser mes idées noires. Le soir, je suis resté sur place. J'ai attendu que la nuit soit la plus noire possible et, quand ça a été le cas, je me suis enfoncé dans la forêt, sans lumière et en marchant droit devant moi, en aveugle. J'ai buté sur des souches, je me suis pris les pieds dans des racines découvertes et dans des branches mortes. Je suis tombé cent fois. Je me suis griffé aux ronces et aux branches basses, jusqu'à en déchirer mes vêtements et à en entamer mes chairs. Et puis, comme par enchantement, je me suis retrouvé au bord d'un étang dont j'ignorais l'existence. La nuit était plus claire, ici. Je distinguais les reflets sur l'eau immobile et, au-dessus d'elle, des volutes de brume suspendues qui ressemblaient à des fantômes dérangés en plein conciliabule. L'endroit était fascinant, totalement silencieux, hors du monde, hors du temps. Je me suis assis, blessé et épuisé. J'ai assisté à une cérémonie païenne. J'ai attendu qu'il soit le moment pour moi d'avancer dans cette eau noire. C'est à elle et à la nuit qui l'enveloppait que devait revenir la décision de me prendre ou de me garder en vie.

À force d'attendre et malgré la fraîcheur de plus en plus marquée, je me suis endormi. Je ne me suis réveillé que lorsque le jour se levait. Mes fantômes avaient laissé place à un brouillard plus uniforme. Je me suis redressé, le corps endolori. Sur l'autre rive, juste en face de moi, j'ai distingué un grand cerf en train de s'abreuver. Il s'agissait d'un animal gigantesque et magnifique. Il a levé la tête à son tour, et il m'a regardé. Cela a duré assez longtemps. Ensuite, sans heurts et sans peur, il est reparti tranquillement dans les bois.

J'ai considéré avoir obtenu ma réponse. Je suis revenu dans ma vieille maison. Je m'y suis réchauffé. J'ai tenté d'y éteindre la honte qui m'étreignait désormais. Et, quand cela a été plus ou moins le cas, je suis redescendu en ville, pressé de vous voir et de serrer Estelle dans mes bras.

Elle me guettait depuis le perron. Elle est venue à ma rencontre, l'air défait, et m'a informé qu'Émilie avait disparu depuis le début de l'après-midi.

Quelque temps plus tard, j'ai parlé de l'étang à Camus et je l'y ai même conduit. Sans lui en expliquer les conditions, je lui ai dit y avoir surpris un grand cerf. Il m'a affirmé qu'il n'y en avait plus un seul dans les Monts-Louvière depuis belle lurette. Toutefois, il m'a dévisagé, il a hoché la tête, il a frotté ses grosses mains l'une contre l'autre ainsi qu'il le fait chaque fois qu'il cherche à comprendre quelque chose.

— Si tu l'as vu, c'est qu'il y était.

Il a toujours eu le don de trouver les mots justes.

J'espère les avoir trouvés à mon tour pour m'adresser à vous.

Même si vous n'êtes pas présents, je vous vois, assis à mes côtés, à m'écouter déblatérer mes histoires.

À tenter de vous expliquer, maladroitement, j'en ai conscience, pourquoi j'ai voulu tirer un trait sur la vie qui a été la mienne avant ma rencontre avec votre mère. Pourquoi votre sœur aînée m'a accusé de ces meurtres atroces jusqu'à faire naître le doute dans bien des esprits.

Nous sommes le 16 octobre 1984. Je cesse de parler. Et je m'apprête à ranger ces feuilles au fond d'un tiroir fermé à clé. Non sans vous avoir dit à quel point je vous aimais.

Papa

– 4 –

Ophélie 3

30

La petite voiture rouge de Valentine était garée sur le parking de l'hôpital, à une des places réservées aux médecins. Il était trois heures du matin. Avec Camus, nous avions décidé de quitter Manipont sans attendre le lendemain. Je me sentais lessivé, dans tous les sens du terme. Mais j'avais besoin de parler à ma sœur. Alors je suis passé par les urgences. Une infirmière un peu revêche est venue m'ouvrir.

— Je suis attendu par le docteur Neyrat, ai-je menti sans me démonter.

— Le docteur Neyrat ?

— Oui. Je suis son frère. Elle m'a appelé parce qu'elle a un problème de voiture.

— Mais le docteur Neyrat est en salle d'opération depuis un bon moment déjà.

— Je le sais. C'est pour cela qu'elle m'a réveillé. Je suis censé la ramener chez elle une fois qu'elle aura terminé.

L'infirmière a hésité. Elle a dû se dire que, par les temps qui couraient, personne n'oserait se prétendre membre de la famille Neyrat si ce n'était pas vrai.

Elle m'a laissé entrer, m'indiquant le lointain couloir qui aboutissait aux portes du bloc opératoire, ignorant sans doute que je le connaissais par cœur.

— Vous n'avez qu'à attendre là-bas.

L'hôpital baignait dans une pénombre vert foncé. Trois personnes étaient assises au bout du couloir où deux sordides enfilades de chaises en plastique se faisaient face. Un couple plutôt âgé accompagné d'une jeune femme qui pleurait en silence. Le vieil homme avait gardé sa veste et son écharpe. Les épaules basses, il tournait et retournait entre ses doigts fatigués un gobelet vide. Son épouse semblait hébétée. Elle s'agrippait aux rebords de son siège, comme si elle craignait de tomber. Ils ont levé le nez de concert à mon arrivée. Je me suis contenté de leur adresser un hochement de tête compatissant. Attendre à une telle heure dans un tel endroit n'augurait rien de bon. J'ai choisi une des chaises les plus éloignées d'eux.

Une heure s'est passée dans un silence glacial. Puis, soudain, une certaine agitation a été perceptible. L'un des battants s'est ouvert, et Valentine s'est avancée. Elle portait une blouse bleue et un pantalon assorti. Ses cheveux étaient attachés, de manière stricte, ses yeux rougis par l'épuisement. Je ne l'avais jamais vue ainsi. Elle dégageait une réelle assurance et faisait dix ans de plus que son âge.

Elle m'a aperçu du coin de l'œil. Elle a froncé les sourcils mais s'est immédiatement adressée aux trois personnes. Elle s'est assise avec eux et leur a parlé à voix basse, appuyant ses propos de gestes amples et lents. Le vieil homme lui a posé une question à laquelle elle a répondu en acquiesçant. Elle s'est retournée vers l'infirmière qui était apparue à son tour. Elle l'a invitée à guider le couple et la jeune femme au-delà de la double porte. Elle les a regardés s'éloigner et disparaître. Ensuite, seulement, tout en restant assise, s'étirant comme un chat, elle s'est tournée dans ma direction.

— Accident de moto… Le type a percuté un chevreuil à pleine vitesse. Il a de la chance. Avec une bonne rééducation et de la patience, il remarchera. En revanche, je lui ai tellement collé de broches dans les deux bras qu'il lui faudra trois mois avant de pouvoir s'essuyer les fesses tout seul. J'espère que sa fiancée a l'estomac bien accroché. Ils viennent d'emménager ensemble. Au moins, ils sauront si leur couple est solide.

Elle s'est levée, fatiguée. Sans préavis, elle m'a serré dans ses bras.

— Où étais-tu passé, Gribouille ? Je me faisais un sang d'encre. J'ai appelé partout pour apprendre que tu avais quitté ton boulot et que tu t'étais volatilisé. Pourquoi ne m'as-tu rien dit ?

— Les parents sont au courant ?

— Tu as été traqué par les gendarmes ? Tu as été poursuivi par Maman armée d'une petite cuillère destinée à t'arracher les deux yeux ? Non. Donc ça signifie que j'ai tenu ma langue. Alors, accouche !

— J'avais besoin de prendre le large.

— Et de me donner une bonne réponse à la con en prime ! Bon, je dois monter dans mon bureau. On va se faire un café et une ventrée de Pépito. De quoi te faire cracher le morceau.

Je l'ai suivie dans d'autres couloirs tout aussi déserts et dans une cage d'escalier austère. Son bureau n'était pas très vaste. Néanmoins, une grande baie vitrée lui offrait le volume qu'il n'avait pas. Les lampadaires du parking le striaient d'une lueur orangée. Valentine n'alluma pas.

— Quand j'ai débuté, j'adorais venir à l'hôpital la nuit. Je trouvais ça rassurant et ça me donnait l'impression d'avoir un rôle important, celle qui veille quand tout le monde dort ou panse ses plaies. Depuis, j'avoue que ça m'a passé.

Elle s'est affairée auprès de sa vieille cafetière avant de dénicher ses fameux biscuits sous un amas de dossiers cartonnés. Elle s'est ensuite laissée tomber dans son fauteuil, non sans avoir exprimé son soulagement. Elle en a profité pour retirer ses baskets et étendre ses jambes. L'odeur du café n'a pas tardé à envahir la pièce.

— J'ai un col du fémur programmé dans trois heures. Ça ne vaut même pas la peine que je rentre chez moi…

— Tu as retrouvé quelques patients plus conciliants.

— Disons plutôt qu'ils n'ont pas trop le choix… Bon, on ne va pas tourner autour du pot pendant cent sept ans, si ? Où étais-tu passé ?

— J'ai fait un tour du côté de Seignosse.

Elle a pivoté sur son siège, s'inquiétant du café. Puis elle a détaché ses cheveux et les a ébouriffés longuement, en fermant les yeux de plaisir. Elle s'est redressée, tout en jouant avec son élastique.

— Ophélie 1…

— J’avais besoin d’aller voir.

— Tu as tout plaqué pour ça !

— Je me suis également rendu à Manipont.

Elle m’a dévisagé en faisant la moue. Elle a envoyé balader son élastique quelque part dans le fouillis de son bureau.

— Qu’est-ce que tu trafiques, Gribouille ?

— J’avais besoin de me sortir certaines idées de la tête.

— Quelles idées ?

J’ai tiré la lettre de ma poche et je l’ai posée devant elle.

— Je l’ai reçue pendant que Papa était… là-bas.

— Charmante attention. J’imagine que c’était simplement pour te donner des nouvelles… L’histoire du mariage de notre cousine, c’était là-dedans ?

J’ai acquiescé. Valentine s’est levée comme un ressort. Elle nous a servi son café dans deux vieilles tasses rapportées d’un séjour en Espagne.

— Quoi d’autre ?

— Des choses sur Papa. Sur son passé.

— Pourquoi ne m’as-tu rien dit ?

— Qu’est-ce que tu voulais que je te dise ? Que j’ai eu la faiblesse de la croire ? Qu’elle a réussi son coup en considérant que j’étais le maillon faible de la famille ?

Elle est restée debout à siroter son café, se calant contre la fenêtre et regardant la nuit orangée.

— Est-ce que tu as trouvé des réponses ?

— Quelques-unes. Suffisamment pour me sentir minable.

— Tu n'es pas un minable, Gribouille. Ce que Marie a fait avec toi, elle a tenté de le faire avec moi un peu plus tôt. Je la connais par cœur. Elle attire ton attention sur des détails qu'elle isole de leur contexte, et elle attend que ça infuse. Pour que leur interprétation ne vienne pas d'elle mais de toi.

— J'aimerais que tu lises sa lettre.

— Pas question.

— Elle y parle de toi.

— Je m'en doute. En des termes flatteurs… Ne te fais pas de bile. En réagissant comme tu l'as fait, tu as montré que tu ne t'étais pas laissé manipuler. Tout envoyer valser ! J'avoue que ça m'en bouche un coin. Qu'est-ce que tu vas faire, maintenant ?

— Je n'en ai pas la moindre idée.

— Je vais te filer mes clés. Tu n'as qu'à commencer par aller dormir chez moi. Je vais aller m'allonger un peu dans une des chambres, histoire de ne pas me tromper de jambe tout à l'heure. Tu peux rester le temps que tu veux. À condition que tu en parles aux parents. Je n'ai aucune envie de passer pour ta complice quand Maman va te massacrer sous prétexte que tu ne lui as pas donné de nouvelles.

Lorsque je me suis réveillé, Valentine était assise sur la table basse du salon et me regardait dormir, les deux mains jointes sous le menton.

— Quelle heure est-il ?

— Bientôt treize heures, Gribouille.

— Et ton fémur ?

— Réparé. Et du bon côté. Question de chance ! Au fait, je t'ai vendu. Pour un bon prix, encore. J'ai téléphoné à Papa et Maman pour leur dire que tu étais chez moi, endormi comme un bébé sur le canapé. C'est ma vengeance pour ça.

Elle m'a montré la lettre de Marie.

— Tu l'as fait exprès, n'est-ce pas ? De la laisser sur mon bureau.

Je me suis assis, l'esprit tout embrumé par un sommeil que je n'avais pas connu si profond depuis une éternité.

— Je l'ai lue. J'ai eu beau essayer de résister, je n'ai pas tenu… Papa n'a jamais aimé la mer. Il n'y allait que pour nous quand nous étions enfants ou pour Maman. Mais il la regardait toujours comme une menace. À filer en douce quelque part, ce n'est pas au bord de l'eau qu'il serait allé. Même pour suivre une jolie fille.

Elle m'a souri. Un sourire empli de fatigue, mais surtout de douceur.

— Tu aurais dû m'en parler. Tu aurais dû me poser la question.

Elle avait raison. Je me sentais vraiment ridicule.

— Ce fameux jour de Noël, Papa est venu dans ma chambre parce que je m'y étais enfermée pour pleurer. Il a été le seul à s'en rendre compte. Enfin, non, pas le seul, *a priori*… Il ne m'a pas houspillée pour mes vêtements. Il a seulement tenté de me consoler. À sa manière. Tu sais comment il est… J'avais agi comme une petite conne et j'avais honte de moi. Je me dégoûtais tellement que j'en ai arraché mes affaires. Si j'avais pu ou bien s'il n'était pas venu, je crois que j'aurais été capable de faire de même avec ma peau. J'ai entendu sa voix de l'autre côté de ma porte. Je ne voulais pas lui ouvrir, mais il a menacé de la défoncer. Je savais qu'il l'aurait fait. Il avait déjà tout compris. Sa principale crainte, c'était d'intervenir trop tard. Il s'est assis à mes côtés et il a cherché à me rassurer, répétant que ce n'était pas ma faute. Durant le repas, mon voisin de table n'a cessé de me faire des compliments, répétant que j'étais de plus en plus jolie, que je mettais bien en valeur mes… « arguments », comme il disait. Que je devais déjà faire tourner la tête de beaucoup de garçons. J'en ai été émoustillée, et ça a dû se voir comme le nez au milieu de la figure. Je suis entrée dans son jeu. Il a fini par me demander si je ne voulais pas lui en montrer davantage. Je lui ai répondu que c'était donnant-donnant. Je le lui montrais si lui me le montrait également. Je le trouvais si séduisant et si viril ! Il était d'accord avec ma proposition. Il m'a dit qu'il m'attendrait dans notre salle de bains, qu'on serait plus tranquilles là-bas. Il s'est levé de table tout de suite après le café. Heureusement, je ne l'ai pas rejoint. Au lieu de cela, me rendant compte de ma bêtise, je suis allée m'enfermer dans ma chambre. Papa avait repéré notre manège. Il m'a dit que ce type avait tous les torts, parce qu'il avait trop bu et que, surtout, il était trop stupide à la base.

— C'était qui ?

— À ton avis ? Pourquoi crois-tu que Papa m'ait fait jurer de ne jamais rien avouer ? De n'en parler à personne ? Surtout pas à Marie ?

— Serge.

Une vilaine grimace est apparue sur son visage.

— Fantasmer sur le mari de ma sœur et être à deux doigts de coucher avec lui ! Il n'y a pas de quoi le crier sur tous les toits, si ?

— Je suis navré de t'avoir obligée à m'en parler.

Elle a claqué ses deux mains à la fois sur ses cuisses.

— Tu peux, Gribouille. Ton châtiment sera de te contenter d'une pizza congelée et d'un yaourt pour ton déjeuner. Pour le reste, y a-t-il des choses que je devrais savoir, des choses que tu as découvertes lors de ton périple et qui changeraient la donne ?

— Non, pas vraiment.

— Dans ce cas, je préfère que tu ne me dises rien.

— J'aurais dû te proposer de venir avec moi.

— Je te rappelle que moi, au moins, j'ai encore un boulot.

— On peut y retourner. J'ai vu le village où Papa a grandi. Il y avait de la neige, Valentine. Plein de neige.

— Tu sais très bien que les voyages en voiture, ce n'est pas du tout mon truc. Et aujourd'hui plus qu'avant.

— Je te laisserai le volant, et on peut emporter une cargaison de sacs en plastique.

Elle s'est mise à rire tout en secouant la tête.

— C'était maintenant, andouille !

— Qu'est-ce qui était maintenant ?

— Que je t'annonçais que j'étais enceinte !

J'en suis resté bouche bée.

— Dis quelque chose d'intelligent, par pitié, parce que, là, c'est un peu gênant. J'ai une trouille bleue, Gribouille.

— Il a de la chance, ce petit.

Elle a tendu la main. Elle en avait les larmes aux yeux.

J'avais beau m'en vouloir au plus haut point, je ne pouvais m'empêcher de penser que je la perdais encore un peu plus.

31

La fille s'appelait Lucie. Elle avait vingt-quatre ans. Je lui avais parlé à deux reprises au téléphone après que Camus l'avait inscrite dans la colonne la plus à gauche de son tableau. Je lui avais expliqué le sens de ma démarche sans trop entrer dans les détails. Après une phase de prudence bien compréhensible, elle avait accepté de m'en dire davantage. Au bout du fil, sa voix était posée, agréable. En fin de compte, elle avait accepté de me rencontrer.

Je suis arrivé à Béziers très en avance. Alors que nous n'avions rendez-vous que pour le déjeuner, j'étais déjà sur place à dix heures. Je n'ai pas résisté longtemps à l'envie d'aller la voir. J'ai trouvé la grande librairie dans laquelle elle travaillait, non loin de la cathédrale. J'ai ensuite traîné entre les tables et les rayonnages jusqu'à ce que je la reconnaisse. Elle était occupée à remettre de l'ordre dans les livres de poche, à l'étage. Je me l'étais imaginée blonde, mais elle était brune. Moins grande également que ce que je m'étais figuré, et un peu plus ronde. Ce qu'on remarquait en premier chez elle, c'était le côté enfantin de son visage, avec ses yeux clairs sans cesse étonnés et ses bonnes joues. Quand elle souriait, une asymétrie se révélait et ne l'embellissait que davantage. Elle était vêtue avec goût, se permettant quelques audaces dans les pans désordonnés de sa jupe longue.

Je l'ai observée à la dérobée. Ensuite, avant que ma manœuvre ne soit remarquée, j'ai quitté le magasin et je me suis trouvé un grand parc où tuer le temps.

À midi pile, j'étais assis à l'intérieur de la brasserie qu'elle m'avait indiquée. Je l'ai bientôt aperçue de l'autre côté de l'avenue. Son air soucieux faisait hausser ses sourcils en accents circonflexes. Sa démarche était un peu gauche, les pieds écartés, ses chaussures plates paraissant l'alourdir. Elle a franchi la porte et m'a cherché du regard. Je me suis levé. Son air soucieux a disparu, faisant place à son charmant sourire, aussi franc et naturel que l'avaient été ses conversations au téléphone.

Avec son copain, ils habitaient à l'extérieur de la ville, sur la route des plages. Ils n'avaient pas pu s'installer au bord de la mer comme ils l'avaient d'abord souhaité, faute de moyens suffisants. Un nouveau lotissement à quelques kilomètres de la côte, tout près du canal du Midi, leur était apparu comme un compromis acceptable. En empruntant les chemins de halage, la librairie était à vingt minutes de vélo tout au plus à condition de pousser jusqu'au quartier de la gare. C'est au cours d'un de ses trajets que Lucie avait été agressée, à la fin du mois de mars 1984.

J'avais déjà entendu ce qu'elle appelait sa « mésaventure ». Cependant, j'ai insisté pour qu'elle me la répète, prenant son temps pour s'arrêter sur le moindre détail dont elle se souvenait.

Elle avait quitté sa maison vers huit heures et demie, comme à son habitude. Elle commençait par emprunter la grande route avant de bifurquer vers le canal dès qu'on enjambait celui-ci. Elle avait roulé moins de deux kilomètres quand elle avait aperçu un homme planté au milieu d'un petit pont. Il était juché sur sa moto, à l'arrêt, portant un casque intégral noir sur la tête et une tenue qui lui était assortie. Il la regardait. Elle l'avait senti malgré sa visière opaque. À cet endroit, il n'y avait aucune maison, et le canal avait abandonné son circuit parallèle à la nationale. Ce motard, avec ce casque et sa tenue sombre, il lui semblait l'avoir déjà vu. Dans son lotissement la semaine précédente. Aux abords de la librairie également, à plusieurs reprises. Peut-être même quand elle allait se promener au bord de l'eau, mais elle n'en était pas tout à fait certaine. Toujours est-il que, à le découvrir ainsi, elle avait eu la désagréable sensation qu'il n'était là que pour elle, qu'il l'attendait. Elle n'avait aucune autre échappatoire que de faire demi-tour ou d'avancer jusqu'à la zone d'activités, quelques centaines de mètres plus loin. Elle avait opté pour cette solution et avait accéléré la cadence. Elle était passée sous le pont, devinant son regard posé sur elle. Il n'avait pas bougé d'un pouce. Si sa peur avait un peu reflué, elle n'en avait pas ralenti pour autant. Lorsqu'elle avait entendu le bruit du moteur qui redémarrait dans son dos, elle avait paniqué. Elle n'avait pu s'empêcher de se retourner, découvrant la moto qui s'engageait sur le chemin derrière elle. Si bien qu'elle avait été à deux doigts de se casser la figure. Le moteur avait rugi. Cela lui avait fait penser au cri d'un fauve. La moto avait fondu sur elle, sans ralentir le moins du monde. Elle s'était dit qu'il allait se contenter de la dépasser et disparaître. Cependant, parvenu à sa hauteur, l'homme avait fait une embardée volontaire. D'un coup d'épaule, il l'avait expédiée dans le talus.

Avec le recul, elle pensait que son manque de lucidité l'avait sauvée. Si elle avait escaladé le monticule et couru à toutes jambes jusqu'à la route, il l'aurait rattrapée, à coup sûr. Là, dans une sorte de brouillard jaune qui s'était abattu sur ses yeux, elle avait discerné le motard en train de faire demi-tour, mettre son engin sur la béquille, moteur toujours allumé, et se diriger vers elle d'un pas assuré. Elle était alors partie dans l'autre direction. Elle ne savait plus si elle avait rampé ou roulé dans l'herbe. Elle n'avait pas pris le temps de se relever. Elle s'était jetée dans l'eau glacée du canal. Sans le moindre souvenir de sa baignade forcée, elle s'était retrouvée sur l'autre rive, à quatre pattes dans une terre meuble qui s'affaissait sous son poids. Le motard lui avait hurlé quelque chose. Ses paroles avaient été étouffées par son casque, mais il lui avait semblé l'entendre dire : « Si tu n'es pas gentille avec moi, je serai obligé de séparer ta tête de ton cou. » Il était remonté sur sa moto et avait foncé vers le pont pour lui couper sa retraite. Devant elle, il n'y avait que des vignes, des vignes à perte de vue. Elle s'y était élancée. Il arrivait parfois qu'elle aille courir avec son copain. Il lui avait expliqué que la clé de l'endurance, c'était de se concentrer sur sa foulée. Alors, c'est ce qu'elle avait fait. Malgré ses petites chaussures et ses couches de vêtements qui l'entravaient. Malgré la terre qui collait à ses semelles et les mottes contre lesquelles elle ne cessait de trébucher. Elle ne se voyait progresser qu'au ralenti, persuadée que cela ne servirait à rien. Désespérée, à bout de souffle, ses jambes refusant de lui obéir, elle avait finalement renoncé. Elle avait arrêté de courir. Elle était prête à être « gentille », espérant qu'il la laisserait en vie ensuite. Elle s'était retournée. À sa grande surprise, la rangée de platanes qui marquait la présence du canal était déjà loin. Le motard ne l'avait pas suivie. Il se tenait debout, à la lisière, et il la regardait lui échapper.

Les gendarmes s'étaient montrés compréhensifs. Mais elle avait bien compris que sa plainte ne déboucherait nulle part. Son copain bouillait. Il attendait que cet homme pointe de nouveau le bout de sa moto pour lui régler son compte. Or, depuis ce jour, elle ne l'avait pas revu. Elle ne se rendait plus à son travail à vélo, elle n'allait plus se promener toute seule le long de la plage. Le moindre bruit de moteur la terrifiait. Dans chaque homme qu'elle croisait, elle le revoyait.

Elle avait un tic de langage : elle ponctuait la plupart de ses phrases d'un « Mmmm » que je trouvais particulièrement charmant. Une fois son récit terminé, elle a sorti un petit mouchoir de sa poche sur lequel étaient brodées ses initiales. Elle s'est essuyé les yeux, avec une délicatesse confondante.

Elle avait tout d'une Ophélie. Elle aurait pu être Mathilde dans les dunes de l'océan ou Émilie se cherchant un avenir. Comme elles, elle devenait irrésistible au fur et à mesure qu'on la découvrait. Cependant, plusieurs points ne correspondaient pas avec le Dépeceur, à commencer par la moto et le manque de discrétion. Sans compter qu'elle était incapable de l'identifier.

La seule chose qu'elle pouvait affirmer, c'était qu'il s'agissait d'un homme, à cause de sa carrure et de sa voix.

J'aurais dû reprendre la route immédiatement et rentrer à Fontmile. Au lieu de cela, j'ai traîné. En fait, m'éloigner de Lucie me posait problème. J'étais presque jaloux de l'homme qu'elle allait retrouver le soir, en rentrant chez elle, moi qui n'avais jamais retrouvé personne. L'heure et demie que nous avions passée ensemble, le temps du déjeuner, me l'avait rendue indispensable.

Je suis allé au bord du canal, dans son lotissement à moitié terminé et, de là, j'ai poussé jusqu'à la petite station balnéaire où elle avait ses habitudes. J'ai erré dans de larges rues désertes, bordées de maisons fermées et à moitié couvertes de sable. Ce fameux sable qui était la hantise de Papa quand nous partions en vacances parce qu'il s'immisçait partout, jusque dans son lit.

J'ai téléphoné à Camus en fin de journée pour l'informer que c'était un coup pour rien.

J'ai déniché un hôtel miraculeusement ouvert à Valras. Certes, il ressemblait davantage à une pension de famille sortie d'un autre âge, avec ses tapisseries à fleurs et ses meubles de grand-mère. La gérante, une femme assez âgée outrancièrement maquillée, m'a proposé une modeste chambre donnant sur la cour intérieure.

J'y ai passé plusieurs heures à dessiner sans aboutir à quoi que ce soit de convaincant.

Je me suis couché assez tôt. Le lit, bien qu'ancien, était franchement accueillant. On s'y enfonçait tellement qu'on ne pouvait que se laisser aller. J'ai très vite basculé dans un demi-sommeil.

Jusqu'à ce que deux couples entrent dans l'hôtel. Ils ont discuté dans le couloir, bruyamment, riant toutes les deux phrases. Avant que l'un des deux monte à l'étage tandis que le second investissait la chambre voisine de la mienne. Le silence est revenu. Je suis reparti d'où je venais. Pas longtemps. Bientôt, c'est un autre bruit qui m'en a de nouveau extirpé. À côté, ils baisaient. Aussi peu discrètement qu'ils avaient parlé dans le couloir. La cloison qui nous séparait était ultra-mince. Le lit grinçait, et la fille gémissait en continu. Cela a duré quelques minutes, jusqu'à la jouissance. Ensuite, leur porte s'est ouverte. La fille est allée aux toilettes situées dans la cour intérieure. Avec ma manie de ne pas fermer les volets, j'ai vu sa silhouette passer furtivement devant ma fenêtre. Je me suis levé. Je me suis approché de la vitre. Quand elle est repassée, j'ai eu tout le loisir de la voir. Elle ne portait qu'un long tee-shirt informe qui dévoilait plus qu'il ne cachait ses formes, à commencer par ses seins lourds. Elle trottinait sur la pointe des pieds. Deux secondes, trois tout au plus, que j'ai perçues comme d'un érotisme torride. Cela a suffi pour que je me mette à la désirer à mon tour. Ce fut si fort que je me suis retrouvé à me contenter, debout devant cette fenêtre et ses rideaux en dentelles.

Je n'en ai pas eu honte. J'étais plutôt effrayé, me rendant compte que le motard au casque noir n'aurait pas agi autrement. Tout comme le Dépeceur.

Après, la tête me tournant encore, je me suis endormi. Je me suis retrouvé au mariage de notre cousine. J'étais le petit garçon tout habillé de blanc, debout devant une forêt gigantesque qui se penchait dangereusement vers lui. Alors j'en ai franchi la lisière et, soudain, j'étais adulte. Je me suis avancé parmi les arbres dont je ne voyais même pas la cime. Quelque part devant moi, il y avait des pleurs. Ils m'ont guidé, m'ont attiré jusqu'à eux. Je ne marchais pas, je flottais tant que progresser semblait aisé malgré les buissons et les branches mortes qui jonchaient le sol. Je suis parvenu jusqu'à une clairière à l'herbe épaisse. La fille était couchée dans l'herbe, allongée sur le ventre. Elle portait une robe blanche elle aussi qui était toute déchirée et découvrait totalement son dos nu. Les sanglots soulevaient ses épaules. Je me suis approché, accroupi, et j'ai posé ma main sur son cou. Sa peau était chaude, brûlante, même. Un trouble irrésistible s'est emparé de moi. J'ai laissé mes doigts se promener le long des courbures de son dos. Ma main est descendue. Trop bas. La fille s'est raidie. Elle s'est retournée. C'était Lucie qui s'est mise à me regarder avec horreur. Elle a voulu crier. Je l'en ai empêchée en lui collant mon autre main sur la bouche.

— Chut ! me suis-je entendu lui dire. Ne crie pas. Je ne te veux pas de mal. Je veux juste que tu sois gentille, et ensuite tu pourras t'en aller.

Ses yeux étaient révulsés. Sa respiration était lourde, presque douloureuse.

— Ne crie pas, s'il te plaît. Sinon mon fils va nous entendre.

Je suis revenu à la surface dans un terrible sursaut. Mon propre cri m'avait réveillé.

32

Je vivais de nouveau chez mes parents. Ils avaient la délicatesse de ne pas trop aborder avec moi l'épineux sujet de mon avenir professionnel en suspens. Ma mère ne cachait pas sa joie de m'avoir avec elle, d'apprendre que je m'étais remis à dessiner. Avec mon père, nos relations étaient toujours aussi distantes. Je croyais que marcher sur ses traces, à Manipont et à Montfranc, m'aurait permis de franchir le fossé qui nous séparait. Or, ce fut le contraire. L'homme qu'il avait été avant ma naissance et dont j'avais entendu parler ne se confondait pas avec lui. Ils étaient deux êtres distincts, frères sans aucun doute, mais avec un des deux qui avait disparu depuis longtemps et qui n'avait laissé qu'une ombre fugace.

Il m'a assuré de son soutien dans mes décisions. Il s'est inquiété comme un père le fait. Il a essayé de passer du temps avec moi. Mais je lui ai très égoïstement refusé ce droit. J'étais un mur contre lequel il se heurtait, la tête la première. Aussi, les soirs où ils regardaient ses fameux westerns, il ne me proposait même plus de m'asseoir avec lui dans le salon. Et je ne cherchais pas davantage à le rejoindre.

Je n'avais plus qu'Ophélie 3 en tête. Si bien que Camus m'avait confié le double des clés de son appartement pour pouvoir avancer dans la journée. Plusieurs soirs par semaine, nous nous retrouvions et nous faisions le point.

— Tu as conscience, mon jeune ami, que tout ceci ne débouchera peut-être jamais sur rien, me répétait-il inlassablement.

J'avais du mal à l'admettre, cependant je commençais à en entrevoir la possibilité. Toutefois, j'en étais arrivé à un point où cesser de chercher me terrifiait.

— Rappelle-toi ce que je t'ai raconté à mon sujet, après la traque de Jean Rivière. Rappelle-toi le conseil que ton père m'a donné. Tu dois toujours l'avoir en tête. S'il faut, je vais l'écrire en gros sur les murs de ce fichu bureau. « Autorise-toi à vivre. » Sinon, ce tableau ne servira à rien d'autre qu'à te bouffer, comme une saloperie de gangrène.

Cela faisait plus de trois semaines que je l'aidais dans ses investigations. Béziers, c'était mon troisième déplacement, le seul qui ait valu le coup jusqu'ici. Les deux premières fois, je n'étais parvenu qu'à me couvrir de ridicule.

L'avant-veille, nous avions effacé Lucie du tableau noir. Je suis allé le retrouver, comme à notre habitude, avant l'heure du dîner. S'il était revenu de Combe-Sourde, je ne me permettais pas de monter sans y être invité. Dans l'Interphone, sa voix m'a semblé bizarre, différente. Quand il m'a ouvert sa porte, sa tête a confirmé mon ressenti.

— Entre, fiston. Et accroche-toi à tes bretelles, une tornade est sur nous, je le crains.

La tornade en question, c'était Valentine. Elle était dans le bureau, adossée au mur, face à nos colonnes.

— Maman a fini par penser que, derrière tes allées et venues, il y avait une fille. Elle n'avait pas tout à fait tort, à ce que je vois. J'étais curieuse de savoir ce que tu cachais.

Camus a haussé les épaules en me regardant, l'air désolé.

— C'est quoi, l'excuse pour ton prochain voyage ? Tu vas passer un entretien d'embauche ou t'inscrire à un stage de rafting ?

— J'avais plutôt pensé à un salon consacré aux arts graphiques.

— Et il est censé se passer où, ton salon ?

— À Lyon.

— Lyon… Fanny, 16 mars 1984… Qu'est-ce qui lui est arrivé ?

— Elle est allée au cinéma, avec deux de ses copines. Un type les a suivies. Il s'est assis dans la même salle qu'elles. Il n'a pas arrêté de les observer tout au long du film. Il tenait entre ses mains une petite poupée en plastique. Et il s'est amusé à la démembrer puis à la remembrer. Quand elles sont sorties, elles étaient si inquiètes qu'elles se sont réfugiées dans un bistro tout proche. Le gars en question ne s'est pas montré. Elles ont laissé passer deux heures avant de repartir. Elles se sont séparées. Fanny est allée jusqu'à sa voiture. Avant qu'elle ne démarre, le type a surgi. Il avait sorti sa… sa… Enfin, tu vois ce que je veux dire. Et il s'est masturbé contre la vitre. Elle a eu si peur qu'elle n'a rien trouvé d'autre à faire que d'appuyer sur son klaxon jusqu'à ce que quelqu'un sorte. L'homme à la poupée s'est enfui sans avoir terminé son affaire. Quelques jours plus tôt, quelqu'un avait sonné chez elle, depuis le hall d'entrée. Quand elle avait décroché, elle avait seulement entendu une respiration, bien glauque, tu vois, comme dans les films. Et une voix d'homme qui lui avait dit : « Parle-moi, ma belle. Parle-moi. » Avant de s'enfuir.

— Elle pense que c'est le même type.

— Oui.

— Et vous le pensez aussi ?

— On est d'accord sur le fait qu'il faut vérifier.

— À cause de la poupée.

— Oui, à cause de la poupée.

— Lyon, ce n'est pas la porte à côté.

— Ce n'est pas plus loin que Seignosse, à peu de chose près, a répondu Camus.

— Et celle-ci ? Virginie de Toulouse.

— Une jeune femme de vingt-cinq ans qui a disparu en mars. Pendant un moment, les policiers ont même cru qu'elle était une des deux Ophélie. Le groupe sanguin correspondait avec celui… Celui d'Émilie. Elle prenait le train tous les matins et tous les soirs pour aller bosser à Toulouse, dans une pharmacie. Elle voyageait avec un collègue de travail, un homme plus âgé. L'épouse de cet homme l'a décrite comme une fille qui savait mettre ses charmes en avant, sans pour autant savoir s'habiller avec goût. Pas vraiment une allumeuse, mais une fille qui essayait de plaire. Le mari a admis que Virginie avait son charme mais qu'il y était indifférent. D'un autre côté, c'est difficile pour lui d'admettre autre chose. En revanche, il affirme que, tous les lundis matin, dans le même wagon qu'eux, un étudiant n'en perdait pas une miette… C'est un lundi qu'elle a disparu. À la descente du train, elle a dit devoir faire une course près de la gare. Elle a laissé son collègue partir seul devant, et on ne l'a jamais revue. Pas plus qu'on n'a revu l'étudiant dans le train les autres lundis ni qu'on n'a pu l'identifier, d'ailleurs.

— Ce tableau a quelque chose de glaçant.

Instinctivement, Valentine a porté une main à son ventre. Elle avait annoncé la grande nouvelle à nos parents, le dimanche qui avait suivi mon retour de Manipont. Cette annonce avait déclenché un sacré branle-bas chez nous, si bien que Frédéric en avait été effrayé. Surtout quand mon père s'était approché de lui, sous prétexte de lui serrer la main, et qu'il lui avait balancé, les yeux dans les yeux : « Les choses sérieuses commencent, mon garçon. Je compte sur toi pour ne pas flancher. » Je crois qu'il n'avait qu'une envie, celle de prendre ses jambes à son cou sans se retourner.

— Ma toute belle, ton père n'appréciera pas trop que je vous aie entraînés tous les deux dans cette histoire. Quant à ta mère… Doux Jésus ! Je peux renoncer à toute vie terrestre si elle l'apprend.

— Je sais tenir ma langue, Camus. Tu me connais mal.

— Ne dis pas ça, ma chérie. Ne dis surtout pas que je ne vous connais pas bien, ton frère et toi.

— Excuse-moi… Imaginons que vous trouviez. Il se passera quoi, ensuite ?

— On préviendra mes anciens collègues.

— Et ils vont vous croire ? Vous deux ? Qui êtes plus que partie prenante dans cette sombre histoire ?

— Je me chargerai de les convaincre, ma jolie.

— On peut prouver définitivement que Papa n'a rien fait.

— Et à celui qui a commis ces meurtres, il lui arrivera quoi ?

— Il finira sa vie en taule ou chez les mabouls, a répondu Camus.

— Et s'il n'est pas réellement identifié ?

— Il continuera de vaquer à ses occupations, comme il le fait à l'heure où nous parlons.

— Il recommencera ?

— Il est possible qu'on n'entende plus jamais parler de lui. Cependant, il n'est pas exclu qu'il recommence un jour.

— Ce serait presque souhaitable, non ? La preuve qui innocente Papa, du coup, vous l'auriez. Tandis que l'étau se resserrerait sur l'autre taré.

— D'où ce tableau. Pour que nous n'en arrivions pas à souhaiter cela.

Valentine s'est rapprochée. Il a égrainé les six prénoms de la colonne de gauche. Puis elle a fait de même avec les autres. Elle s'est arrêtée sur celui d'une certaine Chloé.

— Dinard… Comment on fait pour aller dénicher une tentative d'agression à l'autre bout du pays ?

— On fait parler ses relations. On se montre persuasif, sans oublier de dire « s'il vous plaît » à la fin.

— Et qu'est-il arrivé à Chloé de Dinard ?

— Un homme a voulu s'en prendre à elle un soir, alors qu'elle retournait chez elle par le chemin de ronde. Il ne s'est pas méfié de la marée haute. Une vague l'a emporté avant qu'il n'ait pu lui faire quoi que ce soit. On ne l'a pas retrouvé.

— Et c'est moins intéressant que la fille qui drague dans les trains du matin ?

— Ça ne se passe pas à Toulouse. On n'y retrouve pas d'allusions à la fac.

— Et il n'y a pas de poupée qu'on démembre… N'empêche que c'est le seul cas qui se passe au bord de la mer. Comme pour Ophélie 1.

— On creusera le profil.

Valentine a hoché la tête. Elle s'est reculée puis nous a fait face.

— Le prix de mon silence…

— Pourquoi est-ce que je crains le pire, les enfants ?

— Je vous file un coup de main. Pour déblayer le terrain un peu plus vite. Ne t'inquiète pas, Gribouille, je ne vais pas te priver de tes pseudo-salons ou des invitations chez tes amis imaginaires. À moi les coups de fil. À toi les filles à rencontrer.

Je crois que j'en ai rougi. Je me suis plus ou moins retourné pour qu'elle ne s'en aperçoive pas.

33

Plus je me focalisais sur nos recherches, plus j'avais la sensation de perdre Émilie une seconde fois. Elle n'était plus qu'une silhouette dans le brouillard. Son visage m'échappait. Il se confondait avec ceux des autres filles.

Je me sentais coupable. J'avais le sentiment de la trahir. J'ai eu envie de parler d'elle. Nous étions devant chez Camus, un soir, moi la main déjà posée sur la poignée de ma portière, Valentine se recroquevillant sous son bonnet et son écharpe.

— Je ne t'ai jamais raconté comment j'ai rencontré Émilie, ai-je lancé sans préambule.

Ma sœur a eu la bienveillance de ne pas montrer sa surprise.

— Non. Mais elle, elle l'a fait. Elle m'a dit qu'elle t'avait d'abord sauvé de la noyade puis qu'elle avait truqué le tirage au sort du plan de classe en sixième pour que vous soyez assis l'un à côté de l'autre.

— Elle ne m'a pas sauvé de la noyade.

— Je me souviens pourtant que tu es tombé à l'eau. Tu es revenu à la maison avec des vêtements qui n'étaient pas les tiens. Les autres, ils étaient dans ton sac, complètement trempés.

Nos deux écoles étaient voisines. Les filles, on ne les voyait qu'à la kermesse et lors de la fête de Noël où on nous diffusait chaque année le même dessin animé. À la fin du CM2, une sortie avait été organisée, regroupant filles et garçons en partance pour le collège. Deux cars distincts nous avaient emmenés dans les Pyrénées avec au programme des grottes à visiter, un pique-nique et une randonnée dans des gorges spectaculaires. L'après-midi avait donné lieu à quelques moments de liberté, non loin du torrent. Les regards méfiants du matin avaient eu le temps de disparaître. Après des années de séparation, cette proximité nouvelle a déclenché quelques jeux plutôt transgressifs. Les plus délurées se faisaient embrasser sur la bouche à l'abri d'un bosquet par des garçons qu'elles sélectionnaient et qui devaient subir une épreuve avant de passer à l'acte. Plus l'épreuve était réussie, plus on avait de bouches à contenter. J'ai fait partie des garçons chanceux. Alors que je me rendais au rendez-vous qu'on m'avait fixé, déjà tout émoustillé, je suis tombé sur Émilie. Elle était assise toute seule sur un rocher, à l'écart de tout ce qui pouvait bien se passer de bien ou de moins bien au fond de ce ravin. Je m'apprêtais à la dépasser sans lui prêter la moindre attention quand elle m'avait interpellé.

— Tu ne vas tout de même pas y aller. Pas toi.

— Pourquoi, pas moi ?

— Je ne t'imaginais pas aussi idiot que les autres.

— Qu'est-ce que tu en sais ? C'est toi, l'idiote !

— Je dis seulement que je te croyais plus intelligent. Mais, si tu aimes bien les traînées et les marie-couche-toi-là, libre à toi. Amuse-toi bien, François.

— Tu connais mon prénom ?

— Non, j'ai dit ça au hasard. Tu as une tête à t'appeler François, je n'y peux rien.

— Tu veux quoi, à la fin ?

— Pas grand-chose. Si je pouvais, j'irais me baigner. Mais rester assise à contempler la montagne, ça me va aussi.

— Tu es en colère parce que personne ne veut t'embrasser ?

— Je ne suis pas en colère. Et si j'ai envie qu'un garçon m'embrasse, ce n'est pas un jeu qui va décider à ma place.

J'avais hésité. Plus loin, derrière les arbres, des rires excités et coupables se faisaient entendre. Pourtant, ça ne m'a soudain plus rien dit.

— Tu veux qu'on aille se baigner ? ai-je proposé.

— On va se faire punir si on se fait prendre.

— On n'est pas obligés de se faire prendre.

— Je suis d'accord. Tu es finalement bien le garçon que je pensais. Un jour, François Neyrat, tu me supplieras pour que je te laisse m'embrasser. Je ne te promets rien, mais il y a de grandes chances pour que j'accepte. Pas aujourd'hui, en revanche. Aujourd'hui, on se baigne.

Mâchefer, c'est le nom de cette gorge. Le ruisseau était plein de trous et de rochers biscornus. Mais Émilie avait repéré un endroit plus calme, où le courant paraissait moins fort. Il fallait juste sauter entre deux rochers. Rien du tout, vraiment. Elle est passée devant. Elle a franchi le vide avec une légèreté et une aisance qui m'ont impressionné. Quand ça a été mon tour, j'ai été incapable de la suivre. J'avais l'impression d'être au bord d'un abîme gigantesque qui m'attirait à lui. J'ai esquivé et j'ai cherché à passer plus en aval. C'est là que j'ai trébuché et que je suis tombé à l'eau tout habillé. Les fameux rochers de Mâchefer ! L'une des plus grandes humiliations de ma vie. Et qui m'avait valu une punition mémorable de la part de mon instituteur.

À la rentrée suivante, Émilie et moi étions dans la même sixième. Notre professeur principal, passé les quinze jours d'adaptation, avait décidé de composer le plan de classe par tirage au sort. Elle ne l'avait pas réellement truqué. Elle avait simplement convaincu notre enseignant de la laisser piocher les papiers dans la boîte et annoncer les noms des élèves au fur et à mesure. Et, comme par enchantement, nous étions devenus voisins.

34

Je suis arrivé à Dinard en milieu d'après-midi. Valentine m'avait réservé un hôtel dans le centre-ville, nettement plus confortable que celui où j'étais descendu l'avant-veille, à Lyon, où je n'avais rien trouvé d'autre qu'une bonne soirée de spleen sous la pluie. Elle était parvenue à joindre Chloé et à parler un peu avec elle.

— Elle loue un appartement au rez-de-chaussée d'une belle et grande demeure avec vue sur mer. Tu sais comment s'appelle l'anse sur laquelle elle donne ? L'anse des Étêtés.

— Donc, c'est ce que tu appelles un argument…

— Elle m'a raconté son histoire. Franchement, ce n'est pas plus idiot que de se taper une nuit à Lyon à cause d'un type qui joue avec une poupée. En plus, dans sa façon de parler, je ne sais pas… Elle a un truc, cette fille. Un truc à part.

Je m'étais laissé convaincre. Sur le trajet, j'en ai profité pour faire une halte à Paris, afin de mettre un peu d'ordre dans mes affaires après mon départ précipité. Puis j'ai mis le cap sur la Bretagne.

À peine mon sac de voyage déballé, à commencer par mes cartons à dessin qui ne me quittaient plus, je suis sorti braver le vent glacial de novembre pour marcher un peu le long de la mer qui, sous ce ciel d'automne, prenait des teintes étonnantes.

J'ai repéré le salon de coiffure. Avec ses larges devantures et son éclairage surpuissant, on ne pouvait pas le rater. Depuis le trottoir d'en face, faisant semblant de m'intéresser aux annonces immobilières hors de prix, j'ai observé le ballet des coiffeuses à l'intérieur. Il ne m'a pas fallu longtemps pour reconnaître Chloé parmi elles. Sans paraître chercher à l'être, sans artifice particulier, elle était vraiment atypique et attirait le regard.

C'était une jeune femme plutôt fluette. Elle se mouvait avec une tonicité rare. Il y avait de l'élan dans ses pas et dans ses gestes. Pas forcément de l'ampleur, plutôt du ressort. Ses cheveux étaient très courts, leur blondeur y gagnant en contraste. Comme ses consœurs, elle était toute vêtue de noir. Chez elle, cela ajoutait une touche particulière, sans doute à cause de la blancheur de sa peau que révélaient les manches retroussées de son élégant gilet. Au premier coup d'œil, elle paraissait délicate, peut-être même fragile. Ce que venaient contredire les grosses chaussures montantes qu'elle portait, épaisses et lourdes, qui lui donnaient des allures de baroudeuse. Ses oreilles étaient percées en de nombreux endroits, jusque dans les cartilages. Elle y avait accroché des anneaux argentés de différentes tailles. Et puis, il y avait son visage, éclairé par de grands yeux. En un souffle, sans que rien soit joué ou factice, il passait de la gravité la plus aride au sourire le plus enchanteur.

Je l'ai réellement trouvée fascinante. Elle n'était pas jolie au premier abord, mais elle était du genre à laisser des traces qui ne s'effaçaient pas, qui ne faisaient même que croître. Valentine avait raison. Elle avait un truc. Elle avait tout d'une Ophélie.

Quand elle a quitté le salon, disparaissant presque tout entière sous une veste informe et un bonnet aux mailles grossières, je l'ai suivie. Au bout de quelques mètres, elle a hésité. Elle a ralenti et a discrètement cherché à observer le reflet de la rue que lui renvoyaient les vitrines qu'elle bordait. Je me suis approché d'elle. J'ai même eu l'audace de l'appeler par son prénom, ce qui l'a fait sursauter dans une volte-face presque furieuse. Le col de sa veste et son écharpe ne laissaient apparaître que ses yeux, et c'étaient des lames d'acier qui me transperçaient.

— Excusez-moi de vous aborder ainsi. Je suis François Neyrat. Vous avez parlé à ma sœur au téléphone. Valentine…

Elle a continué de me fixer sans bouger. Puis elle a sorti une main gantée de sa poche afin de libérer quelque peu le bas de son visage.

— Vous étiez censé annoncer votre venue.

— Je sais… Disons que je ne m'attendais pas à débarquer ici si tôt.

Elle a soupiré, signe de son soulagement.

— Là, je vais à la piscine. Je n'ai pas le temps de discuter avec vous. Mais demain matin, je ne commence qu'à dix heures. Si vous le voulez, on peut se voir avant.

— Ça me convient.

— Il y a un café au bas de cette rue, avec une façade rouge. Neuf heures ?

Sa voix était à son image, marquée par des intonations différentes, tantôt douce et menue, tantôt plus dure, plus rigide.

— Je suis désolée, mais il faut vraiment que j'y aille.

Elle a rajusté son écharpe et a fait demi-tour. Elle a accéléré, son gros sac venant battre la cadence contre sa hanche. Je l'ai suivie du regard, planté sur mon trottoir, avant de repartir voir la mer.

Le lendemain matin, elle m'a rejoint au café à l'heure prévue. Face à elle, je me suis senti fruste et empoté, affreusement ordinaire.

— Vous avez survécu à votre soirée ? m'a-t-elle demandé avec un petit sourire désolé. En cette saison, à moins de se passionner pour les machines à sous, il n'y a pas grand-chose à faire, ici.

— En fait, je suis resté à mon hôtel. Pour dessiner.

— Vous dessinez ? C'est votre métier ?

— J'aimerais que ça le devienne un jour.

— Et quand vous ne dessinez pas, vous faites quoi ?

— C'est bien ça le problème…

Elle a esquissé une moue peu convaincue.

— Et vous, vous êtes originaire du coin ?

— Non. Je suis de Rouen. Mais j'avais besoin de quitter cette ville. J'ai atterri à Dinard il y a un peu plus d'un an.

— Vous retournez chez vous, parfois ?

— Pas assez souvent, si j'en crois ma mère. Mais chez moi, c'est ici, maintenant. Dès que je suis descendue du train, avant même de savoir que j'aurais la place au salon, j'ai su que ce serait chez moi.

— Moi je suis revenu vivre chez mes parents. En attendant…

En temps normal, je ne me serais jamais épanché de la sorte, et ce genre d'aveu m'aurait cruellement gêné. Or, cette fille avait le don de créer des temps anormaux. Dans le bon sens du terme.

— Et vous y trouvez votre compte ?

— Pas vraiment. Mais j'ai quitté mon travail. Alors…

— J'aime mon travail. Hélas ! mes journées ne sont pas assez longues pour y caser tout ce que j'ai en tête. Comme apprendre à faire du bateau ou de la plongée.

— Vous êtes sportive ?

— Je me suis prise de passion pour la mer. Ça a été un vrai coup de foudre, vous voyez. Alors, tout ce qu'elle peut m'offrir, je le prends.

Un silence, le premier depuis qu'elle s'était assise, s'est installé, assez bref, à peine de quoi lui permettre d'avaler une gorgée de son chocolat chaud.

— Ma ville natale, c'est Fontmile, ai-je repris.

— Je ne connais pas.

— Vous n'en avez pas entendu parler aux informations ?

— Je crains de ne pas trop me soucier des informations. Ni télé ni journaux…

— À Fontmile, un homme qui avait auparavant enlevé deux jeunes femmes et qui les avait démembrées a jeté leurs restes dans une rivière.

— Quelle horreur !

— Oui, c'est le mot juste. Les journaux l'ont surnommé le « Dépeceur ». Qu'est-ce que vous a dit ma sœur au téléphone pour justifier le fait que nous souhaitions vous parler, exactement ?

— Elle m'a dit qu'elle voulait en savoir plus sur la plainte que j'avais déposée en mars dernier, au sujet de la tentative d'agression dont j'ai été victime. Pour une enquête… Enfin, pour être tout à fait honnête, la tentative en question a été interrompue. J'ai effectivement eu très peur, mais personne ne m'a touchée ou quoi que ce soit dans le genre. C'est peut-être moi qui y ai vu davantage que ce que c'était. Vous êtes ici parce que vous croyez que cet homme voulait me faire subir la même chose qu'à ces filles ?

— On vérifie tout ce qu'on peut.

— Ah ! Je croyais qu'en parler me ferait du bien. Je crains qu'au contraire ça me traumatise plus qu'autre chose. Le boulot que vous avez quitté, c'était policier ?

J'ai inspiré un grand coup avant de répondre :

— Notre père a été accusé de ces meurtres, mademoiselle. Même s'il a été blanchi depuis, certains continuent à douter de lui. C'est pour cela qu'on vérifie.

— Qu'attendez-vous de moi au juste, monsieur Neyrat ? Si c'est pour regarder des photos, je dois vous avertir que je n'ai pas pu identifier cet individu. Il portait une cagoule et, en plus, il faisait nuit.

— Vous pourriez me raconter en détail ce qui s'est passé.

Ses épaules se sont affaissées. Elle a passé une main toute fine dans ses cheveux ras. Dans la lumière du matin, ses yeux étaient délavés, bien loin de leur intensité de la veille.

— Avant, j'avais les cheveux plus longs. Je me les suis coupés après cette saleté de soirée. J'étais en colère parce que, à part ma propriétaire et une ou deux collègues, personne n'a semblé me croire. Je voulais avoir une apparence plus adulte, plus dure, surtout.

— Ce n'est pas vraiment le cas.

Elle s'est laissée aller à un nouveau sourire.

— C'était un mardi. Le 5 mars. J'ai fait comme hier soir. Je suis sortie du travail et je suis allée nager. J'y suis restée une bonne heure, jusqu'à la fermeture, à vingt heures trente. Ensuite, je suis rentrée chez moi en passant par le sentier côtier. On était en pleines grandes marées. En plus de cela, il y avait un gros coup de vent au large. Je savais que le passage n'allait pas tarder à être submergé. Mais, si je ne traînais pas, j'avais le temps de passer. Le trajet, je peux le faire les yeux fermés, s'il le faut, sans risquer de tomber à l'eau. J'habite dans une des maisons de l'anse des Étêtés. Enfin, une délicieuse vieille dame qui s'est prise d'affection pour moi me loue une partie du rez-de-chaussée de son immense demeure en échange d'un modeste loyer et d'un brin de compagnie. De la piscine, ça me prend habituellement un quart d'heure à tout casser. Bref, je me suis engagée sur le chemin de ronde depuis la plage. J'étais certaine de n'y rencontrer personne. Dès qu'il fait noir, s'y aventurer n'est pas considéré comme raisonnable. Alors si en plus la mer s'en mêle… Néanmoins, je ne sais pas comment vous l'expliquer, j'ai eu une sorte de pressentiment qui m'a fait hésiter. J'ai même failli faire demi-tour avant d'avoir contourné le premier éperon rocheux. On entendait le bruit des vagues, sans les voir.

Elles avaient l'air enragées. Or, moi, ce genre de choses ne m'inquiète pas. Avec la mer, j'ai l'impression que rien ne peut m'arriver. Donc je me suis traitée d'idiote et j'ai continué de marcher parce que la digue était déjà mouillée. J'ai suivi le contour de la première falaise. Plus loin, il m'a semblé apercevoir une silhouette, une ombre qui venait de se détacher des rochers. Ça n'a pas duré très longtemps, peut-être deux ou trois secondes, tout au plus. Elle est apparue et, d'un saut brusque sur le côté elle s'est de nouveau confondue avec le mur. Je me suis arrêtée. J'ai scruté la nuit autant que cela était possible sans éclairage, mais plus rien n'a bougé. Derrière moi, la marée était en train de refermer le passage. Je n'avais pas d'autre choix que d'avancer, au moins jusqu'à l'anse suivante. Il y a une petite plage et un long escalier qui remonte vers la ville. Un moyen de quitter le sentier. Pour cela, il fallait que je passe d'abord à l'endroit où j'avais cru discerner cette ombre bizarre. Je l'ai fait, pas rassurée pour un sou. Il n'y avait rien. Même pas un renfoncement où se tapir. Je me suis vraiment trouvée sotte de me faire des films comme ça. Rendue à la plage, j'ai encore hésité. L'escalier en question est très étroit et très raide. Surtout, il n'était pas plus éclairé que le chemin de ronde. Vu qu'il ne me disait rien qui vaille, j'ai choisi d'en rester à ma première idée et de continuer. J'ai dépassé l'autre éperon. J'ai entendu la respiration de cet homme avant de le voir. Je sais que c'était impossible, avec le fracas des vagues, le vent et tout ça, mais je vous jure l'avoir entendue. Sa silhouette s'est alors détachée de la roche d'un coup, à quelques pas de moi. Elle était plutôt grande, très épaisse. Épaisse comme quand on enfile trop de couches de vêtements les uns sur les autres, vous voyez ? Avec les bras qu'on ne peut plus laisser pendre. Il était vêtu en sombre. Il portait une cagoule sur la tête. Et il me barrait la route.

Chloé a marqué une pause. Elle a cherché du réconfort de l'autre côté de la vitrine, vers la mer qu'on devinait plus bas.

— J'étais incapable de faire le moindre geste. Pas même de crier. De toute façon, personne ne m'aurait entendue. La seule idée qui m'est venue à l'esprit a été de me jeter dans l'eau. Malgré la présence des rochers contre lesquels j'avais toutes les chances de me briser le cou. C'est ce que je me suis dit : « Jette-toi dans la mer, c'est ta seule échappatoire. » Ça ne servait pas à grand-chose de raisonner ainsi, parce que j'étais réellement pétrifiée. Mon corps ne répondait plus. J'avais l'impression qu'il n'était plus qu'une enveloppe vide. J'ai compris que je ne pourrais pas me défendre. La mer a grondé un peu plus fort sur ma droite. Jusqu'à en sentir les vibrations sous mes pieds. Elle s'est soulevée. Une grosse vague a surgi de l'obscurité et s'est abattue sur la digue, pile devant moi. J'en ai été à peine éclaboussée. Mais la silhouette noire, elle, elle s'est fait happer. J'aurais dû regarder en contrebas ensuite. Cet homme était peut-être encore agrippé à quelque chose. Or, j'avoue que son sort m'importait peu. J'ai retrouvé l'usage de mes jambes. Je me suis mise à courir tout droit, sans regarder sur les côtés. Je ne sais même plus comment je suis arrivée chez moi. Tout d'un coup, j'étais au pied de la maison. Je tremblais tellement que j'étais incapable d'ouvrir la fermeture Éclair de mon sac. Alors j'ai sonné. Ma propriétaire m'a ouvert. Elle m'a fait monter chez elle et elle a appelé la police dès que je suis parvenue à articuler trois mots. Voilà. Les policiers ont débarqué. Ils ont pris ma déposition. Ils ont prévenu les secours en mer pour que ceux-ci aillent inspecter la côte, où ils n'ont rien trouvé. Ni cette nuit-là ni les autres jours. J'ai bien vu qu'ils ont pensé que je m'étais laissé abuser par la nuit et par la tempête. Moi, je suis certaine qu'il y avait quelqu'un, quelqu'un qui me suivait, qui m'attendait.

— Ce pressentiment dont vous avez parlé, l'aviez-vous éprouvé auparavant ?

— Pas à ce point. Cependant…

Elle a hésité. Je ne l'ai pas brusquée. J'ai attendu qu'elle reprenne d'elle-même.

— Cependant, il y a eu des moments où il m'a semblé deviner une présence les jours qui ont précédé. Quand j'étais chez moi, une fois, j'ai cru que quelqu'un m'épiait. Une autre fois, c'était au petit matin, quand je suis allée courir. J'ai cru voir un homme avec des jumelles pointées sur moi. Ce ne sont pas vraiment des choses très concrètes. Davantage des impressions. Il y a surtout eu un soir à la piscine. C'était bien deux semaines avant le 5 mars. Il y avait un gars que je voyais toujours arrêté en bout de ligne. Il était accoutré comme un nageur, avec son bonnet de bain ridicule et les lunettes qui vous font ressembler à une grosse mouche. Toutefois, il ne nageait jamais. Il était suspendu au rebord et il ne cessait de me regarder. Au moment où je suis sortie de l'eau, ça en est devenu un peu embarrassant. J'ai eu la désagréable sensation de me retrouver toute nue. Cela dit, ça a été la seule fois où j'ai remarqué sa présence.

— Depuis ce fameux soir, vous continuez à emprunter le chemin de ronde.

— Oui. À part la première semaine. Mais il est hors de question que je rate ce rendez-vous. C'est un de mes moments préférés. Surtout à cette saison. Tout d'un coup, on sort du monde. Il n'y a plus rien que les rochers et l'eau.

Après qu'elle m'a quitté pour se rendre à son travail, j'ai emprunté ce fameux chemin de ronde, suivant les indications qu'elle m'avait données. J'ai dépassé la première pointe, suivi le pied de la falaise jusqu'à la petite plage et son escalier interminable. Plus loin, au-delà de l'autre pointe, j'ai repéré l'endroit où l'homme s'était dressé avant d'être emporté par les flots. En dessous, les rochers faisaient penser à des dents pointues. J'ai cherché un point de fuite. S'il avait voulu s'en prendre à Chloé en pleine marée montante, ce n'était assurément pas pour rester sur la digue. La crique précédente était une possibilité. Mais remonter ces marches humides et si étroites n'avait rien d'aisé, surtout quand on emmenait de force une autre personne. L'anse suivante semblait trop éloignée. Il avait forcément prévu autre chose. Si j'avais levé la tête plus tôt, je n'aurais pas tourné en rond si longtemps. En haut de la falaise, de belles maisons perchées bénéficiaient d'un accès au sentier, par des volées de marches parfois creusées à même la roche, toutes fermées par des portillons plus ou moins solides. Toutes celles que j'ai vues étaient vides, volets clos et jardin en hibernation. Il devait en être de même au mois de mars. Deux portes m'ont paru moins résistantes que les autres et donc faciles à franchir. En haut, on débouchait sur des parcelles abritées, pleines de recoins et d'accès à des annexes ou à des sous-sols. Un peu plus loin, il y avait la rue. Peu fréquentée, y compris en pleine journée.

Je tenais là une explication plausible. L'homme se saisissait de Chloé, l'entraînait dans un des deux jardins, y trouvait peut-être un abri pour s'en prendre à elle. Si son but était de l'enlever, il avait pu se garer tout à côté, sans attirer l'attention d'un quartier qui ne devait s'éveiller que deux mois par an. Et encore, les bonnes années.

Je me suis ensuite rendu jusqu'à la maison occupée par la jeune femme. Une haie assez épaisse en masquait le rez-de-chaussée. Même en remontant l'allée ou en grimpant sur le talus d'en face, on ne voyait rien de son appartement. En revanche, en m'introduisant dans la propriété voisine, également en sommeil dans l'attente des vacances d'été, j'ai découvert un orifice dans la clôture. Un orifice discret, une densité moins importante dans le feuillage qui permettait d'avoir une vue dégagée sur les larges fenêtres de son deux-pièces.

— Je ne vois pas l'intérêt de m'épier de la sorte. J'ai une vie tout ce qu'il y a de plus banal. Je vis seule. Je sors peu, à part pour la séance du lundi soir au cinéma avec quelques amies. Je me couche de bonne heure. Je me lève aux aurores. Je ne me considère pas comme très maligne ni très jolie.

— Vous pouvez me croire sur parole, Chloé. Vous êtes tout sauf banale.

Elle avait accepté mon invitation à dîner, m'entraînant dans un restaurant de poche tout près du port qu'elle affectionnait tant.

— Vous n'avez pas répondu à ma question, François. Est-ce que cet homme voulait me découper moi aussi en petits morceaux ?

— Je l'ignore.

— Dans ce cas, vous avez fait toute cette route pour rien.

— Non, pas pour rien. Je suis content de vous avoir rencontrée. Et puis, cet endroit m'inspire beaucoup. Il faut que je vous avoue que je vous ai incluse dans une de mes histoires. Une qui se passe au bord de la mer.

— Oh ! C'est plutôt flatteur, je vous remercie. Et j'y fais quoi, dans cette histoire ? Je suis gentille ? Méchante ?

— Vous êtes celle grâce à qui tout se décide.

— Il s'agit d'une lourde responsabilité. Je ne pense pas que quoi que ce soit ait déjà pu se décider à cause de moi. Ce sera une première.

Elle s'est redressée sur sa chaise et a fait disparaître ses deux mains dans les manches trop amples de son pull.

— Votre père n'a rien fait, j'en suis persuadée.

— Il m'est arrivé d'en douter. Et je ne me le pardonnerai jamais.

— C'est épuisant de ne pas pardonner.

— Oui, je ne le sais que trop bien. Je ne vous ai pas précisé que l'une des victimes, la première dans l'ordre chronologique, c'était… Je ne sais pas quel mot employer, bon sang ! L'expression « petite amie » me fait tellement horreur. Elle était bien plus que cela.

— Je suis désolée, François. Sincèrement désolée.

Elle a ramené ses deux bras contre sa poitrine.

— Il y a quelque chose que je ne vous ai pas dit. Ce n'est sans doute pas important mais… Selon vous, le Dépeceur ne passe à l'acte que lorsque celle qu'il espionne le déçoit ou l'indiffère, c'est bien ça ? La veille de ma mauvaise rencontre, je suis allée au cinéma, comme tous les lundis. Sauf qu'aucune des filles du salon n'avait pu se libérer. Alors j'avais invité une personne que j'avais connue et avec qui j'avais sympathisé. Une femme. C'était la première fois que nous nous retrouvions ailleurs, rien que toutes les deux. Il y avait si peu de monde que j'ai craint que la séance ne soit annulée. Durant le film, nous nous sommes… rapprochées. Elle avait un homme dans sa vie, n'aimait pas les filles, ce que je savais pertinemment. Malgré tout, entre nous, il s'est passé un truc. Un truc qui m'a encouragée. Nous nous sommes embrassées. Je l'ai invitée ensuite chez moi. Autant l'une que l'autre, nous préférions être discrètes. Toutefois, il se peut qu'on nous ait vues. Je n'ai sans doute pas été si prudente que cela. Depuis mon déménagement, c'était la première fois que… que je laissais paraître ce que je suis vraiment.

— C'est pour cette raison que vous deviez à tout prix quitter Rouen ?

— Il y a des endroits où il ne fait pas bon révéler certains penchants. Une de mes amies s'est fait passer à tabac à la sortie d'une discothèque. Elle a perdu un œil et l'usage normal de sa mâchoire. Pour mon père, je suis une pute qu'il ne veut plus voir sous son toit. Pour ma mère, une malade. Elle persiste à penser que son médecin peut me venir en aide… Si cet homme m'épiait, j'ai dû le décevoir lui aussi.

— La femme du cinéma, vous l'avez revue ?

Elle a secoué la tête.

— Trop difficile à assumer, selon elle. Trop de dégâts à causer.

— Comment est-il possible qu'elle ait laissé passer cette chance ?

— Une chance ? Non, en aucun cas. Je vous l'ai dit, François, je suis on ne peut plus banale et terriblement ennuyeuse.

Elle se trompait. Elle était Ophélie 3, j'en étais persuadé.

35

J'avais téléphoné à ma sœur alors que j'étais disposé à demeurer quelques jours de plus à Dinard, pour le seul plaisir de passer du temps avec Chloé.

— Tu avais raison. Je crois que ça pourrait coller. Elle pourrait bien être Ophélie 3. Camus va devoir la changer de colonne.

— Ne dis rien à Camus.

À l'autre bout du fil, la voix de Valentine était étrangement sèche.

— Qu'est-ce qui se passe ? Quelque chose ne va pas ? C'est le bébé ?

Le silence qui s'est ensuivi m'a à ce point surpris que j'ai cru un moment que nous avions été coupés. Avant d'entendre sa respiration.

— Tu es toujours là ? Pourquoi il ne faut rien dire à Camus ? Tu y tenais tellement, à ce déplacement à Dinard !

— Il faut que tu rentres le plus vite possible, François.

— Bordel ! Tu vas me dire ce qui se passe !

— Je crois que je sais, François. Je crois que je sais qui est le Dépeceur.

Elle a refusé de m'en dire davantage. Il m'a fallu retraverser le pays, abandonnant mes projets de bord de mer et la jeune coiffeuse de Dinard.

Valentine m'a tout raconté à peine avais-je mis un pied chez elle. L'accident de moto l'avait mise sur la piste. Le jeune homme qu'elle avait passé quatre heures à remettre en état, la nuit où j'avais débarqué à l'hôpital, avait besoin d'une rééducation spécifique. Le centre d'Hossegor semblait le mieux adapté. C'est ce qu'elle lui avait dit le lendemain, à son réveil.

Hossegor. Et Seignosse à une poignée de kilomètres ; moi qui suis revenu la tanner avec ce jour de Noël qui m'obsédait ; la lettre de Marie qui évoquait les regards qu'attirait Émilie au bord de notre piscine ; le mariage de notre cousine ; les rumeurs à l'hôpital…

Un coup de téléphone lui avait suffi pour apprendre que notre beau-frère avait bel et bien fait un remplacement de six mois dans le centre en question, remplacement qui s'était terminé à la mi-septembre 1982. Quelques jours avant la disparition de Mathilde Hongre.

Elle avait gardé cela pour elle, ne sachant trop quoi en faire. Elle avait hésité à en parler à notre père. Finalement, elle s'était résolue à se tourner vers Camus. Elle s'était rendue chez lui, à l'improviste, bien décidée à tout lui dire. Elle avait remarqué le tableau. Elle l'avait contraint à lui révéler son rôle et, par là même, nos démarches. Elle m'avait ensuite attendu dans ce bureau, choisissant de garder ce qu'elle savait pour elle. Elle ne nous avait pas laissé le choix de l'intégrer à notre petite équipe.

Elle avait lu le nom de Dinard dans une des colonnes. Le seul endroit où, à sa connaissance, il y avait un centre thermal ou quelque chose d'apparenté.

Je n'étais même pas parvenu en Bretagne qu'elle savait déjà que Serge y avait fait un stage de trois mois au début de l'année. Stage auquel il avait mis fin en catastrophe pour urgence familiale, l'air très secoué, à en croire son directeur. Sa démission datait du 6 mars.

En m'envoyant rencontrer Chloé, elle n'avait besoin que d'une confirmation.

Les dates et les lieux qui correspondaient. Émilie chez nous, en présence de Serge. L'absence de ce dernier le jour de sa disparition. L'histoire du mariage de notre cousine auquel il avait été invité. Les patientes à l'hôpital à qui on pouvait le relier. Le site de la Véra qu'il connaissait. Sa mobilité. Ses compétences en anatomie. Et l'hôtel des Perce-neige, loin de tout…

S'il existait des traces, elles se trouvaient là-bas. Loin de tout.

— À Dinard, il s'en est sorti miraculeusement. Je ne sais pas comment, mais il est parvenu à s'extraire de l'eau. Il a eu beaucoup de chance. Depuis le début, il a eu beaucoup de chance.

Valentine n'a pas eu à insister longtemps pour me convaincre de ne rien dire à Camus. Ce qu'elle craignait, c'était que ce dernier ne se débrouille pour étouffer l'affaire, afin de protéger Marie. Ainsi qu'il l'avait toujours fait. Ou bien qu'il en parle à notre père.

— On lui dira tout, plus tard. Quand nous nous serons rendus dans ce fichu hôtel et qu'on aura trouvé ce qui le mettra au pied du mur. Nous ou la police.

Je n'ai rien répondu. Valentine souhaitait planifier notre expédition, s'assurer que nous ne risquions pas de nous faire surprendre ou de laisser des traces qui nous trahiraient.

— Il ne doit pas s'en sortir, a-t-elle répété à plusieurs reprises. Il ne faut pas lui laisser la moindre échappatoire.

Elle m'a avoué avoir eu peur lors des dernières heures, persuadée que Serge allait surgir de nulle part pour s'en prendre à elle, ayant compris qu'elle l'avait percé à jour. Maintenant que j'étais de retour, elle allait mieux.

J'ignorais si cela était vrai. Toujours est-il que sa peur m'a contaminé. Le soir, allongé dans le noir, tourmenté par ses déductions, je l'ai sentie en danger.

Je l'ai soupçonnée de vouloir se rendre seule aux Perce-neige, tandis que j'attendais sagement qu'elle donne le signal de notre opération. J'ai repensé à ce mauvais rêve récurrent qui nous voyait prisonniers de cet hôtel alors que les eaux menaçaient de se déchaîner et de nous engloutir. J'y ai vu un pressentiment glaçant.

Je ne pouvais supporter que Valentine se dresse de nouveau face au danger. J'ai quitté la maison de nos parents avant l'aube. J'ai seulement emporté une lampe et un tournevis. J'ai franchi les Monts-Louvière par leur unique col. J'ai basculé vers les Pyrénées. Et je suis allé seul débusquer ce qui pouvait trahir Serge et innocenter notre père.

36

Des premières neiges, il ne restait que quelques plaques et des monticules d'un gris sale de part et d'autre des routes. Je me suis garé au bout d'un parking désert bordant le petit lac artificiel. Il n'y avait pas âme qui vive. Tout autour, la forêt était écrasée d'une humidité qu'elle cherchait à chasser dans des tortillons de brume figés par un ciel trop bas. Je suis resté un moment assis dans ma voiture. Puis il a bien fallu que je me décide.

J'ai longé la retenue d'eau jusqu'à la digue. J'ai dépassé celle-ci. Un chemin se risquait dans une pente sévère qui serpentait au milieu des sapins géants. J'ai marché avec toute la prudence rendue nécessaire par le sol détrempé et glissant. Mais aussi parce que je redoutais d'approcher des bâtiments.

J'en ai d'abord aperçu les toits depuis les coudes de certains lacets. Au bout de dix minutes de marche, j'ai débouché sur un balcon dégagé qui les surplombait tout à fait. En bas, la neige était plus tenace. Elle recouvrait entièrement l'esplanade et la route qui venait y mourir. Les matériaux de construction formaient des tas informes qui semblaient abandonnés depuis longtemps. En bordure, le gave était tumultueux, bruyant. C'était le seul mouvement dans les environs, tant tout paraissait pétrifié.

J'ai scruté le site. L'absence des traces sur la route m'a rassuré. Il n'y avait personne. Et, compte tenu des conditions de circulation dans les environs, j'avais tout le loisir de prendre mon temps.

Depuis le début, je pensais qu'il serait difficile de pénétrer dans l'hôtel. Je me rappelais les ouvertures condamnées par d'épaisses planches, à la fois pour empêcher le froid d'abîmer davantage l'intérieur mais aussi pour se prémunir d'éventuels vols. Même la longue baie vitrée de la salle à manger ou les autres fenêtres des étages n'échappaient pas à la règle. Effectivement, à l'exception de la porte d'entrée à la solidité massive, tout le reste avait été occulté. Jusqu'à la galerie qui faisait le lien avec l'annexe réservée aux soins et à la piscine, où chaque vitre avait été recouverte de contreplaqué fiché à même la structure.

La singularité de l'architecture du bassin couvert, qui s'aventurait au ras du torrent en épousant la pente, permettait de se risquer sur son toit. Des lucarnes y étaient percées. Je me suis avancé à quatre pattes, avec une stabilité toute relative. J'ai repéré les six impostes qui, elles, n'étaient pas condamnées. J'ai débarrassé la première de sa couche de neige. La lumière du jour est tombée le long de ce puits pour révéler l'eau stagnante et opaque de la grande piscine en dessous. Comme les cinq autres, elle était verrouillée de l'intérieur, par un système de poulie plutôt sophistiqué. De toute manière, elles n'étaient destinées qu'à s'entrouvrir. S'y faufiler aurait tenu de l'exploit, le tout pour se retrouver suspendu à près de cinq mètres de haut.

L'annexe n'ayant montré aucune faille, je suis remonté vers l'hôtel. J'en ai refait le tour pour m'arrêter au pied du pignon est. Le long de celui-ci descendait un escalier de secours métallique qui se terminait par une échelle de sécurité s'interrompant trois bons mètres au-dessus de moi. Elle était destinée à être déverrouillée en cas d'évacuation. Logiquement, on ne pouvait pas faire le chemin dans l'autre sens. J'ai reculé de quelques pas. Chaque palier s'arrimait à une porte métallique percée d'un simple petit hublot. J'ai pensé que, si je parvenais à atteindre l'escalier, ces issues de secours pouvaient être moins sécurisées.

La seule solution consistait à escalader en m'aidant du chéneau. Puis traverser en m'appuyant sur l'une des minces corniches.

Je ne me suis pas laissé le temps de mesurer les conséquences d'une éventuelle chute alors que personne ne savait où je me trouvais. J'ai agrippé le tuyau bringuebalant qui n'avait de toute évidence aucune intention de supporter mon poids. Je ne suis pas spécialement souple ni sportif, encore moins tête brûlée. Or, ce jour-là, je me sentais si déterminé que je me suis découvert des capacités insoupçonnées.

Mon escalade n'avait toutefois rien de bien périlleux. Sans trop d'effort ni de frayeur, je me suis retrouvé à la hauteur du premier palier. En revanche, la suite se révélait plus compliquée. La bordure en brique apparente qui traversait la façade était trop fine. Il n'y avait de quoi y poser que la pointe des chaussures, sans aucune prise pour les mains. La suivre était impossible. Je suis monté un peu plus haut. Je voulais sauter. Prendre mon élan, bénéficier de ma hauteur, pour atteindre la rambarde du premier palier. Néanmoins, au moment de m'élancer, la peur s'est emparée de moi. Je me suis mis à trembler comme une feuille, incapable de faire le moindre mouvement. Encore moins de redescendre.

Je me suis forcé à penser à Valentine. Je l'avais devancée. J'étais ici à sa place. Il était hors de question qu'elle s'expose davantage. J'ai aussi repensé à Mâchefer. Tout cela m'a permis de recouvrer mes esprits. Mon corps est redevenu mien. J'ai sauté, sans un cri. Mon regard était fixé à la barrière que je visais. Le vide n'existait plus. J'ai eu l'impression de voler. J'ai percuté le garde-fou de plein fouet et je m'y suis agrippé.

J'ai enjambé la barrière. J'ai testé la porte qui s'est refusée à moi, sans même trembler sur ses charnières. Celle du deuxième étage, en revanche, avait un peu de jeu. Sa serrure était fragilisée par un mauvais ancrage. Au troisième coup d'épaule, elle a cédé.

J'ai allumé ma lampe et je me suis avancé dans le couloir. Le faisceau y traçait un cône poussiéreux qui révélait des tapisseries fanées et une moquette couverte de moisissures. L'odeur de renfermé et d'humidité mélangés était particulièrement forte. Dehors, on entendait le vacarme du gave en colère. J'en ai eu des frissons, retrouvant les sensations de mon fameux cauchemar. Si, à l'extérieur, je m'étais senti fort, il était loin d'en être de même à l'intérieur.

J'étais maintenant pressé de sortir. J'avais du mal à respirer. Il me semblait que les murs et les plafonds bougeaient mollement, rappelant les ondulations d'un serpent.

Je suis descendu jusqu'au premier étage. Les portes de la salle à manger étaient grandes ouvertes. Le parquet en chêne, les hauts plafonds ornés de moulures exubérantes, les lustres emmaillotés dans des draps gris, l'enfilade de baies vitrées qui couraient sur toute la largeur de la façade lui donnaient un vrai cachet. Je me souvenais de Papa qui, lors de notre première visite, avait décrété que cette salle était le meilleur atout de l'hôtel. À demi-mot, il avait ensuite ajouté que c'était sans doute le seul.

Je suis encore descendu, aboutissant dans le hall gigantesque. Des lampes de chantier et du matériel étaient entreposés dans tous les coins. J'ai immédiatement testé la porte d'entrée. Or, ses verrous étaient fermés à clé. J'ai cru pouvoir en trouver un double, derrière le comptoir de l'accueil. À la place, je suis tombé sur une grande feuille scotchée à un panneau, un dessin d'enfant aux bords racornis et jaunis. L'hôtel y était représenté, avec sa piscine majestueuse. On y voyait le torrent, la forêt, le lac, les montagnes. Au premier plan, un couple accompagné de deux enfants qui se tenaient la main. Tout en haut, tracées sur le ciel, des lettres rouges hésitantes et penchées disaient : « *Notre hôtel.* »

— C'est pas vrai !

Les mots m'avaient échappé. Ma voix a mal résonné, dans un écho qui s'est durant un moment interminable répercuté dans les étages.

J'ai eu un bref instant de découragement. Je l'ai vite écarté en me dirigeant vers les cuisines, empruntant le long et large couloir qui y menait. J'ai débouché dans cette pièce aux dimensions aussi disproportionnées que le reste. Les éléments en inox me renvoyaient les éclats de la torche. Les étagères et les crochets débordaient d'ustensiles, de casseroles et de faitouts. La poussière était partout, jusqu'à en piquer les yeux. La porte du monte-plats était entièrement démontée. Par l'ouverture ainsi libérée, on distinguait une crémaillère qui pendait piteusement, couverte de vieilles toiles d'araignées.

Je me suis avancé tout droit vers la chambre froide. J'en ai tiré la poignée, et le battant s'est ouvert en expirant douloureusement. Là, les étagères métalliques étaient vides, les grilles d'aération constellées de filaments de saleté. Rien qui puisse se révéler suspect.

Dans l'arrière-cuisine, j'ai découvert quatre congélateurs alignés, leurs couvercles à moitié soulevés et calés par des morceaux de bois. Je les ai minutieusement inspectés les uns après les autres, le cœur battant à tout rompre. La seule chose que j'y ai trouvée a été des crottes de souris desséchées.

La déception m'a assommé. Je suis reparti vers la cuisine. Je me suis arrêté devant une table de travail et un alignement de couteaux et de hachoirs aimantés au mur. Il y avait moins de poussière sur ce meuble. Et les instruments brillaient comme un sou neuf. Je ne pouvais détacher mon regard des lames, rendues plus agressives par la lueur de ma lampe. J'étais gelé, gelé à en avoir mal aux articulations. Quand je me suis aperçu que j'avais posé le pied sur une bonde d'évacuation au sol, j'ai sursauté dans un spasme d'horreur.

Je suis entré dans ce qui avait été un salon, organisé autour d'une grande cheminée en fausse pierre. Quelques marches plus loin, on accédait à la galerie qui, ainsi couverte, ressemblait davantage à un tunnel morbide. Je l'ai traversée. Les gravats crissaient sous mes semelles. L'humidité y était plus prégnante qu'ailleurs. J'ai abouti dans un vestibule de forme arrondie. À gauche et à droite, les murs des vestiaires étaient hérissés de câbles électriques et d'arrivées d'eau. Plus loin, il y avait ce qui était censé devenir une salle de sport, complétée d'un sauna, d'un hammam et même d'un jacuzzi avec vue sur la montagne. De ces divers éléments, il n'y avait que les noms et les dimensions écrits au crayon sur les cloisons. Enfin, tout au bout, il y avait la piscine.

Elle était aussi grande que dans mes souvenirs. Le tube de lumière qui descendait depuis la lucarne que j'avais déblayée venait rebondir contre l'eau d'encre qui la remplissait aux deux tiers. Elle aurait dû être vide. Les margelles en faïence verte qui la bordaient portaient les stigmates boueux d'une submersion récente. L'odeur fétide qui flottait laisser penser à une remontée d'égouts. J'aurais voulu sonder l'immobilité irréelle de cette eau sale, imaginant avec effroi ce qu'elle pouvait dissimuler. Mais je n'ai rien trouvé qui puisse me le permettre. Alors j'ai fait demi-tour.

Les chambres que j'ai inspectées dans les étages ne m'ont rien appris de plus. Les matelas étaient repliés sur les lits, les salles de bains aussi poussiéreuses que tout le reste. Du plâtre tombait en plaques des plafonds dans les baignoires et les bacs de douche. Les tiroirs des commodes et les armoires étaient totalement vides. Rien. Pas la moindre preuve.

Il manquait forcément un congélateur. Caché dans un endroit où Marie et ses enfants n'iraient jamais…

Je me suis rappelé la cave à vin. Je ne l'avais jamais vue. Elle était censée être encombrée d'objets qui en bouchaient l'accès. Elle était censée être creusée à même la roche et bénéficier d'une température idéale à la conservation des bons crus.

Il m'a fallu un certain temps avant d'en trouver la porte. Une armoire métallique avait été glissée devant, dans le couloir menant à la cuisine. Les deux traînées noires qu'elle avait laissées sur le carrelage ont attiré mon attention au bout de plusieurs passages.

Je l'ai déplacée pour lui rendre sa place originelle. L'accès n'était pas verrouillé. Un escalier étroit s'enfonçait d'une douzaine de marches environ, aboutissant à ce qui ressemblait à une grotte. Je suis descendu.

Tout d'abord, je n'ai vu que des porte-bouteilles dégarnis et des casiers empilés dans un désordre épouvantable. Puis, dans une encoignure qui fuyait la lumière, j'ai découvert un congélateur, au couvercle cette fois fermé et épargné par la poussière. La prise, débranchée, reposait en travers.

J'ai soulevé ce couvercle. Le coffre était vide. Vide et propre. Même les joints avaient été nettoyés et le tout empestait l'eau de Javel à plein nez.

J'avais enfin ce qu'il me fallait : l'assurance que Valentine ne s'était pas trompée.

37

Je suis remonté de la cave. J'ai remis l'armoire en place. J'entendais le torrent qui rugissait de plus belle. Le vacarme avait gagné en intensité et ne le rendait que plus menaçant. Puis le grondement est devenu un roulement continu, rauque.

Je me suis précipité au premier étage pour coller mon œil à un espace entre les planches de la baie vitrée de la salle à manger. Une voiture débouchait de la route, en chassant de l'arrière à cause de la neige et de son chargement. Un break noir, qui peinait et ahanait. La voiture de Serge.

Il s'est garé sur l'esplanade. Il est sorti du véhicule. Il a enfilé son blouson avant de prendre un long moment la mesure de sa propriété, les deux mains sur les hanches. Le plus tranquillement du monde, il s'est ensuite allumé une cigarette, tout en posant ses fesses sur l'aile de son break. Ce dernier débordait de matériel et d'outils.

J'étais pétrifié. Tout à coup, je l'ai vu se redresser d'un bond, comme s'il s'était brûlé au contact du capot. Son attention était attirée par le cours d'eau. Il a jeté son mégot d'une pichenette. Il s'est avancé de quelques mètres, l'air soudain moins paisible. Il s'est accroupi et a observé mes empreintes de pas.

Serge a suivi mes traces, jusqu'à la piscine. Il a découvert celles sur le toit avant de faire le tour du bâtiment, de revenir vers l'hôtel et d'échouer au pied de l'escalier de secours où la porte entrouverte ne pouvait guère laisser de doute.

Il ne s'est pas passé longtemps avant qu'il ne réapparaisse sur le parvis. Il s'est dirigé droit sur le coffre de sa voiture. Il a fouillé dans le fatras qu'il contenait, n'hésitant pas à laisser tomber par terre ce qu'il était en train de déblayer. Il a fini par en exhumer un étui beige, un étui de fusil. Les yeux levés vers la façade, des yeux terribles, il s'est débarrassé de la housse, révélant l'arme. Il a enfourné deux cartouches dans les canons juxtaposés, tandis qu'une poignée d'autres rejoignaient ses poches. Il a mis son arme en bandoulière. Avant d'abattre sans ménagement le hayon, il s'est saisi d'une lampe torche.

Je l'ai entendu déverrouiller la porte du bas, entrer puis refermer derrière lui, à double tour. Il s'est mis à crier, et sa voix s'est répandue partout, à en faire trembler n'importe qui.

— Je vous préviens que je suis armé, les gars ! Alors, fini, vos conneries. Mieux vaut vous montrer vite fait !

L'écho est retombé. Il a allumé les lampes de chantier du hall. Une lumière aveuglante a surgi par la cage d'escalier.

J'ai songé à aller à sa rencontre. Je pouvais trouver un mensonge justifiant ma présence entre ces murs.

Néanmoins, je me suis ravisé. J'ai pensé à Valentine. J'ai imaginé Serge s'en prendre à elle. J'ai pensé à Émilie. Je l'ai imaginée en bas, dans la cuisine, son corps démembré. Puis dans le congélateur caché dans la cave. La colère a pris le dessus. Elle m'a extirpé de ma torpeur.

Serge a commencé par l'inventaire de ce qui avait le plus de valeur, ses outils et son matériel. Ensuite, il y avait la cuisine. Je pensais avoir le temps de regagner le deuxième étage et de m'enfuir par l'échelle de secours. Celle-ci, une fois libérée de sa chaîne, allait sans doute faire un vacarme de tous les diables. Il aurait tôt fait de couper ma retraite ou de me rattraper dans l'ascension vers le parking. Cependant, je ne voyais pas d'autre moyen de sortir d'ici.

Or, contrairement à mes prévisions, il s'est lancé dans l'escalier. J'ai reculé jusque dans un angle de la salle à manger, abrité derrière une fausse colonne en stuc. J'ai découvert le monte-plats, tout aussi démonté qu'il l'était en bas. J'y ai jeté mon tournevis. Il s'est écrasé dans un tonnerre métallique qui a longuement résonné. Serge s'est arrêté. Je l'ai entendu redescendre. Il l'a fait sans se précipiter, à pas prudents. Je me suis alors avancé dans le couloir.

J'ai renoncé à l'issue de secours. Je suis descendu moi aussi. Tandis qu'il inspectait les cuisines, j'ai traversé le hall à pas de loup. Je me suis élancé dans la galerie. L'éclairage surdimensionné de l'entrée m'a permis d'atteindre le vestibule sans encombre. Au-delà, le tunnel était plongé dans le noir.

Je me suis enfoncé dans l'obscurité en évitant d'utiliser ma lampe, contraint d'avancer à tâtons. La fin de la galerie. La salle de sport. Plus loin, l'entrée de la piscine et la lueur du jour au travers de la lucarne.

J'étais certain de trouver de quoi me cacher près du bassin. Ou, à défaut, de quoi faire sauter une des planches qui occultait les vitres coulissantes. J'avais très mal calculé mon coup. Je me suis retrouvé face à une pièce vide, des murs lisses et un plafond inatteignable. Là-bas, au bout de la galerie, j'ai alors entendu crisser les pas de Serge. Il ne se pressait pas.

Je n'avais que la piscine pour refuge. Je me suis assis sur le rebord du bassin, à l'extrémité la plus éloignée de l'entrée. Je me suis laissé glisser sans à-coup dans cette eau croupie, de crainte de trop en rider la surface. Le froid m'a déchiré le ventre et m'a coupé la respiration. Tout en restant agrippé au rebord de la margelle, je suis parvenu à m'immerger jusqu'au cou.

Serge fouillait les vestiaires. Il claquait les portes avec fracas. Le puissant faisceau d'une torche a traversé la salle de sport. Je me suis baissé un peu plus. La piscine avait retrouvé son immobilité. La puanteur était à la limite du supportable.

La lumière a pénétré dans la salle. Je me suis laissé couler. L'eau noire m'a avalé tout entier. J'ai aperçu les éclats lumineux qui rebondissaient sur elle, incapables de la fendre. Je me suis concentré sur ma poitrine. Je l'ai imaginée plus grande qu'elle n'était, remplie à ras bord d'un air qui ne me manquerait pas avant un bon moment. Le froid a ankylosé mes membres. Deux longues aiguilles glacées étaient en train de transpercer mes tympans. Je n'avais plus la sensation de mon visage.

Au-dessus de ma tête, la lampe faisait des allers-retours. Deux petites bulles d'air se sont échappées de mes narines, remontant en tourbillonnant vers la surface. Je les ai suivies du regard, jusqu'à ce qu'elles émergent puis qu'elles éclatent. Mais le faisceau n'a fait que les survoler.

Du fond de cette obscurité liquide, j'ai cru sentir des formes me frôler. J'ai cru percevoir leurs silhouettes, des têtes amputées, des mains décharnées, des vêtements en lambeaux, dont je venais déranger le sommeil, qui s'éveillaient en ma présence, qui remontaient vers moi pour s'enquérir de mes intentions. Pour me garder avec eux, m'accepter dans leur clan. À moins que ce ne soit pour me supplier de les aider.

J'ai paniqué. Je ne pouvais plus tenir. Je me suis forcé à compter en fermant les yeux. Dix secondes. Dix secondes de plus. Dix secondes pour sauver Valentine. Mon sort m'importait peu. Seul le sien comptait. Dix secondes de plus. Dix. Sans air. Encerclé par les restes des mortes.

Je n'ai pas pu tenir plus longtemps. Je me suis agité. Mon corps est remonté vers la surface. J'ai extirpé ma tête de l'eau, soulagé de pouvoir de nouveau respirer librement. Tout était plongé dans la pénombre. Serge n'était plus là.

Je l'ai entendu courir dans la galerie, hurlant de rage. Dehors, le moteur de son break rugissait. J'ai eu toutes les peines du monde à me hisser sur la margelle. Serge criait toujours. Il était sorti. Il courait après sa voiture. Le coup de feu m'a fait sursauter.

Je me suis élancé à mon tour dans la galerie puis dans le hall. La porte d'entrée était grande ouverte.

Je me suis retrouvé dehors, face à l'esplanade déserte. Je me suis précipité dans le chemin qui escaladait la pente en direction du lac. J'ai couru, aussi vite que j'ai pu le faire.

Mes poumons étaient lacérés de l'intérieur par des lames de feu. Hors d'haleine, j'ai été contraint à une première halte. Plus bas, j'ai vu Serge revenir, penaud. Son fusil à la main. Sans sa voiture.

J'aurais voulu avoir la force de me dresser devant lui et de le regarder en face. Pour qu'il me voie. Pour qu'il comprenne.

Je n'ai été capable que de fuir.

Je suis parvenu sur le parking. Ma voiture n'y était plus seule. Garée juste à côté, il y avait celle de Valentine.

Le break de Serge n'a pas tardé à déboucher à son tour. Elle l'a abandonné au beau milieu, après avoir dérapé dans la neige une dernière fois. Elle est venue à ma rencontre.

— Il s'est fait berner comme un bleu, s'est-elle réjouie. Tu n'as rien ?

Puis, sans que j'aie pu lui répondre, ses traits sont devenus durs. Tels que je ne les avais jamais connus.

— Ne me fais plus jamais un coup comme ça, François. Tu m'entends ? Plus jamais !

38

— Une dénonciation de ce genre, dans votre famille, les gens vont tiquer. On va prendre ça pour des représailles. Mais, si les flics se déplacent, ils peuvent dénicher ce qu'il aura oublié. S'il a oublié quelque chose. Le problème, même si vous affirmez qu'il ne vous a pas vus, c'est qu'il est fort possible qu'il assure davantage ses arrières. À moins qu'il ne craque et qu'il ne se mette à table. Ça s'est déjà vu.

Nous avions attendu le lendemain pour parler à Camus. Nous étions montés à Combe-Sourde qui disparaissait dans un brouillard si épais qu'on n'y voyait rien à vingt mètres. Nous l'avions trouvé dans son potager, en bras de chemise. Papa dit qu'à part les mauvaises herbes et les fraises sauvages, rien n'a jamais voulu pousser, dans ce jardin.

Il nous a dévisagés. Il a vite compris. Il nous a invités à pénétrer dans sa fermette où nous nous sommes assis autour de la table. Il nous a écoutés sans nous interrompre, frottant continuellement ses deux grosses mains l'une contre l'autre. Puis il a ponctué la fin de notre récit par un long soupir.

— Je vais voir comment je peux m'y prendre. Il faut arriver à ceux qui sont chargés de l'affaire par une voie détournée, qui ne mènerait pas jusqu'à vous.

— Il a joué avec Émilie et moi quand nous étions petits. Le jour où elle est tombée de notre cerisier, il l'a même consolée.

— Je sais, mon grand. Je sais. Donnez-moi dix jours, les enfants. Dix jours, c'est tout ce que je vous demande. Si je ne trouve pas d'autre moyen, je vous accompagnerai chez les enquêteurs.

— Et s'il en profite pour recommencer ?

— Il ne recommencera pas. Soyez-en assurés.

— Il ne doit pas s'en sortir, a lancé Valentine.

— Il ne s'en sortira pas. Il est déjà perdu.

Nous n'avons pas eu droit à ces dix jours. Serge est mort moins d'une semaine plus tard, quelques jours avant Noël, terrassé par un infarctus du myocarde alors qu'il faisait son footing, à Luchon. Il s'est dit en ville que son corps n'avait été retrouvé que très tard, après que Marie, ne le voyant pas à la maison, eut donné l'alerte.

Elle a voulu qu'il soit enterré à Fontmile. J'ai cherché la force de lui téléphoner mais je ne l'ai jamais trouvée. Valentine s'y est refusée et, à moins qu'il ne l'ait fait en cachette, Papa ne s'y est pas résolu non plus.

En revanche, le jour de l'office, il a tenu à se rendre à l'église. Il nous l'a annoncé le matin même. Son intention était d'arriver tôt pour s'installer à la tribune, là où personne ne pourrait le remarquer. Maman n'a rien dit.

Après son départ, quelques minutes à peine après que la Peugeot eut quitté l'allée, je me suis changé à mon tour. Je suis sorti de ma chambre et, à ma grande surprise, Maman m'attendait dans l'entrée, habillée de son manteau noir.

— Ton père est un grand homme, François. Aujourd'hui plus que jamais.

Nous avons pénétré tous les deux dans la nef par une des portes latérales. Tout était installé pour la cérémonie. Nous avons emprunté l'escalier, ignorant la barrière qui en interdisait l'accès. Papa était assis tout en haut, seul dans l'obscurité, le dos appuyé au coffre de l'ancien orgue. Quand il nous a vus, il a eu du mal à masquer son émotion, si ce n'est en détournant la tête.

Maman s'est assise. Elle a posé sa main sur la sienne, et il l'a serrée comme s'il ne voulait plus jamais la lâcher. Il ne s'est pas passé un quart d'heure avant que nous n'entendions la porte grincer. Valentine est apparue en haut des marches. Elle nous a regardés tous les trois, mimant une moue de surprise qui s'est transformée en un petit sourire satisfait.

À la fin de la messe, Marie et ses enfants ont quitté leur banc parmi les derniers. Elle a descendu lentement l'allée centrale. Cependant, sans que rien le laisse présager, elle s'est arrêtée. Deux ou trois secondes. Le temps de lever la tête vers la tribune. Où nous étions assis, nous étions invisibles. Malgré tout, j'ai eu l'impression qu'elle nous distinguait.

Ensuite, elle a baissé les yeux et a disparu. Je ne l'ai plus revue depuis ce jour-là.

Nous sommes rentrés tous les quatre à la maison. Papa s'apprêtait à sortir fumer sa pipe. Il nous a demandé, à Valentine et moi, de l'accompagner dans le parc. Cela nous a surpris. Il s'agissait d'une première. Nous l'avons suivi sans un mot. Nous nous sommes installés sur son banc, malgré le froid piquant.

— Je ne sais pas si tu t'en souviens, Valentine, mais quand tu regardais mes fameux westerns et que nous n'étions que tous les deux, tu insistais pour t'asseoir avec moi, sous prétexte que le film te faisait peur. Je savais qu'il n'en était rien. Que tu faisais cela pour que je te serre contre moi. Et j'étais heureux que tu le fasses. Quant à toi, François, la première fois où je t'ai montré *La Prisonnière du désert*, tu t'es effondré en larmes à la fin. Tout ça parce que John Wayne n'entre pas dans la maison. En sanglotant tu t'es écrié : « Il ne va tout de même pas partir et les laisser encore ! »

— Oui, je m'en souviens. Tu m'as répondu qu'il ne partait pas. Qu'il allait juste s'asseoir sous le porche pour fumer sa pipe. Assis dans un fauteuil à bascule.

— Et après, tu as fait des pieds et des mains pour convaincre ta mère de m'en acheter un. Tu lui as même donné tout ton argent de poche.

— Elle n'a jamais trouvé le fauteuil en question.

— Le banc, c'était une excellente idée... On peut s'y asseoir à plusieurs. Je crois qu'elle l'a fait exprès, de ne pas le dénicher, ce fauteuil. Comme un message de sa part.

Il a marqué un long silence.

— Camus m'a tout raconté, a-t-il fini par dire. Je ne vous empêcherai pas d'aller trouver la police. Cependant, je voudrais qu'auparavant vous fassiez une chose pour moi.

Il a sorti une grosse enveloppe de la poche intérieure de son manteau.

— J'ai passé plusieurs soirées à vous écrire au sujet de mon passé. Je vous réservais cela pour plus tard. Mais je crois que le moment est venu. Je voudrais que vous lisiez ces quelques pages. J'ai eu la faiblesse de me confier à vous, comme je l'ai fait avec votre mère il y a des années de cela. Ensuite, si vous le souhaitez toujours, vous pourrez vous rendre au commissariat.

— Sinon ?

— Sinon, il ne nous restera qu'à mentir. Tous. Et ce n'est pas rien de porter un mensonge, y compris quand on le fait pour le bien d'autrui. Il vous enfonce en terre un peu plus chaque jour. Ces inspecteurs ont raison. Je suis coupable. Si j'avais été moins sot, cela n'aurait jamais eu lieu. Je n'ai jamais cru que Serge puisse… Je savais qu'il était capable de déraper. Je l'ai mis à la porte de l'hôpital à cause de ses frasques. Quand j'ai appris qu'il s'amusait avec certaines patientes, pendant qu'elles étaient anesthésiées. Il y avait aussi d'autres rumeurs…

— Celle du mariage de notre cousine, par exemple.

— Comme celle-là, oui. La fille n'a rien voulu dire. Elle a parlé d'une mauvaise chute dans la forêt. On m'a demandé de l'ausculter. J'ai bien compris ce qui lui était arrivé. Et j'ai eu un doute sur celui qui s'en était pris à elle. Le doute s'est renforcé avec ce qui s'est passé quelques années plus tard.

— Le jour de Noël. Avec Valentine…

— Ce jour-là, j'ai eu envie de le tuer. Et vous savez quoi ? Je ne lui ai rien dit. Même pas la moindre réprimande. Jamais. J'ai fait comme si rien ne s'était passé.

— Rien ne s'est passé, Papa.

— Si. Bien au contraire. Et je n'ai pas été capable de l'empêcher… Lisez cette lettre, mes enfants. Et décidez ensuite de la conduite à adopter.

Il nous a laissés seuls sur ce banc. Nous avons lu. Nous avons pris tout le temps nécessaire pour le faire. Valentine a beaucoup pleuré. À la fin, sans hésitation, nous avons choisi de nous taire.

Le SRPJ avait quitté les bureaux du commissariat de Fontmile depuis le début du mois de décembre. Un groupe d'enquête chargé du Dépeceur est resté en veille à Toulouse. Après les fêtes, un nouveau juge d'instruction a été nommé. Puis un troisième un an plus tard. Ils ont donné une nouvelle orientation aux investigations, sans aucun résultat. Au moins, Papa n'a plus eu à répondre de rien. Même si certains continuent de le penser coupable.

Serge n'a jamais été suspecté. Quand l'hôtel des Perce-neige a été vendu, quelques mois après sa mort, rien n'a été trouvé dans l'eau noire de la piscine.

39

Camus est mort un mardi matin, deux ans plus tard. À Combe-Sourde, ainsi qu'il l'avait tant souhaité. Il a vu sa fin arriver, cela ne fait aucun doute. Il lui est alors resté assez de forces pour se traîner hors de sa maison. Il est parvenu à vaincre les quelques marches tordues qui montent à son potager. Là, il s'est assis par terre, adossé au muret qu'il a passé tant de temps à bichonner. Il s'est assis et non affaissé. C'est important de le souligner. Il a regardé la lisière de la forêt plus loin, la limite de ce qu'il appelait « l'autre monde ». Au-delà, les gorges lui ont renvoyé l'écho de la rivière. Et il a cessé de vivre.

J'habitais New York depuis plusieurs mois. Quand j'ai appris la nouvelle, j'ai sauté dans le premier avion. Je suis revenu à Fontmile.

Il y avait énormément de monde à l'église. Marie ne s'y est pas montrée, à mon grand soulagement.

Après la crémation, nous sommes montés à Combe-Sourde. Frédéric a compris que nous préférions rester ensemble, mes parents, Valentine et moi. Il est demeuré en ville, avec ma nièce, la petite Louise. Nous avons d'abord ouvert la bouteille que Camus avait spécialement réservée pour l'occasion ainsi qu'il me l'avait tant de fois répété : « Celle-là, c'est pour le jour où on me ramènera chez moi. Je voudrais qu'on m'enterre debout, dans mon jardin, face aux gorges. Et que, ensuite, vous buviez un coup. »

Nous avons certes trinqué avec cette eau-de-vie qui nous a mis le feu au ventre. Puis, à défaut de le faire tenir debout, nous avons dispersé ses cendres.

Repartir a été à la fois un déchirement et un apaisement. Je ne savais pas comment affronter ce deuil. Je préférais être seul. Et loin.

Trois semaines plus tard, j'ai découvert une lettre de mon père. Une seconde longue lettre que Valentine a également reçue.

Maintenant que Camus n'est plus là, le moment est venu pour moi de lever le dernier voile. Ma conscience n'en sera pas soulagée pour autant. Elle ne l'a pas été le jour où j'ai tout raconté à votre mère, il y a de nombreuses années.

Un soir de la fin de l'automne 1945, j'ai demandé à votre « oncle » de rester dîner avec moi. À l'époque, il commençait déjà à renâcler s'il n'était pas chez lui passé dix-neuf heures. À la fin du repas, nous avons siroté un verre de mirabelle, d'une bouteille qui datait d'avant la guerre et qu'un patient m'avait offerte. Camus était affalé sur sa chaise. Après chaque gorgée, il regardait au travers de son verre, comme s'il y cherchait un mystère caché. Soudain, il m'a lancé :

— Je les ai trouvés.

L'image qui me reste, c'est ce verre à liqueur et l'alcool translucide qui le remplissait à moitié.

— Cela fait bientôt un an que j'y travaille, mais j'ai fini par trouver ces salopards.

Il était d'un calme impressionnant. Il m'aurait annoncé que le marché du samedi matin était déplacé au dimanche que cela l'aurait davantage ému.

Je voulais me venger. Je ne voulais pas venger Marguerite. Je voulais me venger moi. Et aussi venger votre sœur. Or, je m'en sentais totalement incapable. Tout comme j'étais incapable de retrouver Rivière. Je poursuivais des ombres sans avoir la moindre chance de les rattraper.

Camus a œuvré dans son coin. Au risque de mettre sa carrière en péril. J'ai toujours été étonné qu'un tel géant puisse se mouvoir avec autant de discrétion. Il n'a jamais cru que je renoncerais à ma promesse. Il m'avait pourtant prévenu que j'y perdrais tout. Alors, il avait préféré s'en mêler. Pour m'empêcher de faire des « conneries », comme il disait. Selon lui, nous avions plus de chances à deux. Je pense surtout qu'il aurait plus de chances sans moi.

— Ils étaient trois, a-t-il continué. J'ai leurs noms, l'endroit où ils habitent, celui où ils travaillent... Je crains qu'il n'y ait aucun témoin pour les enfoncer. En revanche, on en trouvera un paquet prouvant leur héroïsme pendant la guerre. Tous de bons résistants, à en croire la version la plus commode. Si tu me le demandes, je couche sur le papier tout ce que je sais et je dépose le tout sur le bureau d'un juge. Dès demain. Si tu préfères passer l'éponge et les laisser tranquilles, je respecterai également ta décision.

La troisième option, c'est que tu me laisses m'en occuper. J'ai hésité à t'en parler. Ça fait quinze jours que ça me trotte dans le ciboulot. Mais, si j'étais à ta place, je sais que j'aurais aimé qu'on me le dise. Et qu'on me laisse choisir.

Ce qu'il me proposait, c'était de décider si ces hommes devaient vivre ou mourir. Qui étions-nous pour avoir ce genre de conversation ? Ceux dont il était question avaient dû avoir la même à mon sujet, au sujet de Marie et de sa mère.

— Je suis capable de me taire, mon ami. De me taire éternellement. Ces trois noms, si tu me le demandes, tu ne les connaîtras même jamais. Et eux ne sauront jamais rien de cette discussion.

Le premier se nommait Antonin Mounier. Mais, en réalité, tout le monde le connaissait sous le surnom de « l'Aztèque ». Il travaillait dans une fonderie des faubourgs sud. Il vivait seul, dans un modeste deux-pièces situé à quelques pas de son usine. Tous les soirs, il s'arrêtait dans un bistro sur le chemin. Ce n'était pas qu'il buvait beaucoup, mais il recherchait la compagnie. Il était toujours propre sur lui, jamais négligé. Tous les samedis matin, il se rendait aux bains publics et y passait un temps fou. Le dimanche, il montait à Saint-Jean pour jouer aux boules. Il y restait tard, jusqu'à ce que le crépuscule l'en chasse.

Il avait fini par rejoindre la clandestinité au printemps 1944. On ignorait ce qui avait bien pu le décider. Peut-être le simple fait que le vent avait tourné et que, à un moment donné, il faut savoir l'avoir dans le dos plutôt que de face.

Le deuxième, Émile Barthelmé, était plus jeune et surtout plus excité. Lui était rentré tôt dans le maquis. Résister n'était pas une aventure à ses yeux, c'était l'essence même de sa conception des choses. Il avait toujours été jusqu'au-boutiste, dans son syndicat, dans le Parti, dans les grèves... Durant les années noires, il était partisan d'une lutte à mort contre les suspects. Son modèle, c'était la Terreur. Si bien qu'on l'avait baptisé « Saint-Just ». Quand les réfractaires au STO avaient choisi de redescendre au chaud, au cours du terrible hiver 1944, cela l'avait mis hors de lui. Il souhaitait en exécuter quelques-uns, pour l'exemple. Ses chefs avaient alors cherché à se débarrasser de sa véhémence trop encombrante. Ils l'avaient écarté. Il en avait profité pour créer sa propre unité, une poignée de gars qui se disaient francs-tireurs et dans laquelle se sont fait embrigader les deux autres. À la Libération, il a fait partie de ceux qui ont rechigné à déposer les armes. Sa petite troupe, dans laquelle il ne restait plus grand monde, s'est resserrée dans les montagnes, au nord de la ville. Durant quelques semaines, ils ont continué à punir tous ceux qu'ils considéraient comme des traîtres, des collaborateurs avérés ou des paysans qui avaient soustrait de la nourriture. Les gendarmes étaient finalement parvenus à leur tomber dessus. Depuis, il semblait avoir renoncé à toute lutte. Il avait repris l'activité de maraîcher de son oncle, loin de Manipont, s'était marié et était déjà père d'un bébé.

Le troisième se mourait dans un sanatorium de Brides-les-Bains. Il se nommait Daniel Garrigues. Il avait été instituteur et, pour ses élèves, il était « Bel-Œil » parce que, comme s'en amusait Camus, il avait

« un œil qui disait merde à l'autre ». Je le connaissais. Je lui avais serré la main. Il avait remplacé mon père à l'école de Montfranc. Pendant l'Occupation, il cachait des résistants dans son grenier. Dénoncé, il avait dû fuir dans la montagne où le fameux hiver 44 avait eu raison de ses poumons déjà fragiles. Après la Libération, il avait retrouvé son poste durant quelques mois, malgré la toux persistante qui le pliait en deux et ses bronches en lambeaux. L'expédition punitive contre Marguerite, elle est venue de lui. Je la lui ai même apportée sur un plateau.

Pour l'Aztèque, cela s'est passé un dimanche soir, dans l'escalier qui descendait de la colline Saint-Jean. Il faisait quasiment nuit. Les réverbères étaient allumés. Camus est monté à sa rencontre. Parvenu à sa hauteur, il lui a demandé du feu. Quand il a vu cette carcasse gigantesque émerger de l'obscurité, notre homme a eu peur. Il y avait de quoi. Avant qu'il ait pu lui répondre ou l'esquiver, il s'est retrouvé avec un canon posé contre la tempe. Je ne sais pas si elles existent toujours, mais il y avait des venelles perpendiculaires à l'escalier, dans le temps. Elles menaient à des jardins ouvriers bâtis en terrasse. Ici, il n'y avait plus du tout de lumière. Toutefois, la clarté était encore suffisante pour que, lorsque je me suis approché de lui, l'Aztèque me reconnaisse. Je n'ai pas eu besoin de lui poser beaucoup de questions. Il a tout balancé. Il voulait tellement en dire que les mots se bousculaient dans sa bouche. Il y avait des faits que Camus connaissait déjà, bien qu'il ne m'ait jamais avoué comment il les avait découverts. D'autres que nous avons appris. Par exemple, que le panneau de bois cloué à ma porte avait été peint par l'instituteur, sur le bureau qui avait été celui de mon père. Il a juré ses grands dieux que lui-même avait supplié pour qu'on ne s'en prenne pas à Marie. Qu'il avait même proposé qu'on emmène la mère dans les bois, pour ne pas faire ça dans la maison.

Il a été retrouvé dans les marches, au petit matin, la nuque brisée. On a pensé à une glissade.

Pour Saint-Just, c'était trois semaines plus tard. Il était occupé à la taille de ses abricotiers. Il faisait un froid de loup. Le vent du nord donnait l'impression de vous arracher la peau dès qu'il avait l'occasion d'y mordre. Pourtant, cet homme travaillait sans gants et tête nue, perché en haut de son échelle. Il nous a découverts alors que nous n'étions qu'à quelques pas de son arbre. Il n'a pas cherché à nous échapper, pas plus qu'il n'a essayé d'appeler. Autour de nous, de toute manière, il n'y avait que son verger et rien d'autre. Surtout pas âme qui vive avec un froid pareil. Il nous a toisés. Il avait toute la haine du monde dans les yeux. Même dans le teint grisâtre de son visage. Il a rangé son sécateur dans sa ceinture et est descendu. Il s'est planté devant nous. Il nous a dit que la mort ne lui faisait pas peur, surtout quand elle était donnée par des traîtres de notre espèce. Il m'a lancé que sa première idée avait été de commencer par moi et qu'il regrettait d'avoir changé d'avis. Puis il m'a craché dessus. Il n'avait pas assez de salive pour m'atteindre. Son crachat n'est pas allé bien loin et est venu mourir au bout de ses chaussures.

J'ai regardé son agonie sans jamais détourner le regard. Pas même une fraction de seconde. Comme pour le premier, Camus a refusé que ce soit moi qui lui porte le coup fatal. Il a mis cinq minutes à se vider de son sang, l'aorte entaillée. La mise en scène avec l'échelle renversée et la lame mortelle du sécateur me paraissait grossière. Mais Camus savait ce que les gendarmes chercheraient et ce qu'ils ne chercheraient surtout pas.

Pour l'instituteur, nous sommes arrivés trop tard. Il est mort deux jours après notre visite à Saint-Just, à l'hôpital d'Albertville. Il a été enterré dans son village natal, en Ardèche, sans savoir ce que nous avions commencé à faire. Vous voyez, à l'époque, je me suis dit qu'il s'en était sorti trop facilement. Mourir comme il l'a fait était pourtant une torture quotidienne. J'ai menti à Camus. Je lui ai dit que nous en avions fini. J'ai commis la folie de me rendre dans ce petit cimetière, en pleine nuit. J'y suis allé avec la ferme intention de profaner sa tombe, d'extraire sa dépouille du cercueil et de l'exhiber au pied du calvaire central. Une fois sur place, l'envie s'est envolée. C'est idiot, mais cela m'a un peu rassuré sur mon compte. Je me suis contenté de poser sur sa pierre le panneau que je lui avais préparé. C'est ce geste qui a failli me perdre. Soigneusement, avec de grosses lettres rouges, j'y avais peint : « Justice du peuple *».*

Nous n'aurions pas tué ces types si j'en avais décidé autrement. Mais, quelques jours après que Camus m'a confié savoir qui ils étaient, j'ai reçu un paquet. Une petite boîte en carton, enveloppée dans du papier kraft et bien ficelée. On l'a déposée directement dans ma boîte aux lettres, avec mon nom écrit dessus. À l'intérieur, il y avait une page maladroitement déchirée dans un cahier d'écolier. « Les putains engendrent des putains », *voilà ce que j'y ai lu. On avait ajouté à ces quelques mots l'ours en peluche miniature que Marie disait avoir perdu au square.*

La colère, la haine, la peur sont des sentiments qui ne s'éteignent jamais pour peu qu'on ait la faiblesse de les écouter. En sacrifiant les assassins de Marguerite, je me suis sacrifié et j'ai sacrifié Camus. Si j'avais su que la vie reviendrait à moi, qu'un soir, sur une terrasse, à plus de quatre cents kilomètres de là, une jeune femme me tendrait la main, jamais je ne me serais compromis, jamais je n'aurais accepté de ne plus être apte à savourer ce qui m'était offert.

Le pire, c'est que, plusieurs mois après cette folie, j'ai reçu un nouveau colis, semblable au premier, avec toujours la même page déchirée : « Les putains engendrent des putains ». *Cette fois accompagnée d'une théière mystérieusement disparue de la dînette qui n'avait pourtant jamais quitté la chambre de votre sœur. Cela ne s'est plus jamais reproduit ensuite. Je n'ai jamais su qui en était à l'origine. J'ai suspecté les camarades de nos trois victimes. Puis Rivière. Et, pour finir, ma bonne espagnole. Surtout, je n'en ai jamais parlé à Camus. Il est parti sans le savoir.*

Il y a un peu plus de deux ans, un matin, il a frappé à ma porte de Combe-Sourde à l'en faire vaciller sur ses gonds. À le voir chez moi, de si bonne heure en plus, j'ai compris que c'était important. Dans ces cas-là, le presser était inutile. Il fallait le laisser venir de lui-même et patienter. J'ai fait le café sans rien lui demander, et nous nous sommes assis dans les deux fauteuils devant le feu.

— C'est quand, la dernière fois que nous avons bu un café dans cette bicoque ?

Il a fait semblant de réfléchir, histoire de donner le change, parce qu'il se souvenait toujours de tout, au détail près.

— J'y suis ! Le jour où une couleuvre t'est tombée dessus pendant que tu taillais ta haie. Je t'ai entendu gueuler de chez moi. Toi et les serpents, c'est toute une histoire.

Quand j'étais gamin, il y en avait qui jouaient avec les vipères qui pullulaient sur les talus, l'été, près du ruisseau. Ils se mettaient au défi de les attraper. J'avais beau me tenir à distance de leurs jeux, ils s'étaient rendu compte de ma phobie. Plusieurs d'entre eux, pour me faire payer mon statut de fils d'instituteur, avaient promis d'en fourrer quelques-unes dans mes affaires. Ils n'ont jamais osé le faire, mon père leur faisait trop peur. Toutefois, j'ai passé plusieurs années à ne plus pouvoir ouvrir mon cartable ou à me coucher sans tout vérifier.

Camus a siroté son café en silence. Quand il l'a eu terminé, il a posé sa tasse par terre, délicatement. Il a ensuite frotté ses mains l'une contre l'autre.

— Un jour comme aujourd'hui, auprès de ce bon feu, en bonne compagnie, j'aurais aimé t'annoncer : « Je l'ai trouvé. »

Mon sang s'est glacé. Parce que cette fameuse phrase, exhumée du passé, je la redoutais.

— Ça aurait été la troisième fois. Sans aucun doute la dernière... Je n'étais pourtant pas loin du compte. Mais tes gosses m'ont pris de vitesse. Tout est ma faute. C'est moi qui les ai fourrés là-dedans. Je comprendrais que tu ne me le pardonnes jamais.

Il m'a raconté vos recherches. Il m'a expliqué que Serge était le Dépeceur. Et l'imprudence commise par toi, François, aux Perce-neige.

— Marie ne s'en relèvera jamais, a-t-il conclu. Elle n'a pas la moindre chance de s'en relever.

J'étais d'accord avec lui. La seule chance que nous pouvions lui offrir était de ne rien révéler. Ni à elle ni aux autres.

Serge avait pour habitude d'aller courir, tous les après-midi, après son travail. Il avait un parcours favori, longeant d'abord la route qui quittait Luchon, avant de rapidement bifurquer vers des chemins de terre qui serpentaient au pied de la montagne. Une dizaine de kilomètres, qu'il avalait en moins d'une heure. Au milieu de son circuit, il y avait un bosquet. Un bosquet un peu rachitique dont la seule utilité semblait de servir de décharge sauvage.

Nous l'avons attendu là. Quand il courait, il ne faisait pas semblant. Il y mettait toute sa rage. Je l'ai vu surgir sur le chemin, le visage cramoisi, trempé de sueur alors qu'il faisait particulièrement froid. J'étais à l'abri de la lisière. Au moment où il n'a plus été qu'à une dizaine de mètres, je me suis montré. Je lui ai barré le passage sans m'affoler, les mains dans les poches. Avec mon col relevé et ma casquette, il ne m'a pas reconnu. Il a ralenti sa foulée, surpris de croiser quelqu'un surgi de nulle part. Puis il s'est arrêté tout à fait.

Sa stupéfaction a vite laissé place à l'inquiétude. Mon regard a sans doute suffi à transformer cette inquiétude en peur. Tout comme la présence de Camus qui, dans son dos, s'avançait à son tour dans le chemin.

— Pierre ? Qu'est-ce qui se passe ?

Il me regardait, se décrochait le cou pour regarder Camus, me regardait de nouveau. Des yeux, il a cherché un point de fuite qui n'existait pas. Il a tenté une dernière parade.

— Si vous avez des choses à régler avec votre fille, je vous donne ma parole que je n'y suis pour rien. Je regrette même de ne pouvoir vous aider. Vous la connaissez...

Je lui ai dit que le Noël où il avait essayé de s'en prendre à Valentine, où il lui avait donné rendez-vous dans la salle de bains, sous mon propre toit, j'avais failli venir à sa place. Si je ne l'avais pas fait, c'était uniquement parce que je savais que je lui aurais fendu le crâne en le fracassant contre le rebord de la baignoire.

— Je ne comprends rien de ce que vous racontez, Pierre.

J'ai continué en lui lançant que mon plus grand regret était de l'avoir laissé filer. Plusieurs fois. Sans ça, ces pauvres filles seraient encore en vie.

Il a paniqué. Je connais malheureusement bien cette panique. J'en ai trop souvent été le témoin.

— J'ignore ce qui vous prend. Mais je vous jure que vous faites fausse route.

— La coiffeuse de Dinard, Serge. Mathilde Hongre, qui était mère de famille. Émilie. Regarde-moi quand je te parle ! Émilie...

Il a nié de la tête. Il a voulu dire quelque chose mais aucun son n'a pu sortir de sa bouche. Pourtant, il n'a pas renoncé. Ses épaules se sont affaissées durant quelques instants. Puis il a eu un sursaut.

— Pierre, vous avez vraiment perdu la tête. Qu'est-ce que vous cherchez à faire ?

— Je veux éviter que mon fils ne vienne te trouver un jour. Et qu'il ne te fasse ce que je m'apprête à te faire.

— Vous croyez que vous me faites peur ? Je vais me rendre à la police. Vous leur déballerez vos salades, et ils enquêteront. On verra bien ce qui en résultera. Vous regretterez ça, Pierre. Vous devriez faire attention à qui vous vous attaquez.

— Je ne le sais que trop, mon garçon. Tu ne vas pas te rendre à la police ni te dénoncer. Tu ne vas pas le faire pour ta femme et pour tes enfants. Ils te pleureront mais, au moins, ils pourront vivre.

J'ai consulté Camus du regard. Il s'est emparé de lui. Il a passé ses bras de géant sous ses aisselles et l'a soulevé du sol. Serge a tenté de résister, battant des jambes. Camus a resserré son étreinte. Cela a suffi pour l'immobiliser tant chaque mouvement déclenchait une douleur insupportable. Je me suis accroupi. Je lui ai retiré sa basket droite puis sa chaussette. J'ai sorti la seringue de ma poche. Je la lui ai montrée. Je lui ai annoncé que ce serait une crise cardiaque. Rapide et indolore.

Il s'est mis à geindre, à ânonner des mots que j'ai d'abord eu du mal à saisir. Il disait qu'il n'avait pas voulu le faire. Que c'était un accident. Qu'elle avait paniqué, qu'elle s'était trop débattue... Je pense qu'il parlait d'Émilie.

J'ai piqué entre les orteils. Ensuite, je lui ai rajusté sa chaussette et sa chaussure. Je me suis relevé. J'ai remis la seringue dans ma poche, et Camus l'a lâché.

Il s'est remis debout, hébété, ne sachant trop où aller. Nous nous sommes écartés de lui. Il inspirait et expirait particulièrement fort. Il a trébuché, s'est relevé. Il a sans doute cru que je bluffais, que cette mise en scène était destinée à tout lui faire avouer. Il a espéré pouvoir s'enfuir. Il s'est élancé, quelques foulées à peine. Sa respiration est devenue si rauque que nous l'avons entendue de là où nous nous trouvions. Son bras gauche s'est paralysé. Il s'est effondré d'un coup, vers l'avant.

Chez nous, le père d'Émilie a claironné à droite et à gauche qu'il me tuerait de ses propres mains. Il ne le fera pas. Il n'a pas les mains pour, je ne le sais que trop bien.

Peut-être qu'un jour l'époux de Mathilde Hongre se tiendra debout, devant chez nous, et qu'il attendra de me regarder bien en face. Peut-être qu'il ne le fera jamais, qu'il refuse de bâtir des scénarios, de s'empoisonner à vouloir chercher.

Voilà ce que j'avais à vous confier, mes enfants. Voilà ce que je porte en moi depuis tant d'années. Voilà l'homme terrible que je suis.

J'ai choisi d'ôter la vie à trois hommes tout en laissant la vie à Jean Rivière. En 1963, après que Camus l'a retrouvé dans le petit village de Lozère où il se terrait, je suis allé le voir. Je me suis tenu devant lui. Je l'ai regardé dans les yeux et j'ai compris que j'avais triomphé de lui. Sans toucher à un seul de ses cheveux. S'il ne s'était pas dénoncé, cela ne m'aurait rien fait qu'il reste là-bas, à jouer les épiciers de campagne.

J'ai pensé que la haine s'était éteinte en moi, que j'étais parvenu à m'en débarrasser. Jusqu'à ce que je comprenne ce que Serge avait fait, ce qu'il pouvait refaire un jour et comment cela pouvait détruire votre sœur aînée, la détruire à jamais.

Depuis, je fais tout ce que je peux pour me comporter en homme.

Valentine, tu nous laisses souvent ta petite Louise à garder. Nous lui avons réservé la chambre de sa mère. J'avoue que je bénis les gardes de nuit à l'hôpital qui redonnent vie à ce couloir qui a tant pleuré vos absences. Comme je suis indécrottable, je persiste à ne me coucher qu'en dernier et à me lever d'un bond dès que je l'entends pleurer.

Je ne me lasse pas de lire et de relire Coco Bay. *François, l'histoire de cet homme qui entretient les souvenirs de son épouse disparue resplendit de talent. J'en aime chaque case. Je sais que tu étais mal à l'aise que je la découvre. Tu craignais que cela ne remue des choses en moi, que tu ne te sois montré indécent. Mais sache que je ne me suis vu nulle part dans ces pages. En revanche, j'y ai lu et admiré un formidable hommage à votre mère. Que vous, les enfants, vous ayez conscience de ce qu'elle est me réjouit. Et surtout, François, je t'y ai vu toi. J'en ai d'abord été inquiet.*

Or, la scène finale sur le ponton m'a rassuré. C'est une promesse. Celle de faire l'effort de vivre.

J'ai tant et tant relu ces pages que je les connais par cœur. Avec Valentine, nous n'en avons parlé qu'une seule fois, au téléphone. Brièvement. L'un comme l'autre, nous avons décidé que nous ne l'évoquerions plus jamais.

J'ai répondu à mon père. J'ai essayé de lui dire qu'il n'était pas seul et que jamais je ne m'étais senti aussi proche de lui. J'espère y être parvenu.

Un jour, dans bien des années, je raconterai l'histoire de mes parents. J'expliquerai qui ils étaient. Qui nous étions.

Il y aura mes sœurs et Camus. Il y aura des fantômes à pleurer. Il y aura des cours d'eau charriant des corps disloqués. Il y aura la montagne. Il y aura la nuit. Et j'y dessinerai de la neige. De la neige partout.

NOTE AU LECTEUR

Les faits, les lieux et les personnages décrits dans ce roman sont presque tous fictifs.

Cependant, plusieurs sources ont alimenté le torrent…

Les événements liés à l'épuration sauvage m'ont été inspirés par des gestes bien réels, ainsi que le montre Philippe Bourdrel dans son livre *L'Épuration sauvage*, paru aux éditions Perrin en 2002, bâti sur un recensement détaillé des exactions commises dans tout le pays après la Libération et sur leurs diverses – et souvent peu avouables – motivations.

Jean Rivière n'a jamais existé. En revanche, un certain Jean Barbier, ancien chef de la Gestapo de Grenoble, condamné à mort par contumace en 1945, s'est livré à la police en 1962. Gracié en 1966 par le général de Gaulle, il a été libéré après vingt ans de réclusion, un matin de novembre 1983, dans l'anonymat le plus complet.

Dans l’Aude, au début des années 1980, des pluies diluviennes ont ravagé plusieurs villages. Dans l’un d’eux, les tombes du cimetière ont été éventrées et quelques cercueils ont dévalé dans les rues inondées.

Enfin, l’effrayante affaire du Dépeceur de Mons est, à ce jour, irrésolue. Durant les premiers mois de l’enquête, un médecin a été arrêté après avoir été dénoncé par sa propre fille. Dénonciation qui s’est révélée infondée.

Composition et mise en pages
Nord Compo à Villeneuve-d'Ascq

Imprimé en France par

MAURY IMPRIMEUR
à Malesherbes (Loiret)
en septembre 2020

POCKET - 92 avenue de France, 75013 PARIS

N° d'impression : 248223
Dépôt légal : septembre 2020
S29327/01